LE QUATRIÈME MUR

Sorj Chalandon est un journaliste et écrivain français. Après avoir travaillé trente-quatre ans à *Libération*, il est aujourd'hui membre de la rédaction du *Canard enchaîné*. Ses reportages sur l'Irlande du Nord et le procès Klaus Barbie lui ont valu le prix Albert Londres en 1988. Il est notamment l'auteur du *Petit Bonzi*, d'*Une promesse* (prix Médicis en 2006), de *Mon traître*, de *La Légende de nos pères*, de *Retour à Killybegs* (Grand prix du roman de l'Académie française en 2011) et de *Profession du père* (Meilleur roman *Le Parisien/Aujourd'hui en France* et Prix du style en 2015).

Paru au Livre de Poche :

SORJ CHALANDON

Le Quatrième Mur

ROMAN

GRASSET

© Éditions de la Table Ronde, 1946,
pour les extraits de l'œuvre *Antigone* de Jean Anouilh.
© Éditions Grasset & Fasquelle, 2013.
ISBN (France) : 978-2-253-17982-5 – 1ʳᵉ publication LGF
ISBN (Canada) : 978-2-253-18250-4

A Valentine,
qui me demande si elle aura le droit
d'emmener son doudou au ciel...

LE PROLOGUE

« Voilà. Ces personnages vont vous jouer l'histoire d'Antigone. Antigone, c'est la petite maigre, qui est assise là-bas, et qui ne dit rien. Elle regarde droit devant elle. Elle pense. Elle pense qu'elle va être Antigone tout à l'heure, qu'elle va surgir soudain de la maigre jeune fille noiraude et renfermée que personne ne prenait au sérieux dans la famille et se dresser seule en face du monde, seule en face de Créon, son oncle, qui est le roi. Elle pense qu'elle va mourir, qu'elle est jeune et qu'elle aussi, elle aurait bien aimé vivre. Mais il n'y a rien à faire. Elle s'appelle Antigone et il va falloir qu'elle joue son rôle jusqu'au bout... »

Jean ANOUILH,
Antigone (1942)

1

Tripoli, nord du Liban

jeudi 27 octobre 1983

Je suis tombé. Je me suis relevé. Je suis entré dans le garage, titubant entre les gravats. Les flammes, la fumée, la poussière, je recrachais le plâtre qui me brûlait la gorge. J'ai fermé les yeux, les mains sur les oreilles. J'ai heurté un muret, glissé sur des câbles. La moitié du plafond avait été arrachée par l'explosion. Le ciment en feu frappait tout autour avec un bruit de claques. Derrière une carcasse de voiture, un trou. Une crevasse de guerre, un bitume ouvert en pétales jusqu'à son cœur de sable. Je me suis jeté dans les éclats comme on trébuche, corps chiffon, le ventre en décombres. Je tremblais. Jamais je n'avais tremblé comme ça. Ma jambe droite voulait s'enfuir, me quitter, une sauterelle apeurée dans les herbes d'été. Je l'ai plaquée à deux mains sur le sol. Elle saignait, ma jambe folle. Je n'avais rien senti.

Je croyais que la blessure et le blessé ne faisaient qu'un. Qu'au moment de l'impact, la douleur hurlait son message. Mais c'est le sang qui m'a annoncé la mauvaise nouvelle. Ni le choc ni le mal, seulement mon jus poisseux. Mon pantalon était déchiré. Il fumait. Ma jambe élançait comme une rage de dent. Ma chemise était collée de sueur. J'avais pris mon sac, mais laissé ma veste dans la voiture de Marwan, mes papiers, mon argent, tout ce qui me restait. Je ne pensais pas qu'un char d'assaut pouvait ouvrir le feu sur un taxi.

— Sors de là, Georges !

Nous roulions le long de la côte. Le soleil se levait derrière les collines. Juste après le virage, un tank syrien couleur sable, embusqué, immense. Il nous barrait la route. Mon Druze a juré. Il a freiné brusquement. Je dormais. J'ai sursauté. Il a paniqué, fait marche arrière sur le talus qui surplombait la mer. La carapace s'est réveillée. Presque rien, un souffle. Le métal du canon qui pivote.

— Mets-toi à couvert, putain !

J'ai plongé la main vers la banquette arrière, pris mon sac, cherché ma veste, mon passeport, sans quitter la mort des yeux. Et puis j'ai renoncé. La gueule d'acier nous faisait face. Vacarme dans ma tête.

— Il ne va pas tirer ! Il ne peut pas tirer sur un taxi !

Un losange rouge et un rond jaune étaient peints sur la tourelle. Figures familières de tableau d'écolier. Et aussi trois chiffres arabes au pochoir blanc.

Marwan traversait la route, courbé en deux. Il marchait vers l'abri, un garage fracassé. Les murs étaient criblés d'éclats, noirs de suie. J'ai ouvert ma portière, couru bouche ouverte vers la ruine béante.

— Quand les obus tombent, ouvre la bouche, m'avait dit mon ami la première fois. Si tu ne décompresses pas, tes tympans explosent.

Lorsque je suis entré dans le garage, il ressortait en courant.

— J'ai laissé les clefs sur le tableau de bord !

Les clefs ? La phrase était absurde. Le canon nous suivait. Moi qui entrais, lui qui sortait. Il hésitait entre nos épouvantes.

Le coup est parti alors que je posais le pied sur l'ombre.

Je suis tombé comme on meurt, sur le ventre, front écrasé, nuque plaquée au sol par une gifle de feu. Dedans et dehors, les pieds sur le talus, les mains sur le ciment. Mon corps était sidéré. Une lumière poudrée déchirait le béton. Je me suis relevé. La fumée lourde, la poussière grise. Je suffoquais. J'avais du sable en gorge, la lèvre ouverte, mes cheveux fumaient. J'étais aveugle. Des paillettes argent lacéraient mes paupières. L'obus avait frappé, il n'avait pas encore parlé. La foudre après l'éclair, un acier déchiré. Odeur de poudre, d'huile chaude, de métal brûlé. Je me suis jeté dans la fosse au moment du fracas. Mon ventre entier est remonté dans ma gorge. J'ai vomi. Un flot de bile et des morceaux de moi. J'ai hurlé ma peur. Poings fermés, oreilles sanglantes, recouvert par la terre salée et l'ombre grasse.

Le blindé faisait mouvement. Il grinçait vers le garage. Je ne le voyais pas, j'entendais sa force. Le canon hésitait. Droite, gauche, mécanique enrouée. L'étui d'obus avait été éjecté. Choc du métal creux en écho sur la route. Silence.

— C'est un T55 soviétique, un vieux pépère.

J'ai sursauté. Voix de rocaille, mauvais anglais. Un homme âgé était couché sur le dos, dans le trou, à côté de moi dans la pénombre. Je ne l'avais pas remarqué.

— Baisse la tête, il va remettre ça.

Keffieh, barbe blanche, cigarette entre deux doigts, il fumait. Malgré le char, le danger, la fin de notre monde, il fumait bouche entrouverte, laissant le nuage paisible errer sur ses lèvres.

— C'est confortable ?

Il a désigné mon ventre d'un geste. J'écrasais son arme, crosse contre ma cuisse et chargeur enfoncé dans mon torse. Je m'étais jeté sur un fusil d'assaut pour échapper à un obus. Je n'ai pas bougé. Il a hoché la tête en souriant. Dehors, le blindé s'est mis en mouvement. Hurlement de moteur malmené.

— Il recule, a soufflé le vieil homme.

L'ombre du tank avait laissé place à la lumière de l'aube et aux herbes calcinées. Il reculait encore. J'ai attendu le rire des mouettes pour respirer. Je me suis soulevé. Sur un coude, bouche ouverte. J'ai cherché Marwan dans le tumulte, puis dans le silence. J'ai espéré que mon ami revienne, agitant ses clefs de voiture au-dessus de sa tête en riant. Chantant qu'il était fou d'être retourné à son taxi. Fou surtout de m'avoir suivi dans cette histoire idiote. Il allait me prendre dans ses bras de frère, en bénissant le ciel de nous avoir épargnés. J'ai espéré longtemps. Dehors, des hommes tiraient à l'arme légère. Des cris, des ordres, un vacarme guerrier. Une longue rafale de mitrailleuse. J'ai roulé sur le côté. Ma jambe saignait par giclées brutales. Le Palestinien a enlevé ma ceinture sans précaution et m'a fait un garrot à hauteur de la cuisse. J'étais couché sur le dos. La douleur s'invitait à coups de masse. Il a installé une couverture sous ma tête, me levant légèrement contre le rebord du trou.

Alors j'ai vu Marwan. Ses jambes dépassaient, en travers de la route. Il était retombé sur le dos, vêtements arrachés par l'explosion, sanglant et nu.

Le char toussait toujours, plus haut. La plainte du vent était revenue. Le souffle de la mer. Le vieux Palestinien s'est retourné sur le flanc, coude à terre et la joue dans la main. Il m'a observé. J'ai secoué la tête. Non, je ne pleurais pas. Je n'avais plus de larmes. Il m'a dit qu'il fallait en garder un peu pour la vie. Que j'avais droit à la peur, à la colère, à la tristesse.

Je me suis assis lourdement. J'ai repoussé son arme du pied. Il s'est rapproché. Lui et moi, dans le trou. Accroché à sa boutonnière de poche, un insigne émaillé du Fatah. Il a pris mon menton délicatement, je me suis laissé faire. Il a tourné mon visage vers la lumière du jour. Et puis il s'est penché. Sous sa moustache usée, il avait les lèvres ouvertes. J'ai cru qu'il allait m'embrasser. Il m'a observé. Il cherchait quelque chose de moi. Il est devenu grave.

— Tu as croisé la mort, mais tu n'as pas tué, a murmuré le vieil homme.

Je crois qu'il était soulagé. Il a allumé une cigarette, s'est assis sur ses talons. Puis il s'est tu, regardant la lumière fragile du dehors.

Et je n'ai pas osé lui dire qu'il se trompait.

2

Samuel Akounis

Pendant des mois, je n'ai pas su que Sam était juif. Il était grec et ne prétendait rien d'autre. Souvent, pourtant, les copains et moi nous sommes posé des questions. Il était étranger, plus vieux que nous, différent en tout. Je me souviens d'un jour d'avril 1974, marchant vers le palais de la Mutualité, à Paris. Nous occupions la rue. A cause de son souffle court, Sam suivait sur le trottoir. Il était tendu, visage clos. A nos cris « Palestine vaincra », il répondait « Palestine vivra », sans que je m'interroge sur la différence qu'il faisait entre vaincre et vivre. Je portais un pot de peinture verte. Derrière, des camarades transportaient le blanc, le rouge et le noir. Deux heures avant une réunion sioniste, nous allions peindre un drapeau palestinien devant l'entrée du bâtiment.

— Ce n'est pas le jour pour pavoiser, avait protesté Sam.

La veille, jeudi 11 avril 1974, trois membres du Front de Libération de la Palestine avaient attaqué la ville de Kiryat Shmona, en Galilée. Ils voulaient s'en prendre à une école, mais elle était fermée pour Pessah. Alors ils sont entrés dans un immeuble au hasard, assassinant dix-huit personnes dont neuf enfants, avant de s'infliger la mort.

— On pourrait repousser notre action, non ? avait suggéré Sam.

De notre groupe, il était le seul opposé à cette peinture de guerre. Nous avions mis sa proposition au vote. D'un côté, lui tout seul. De l'autre, ceux qui estimaient que cette tuerie ne changeait rien à la douleur de la Palestine.

— C'est le prix de la lutte, a même prétendu l'un de nous.

— Neuf enfants ? a demandé Sam.

Il s'était levé, imposant, tranquille. Depuis trois mois qu'il était réfugié en France, jamais je ne l'avais entendu durcir la voix, fermer les poings ou froncer les sourcils. Quand nous nous battions, il refusait de s'encombrer d'une barre de fer. Il disait qu'une bouteille incendiaire n'était pas un argument. Sam était grand, cabossé et musclé à la fois, taillé comme un olivier fourbu. Parfois, les gens le prenaient pour un flic. Ses cheveux courts et gris au milieu de nos crinières de gauche, sa veste de tweed frottée à nos blousons, sa manière de dévisager un lieu, de scruter un regard. Sa façon de ne jamais reculer. Ou alors lentement, en marche arrière, défiant l'adversaire glacé par son sourire. Nous redoutions tout à la fois la police, la droite extrême ou l'embuscade sioniste, mais lui ne craignait rien de ces coups-là. Après avoir connu la dictature, la bataille d'Athènes et la prison, il disait que nos combats étaient un genre d'opérette. Il ne jugeait pas notre engagement. Il affirmait simplement qu'au matin, personne ne manquerait à l'appel. Qu'aucun corps mort ne resterait jamais derrière nous. Il disait que notre colère était un slogan, notre blessure un hématome et notre sang versé tenait dans un mouchoir de poche. Il redoutait les certitudes, pas les convictions.

Un jour, au carrefour, il m'a empêché de crier « CRS = SS » avec les autres. Comme ça, main posée sur mon bras, ses yeux noirs dans les miens. Nous étions piégés par les gaz. Entre deux formidables quintes de toux, il m'a demandé si je connaissais Alois Brunner. Je l'ai regardé sans comprendre, effrayé par son calme. Alois Brunner ? Oui, bien sûr, le criminel de guerre nazi. Les lacrymogènes avaient une odeur de soufre, nos pierres gâchaient le ciel, les cris, les matraques écrasées en cadence contre les boucliers. Nous étions sur le trottoir, lui, moi. Il a arraché ma barre de fer et l'a jetée dans le caniveau. Il a baissé son foulard et m'a poussé devant lui. Je me suis débattu violemment.

— Tu es dingue !

Il m'emmenait vers le cordon de police, comme un inspecteur en civil traîne sa proie vers le car des interpellés.

— Montre-moi Brunner, Georges ! Vas-y !

Nous étions face au cordon de CRS, seuls au milieu de la rue, tandis que nos camarades refluaient tout autour. Les policiers s'apprêtaient à la charge. Un officier remontait les rangs en hurlant au regroupement.

— C'est lequel, Brunner ? Dis-moi !

Sam ne me lâchait pas. Du doigt, il désignait un par un les hommes casqués.

— Celui-là ? Celui-là ? Où se cache ce salaud ?

Et puis il m'a libéré. Les policiers attaquaient en hurlant. Il a ouvert une porte d'immeuble et m'a poussé à l'intérieur. Je pleurais, je tremblais du manque d'air. Et lui suffoquait. Derrière la porte close, la rue se battait. Hurlements, plaintes, fracas des lacrymogènes. J'étais assis sous les boîtes aux lettres, adossé à la porte d'entrée. Sam s'est accroupi à ma hauteur, main posée contre le mur à la recherche d'un souffle. Il a baissé mon foulard du doigt.

— Alois Brunner n'était pas là, Georges. Ni aucun autre SS. Ni leurs chiens, ni leurs fouets. Alors ne balance plus jamais ce genre de conneries, d'accord ?

J'étais d'accord. Un peu. Ce n'était pas facile. J'aurais pu répondre qu'un slogan était une image, un gros trait, un brouillon de pensée, mais je n'en ai eu ni l'envie ni le courage. Je savais qu'il avait raison.

— Protège l'intelligence, s'il te plaît, a dit Sam.

Et puis il m'a aidé à me relever.

A Athènes, il chantait « Pain, éducation, liberté ». Le plus beau mot d'ordre jamais pétri par la colère des hommes, disait-il. Et c'est lui, le résistant grec, qui contestait l'idée du drapeau palestinien. Il a répété que barbouiller un coin de rue le lendemain d'un massacre était une faute. Il était plus tendu qu'à l'habitude. Il allait d'un regard à l'autre pour tenter de convaincre. Il avait du mal à respirer, perdait son français, mélangeait notre langue à la sienne, retrouvait les accents de l'exil. Je crois que ce jour-là, c'est le juif qui parlait en secret, l'homme qui voulait vivre et non vaincre. Au moment de voter, il a levé la main. Sa main, seule. Et toutes nos mains ensuite pour lui tordre le bras. Il avait perdu. Je me souviens d'avoir bêtement applaudi. Tous les copains, filles et garçons, réjouis comme au cirque. Non pour saluer la mort de neuf enfants, mais pour proclamer notre détermination.

— Aucun d'entre vous n'a jamais été en danger, a répondu Sam.

Mon ami grec baissait les yeux. Il aurait pu quitter la salle, mais ce n'était pas son habitude. Jamais il n'aurait claqué une porte amie. Simplement, il a dit ce qu'il croyait juste. Et s'est même porté volontaire pour nous accompagner.

— Ça évitera que le drapeau soit peint à l'envers, a-t-il lâché sans sourire.

*
* *

En janvier 1974, lorsque Samuel Akounis est entré dans ma vie, nous avions déjà deux Chiliens dans nos rangs. Ils appartenaient au Mouvement de la gauche révolutionnaire. Ils avaient quitté Santiago quelques jours après le coup d'Etat. Après un mois à Londres, ils avaient choisi la France pour sa langue et Paris pour sa Commune. Ils y vivaient en clandestins. Le Grec, lui, est arrivé comme ça. Passé d'Athènes à l'amphi 34B de la Faculté de Jussieu, pour témoigner de la dictature des colonels. La salle était comble, j'étais au premier rang, assis sur les marches, jambe droite tendue. J'ai frissonné. Un résistant nous faisait face.

— Je m'appelle Samuel Akounis. Et je vous apporte aujourd'hui le salut des étudiants de l'école Polytechnique, qui ont bravé les chars de la dictature...

— Et pas celui des étudiantes ? a coupé une voix dans la salle.

Silence dans l'assemblée. Quelques femmes ont applaudi la remarque. Le Grec, lui, a souri. Il était amusé. Il a regardé la jeune fille, debout dans la travée. Elle s'appelait Aurore.

— Je pensais que cela allait de soi, mademoiselle. Mais dans votre pays, cela n'a pas l'air d'être le cas.

Il parlait un français magnifique, comme une langue apprise en secret. Il a bu le verre d'eau posé sur la table, observant la foule silencieuse. Assis à côté de lui, un homme l'a invité à continuer. Ce n'était ni l'un de nos camarades, ni un professeur. Il était entré dans la salle avec le Grec. Je connaissais son visage.

— Je m'appelle donc Samuel Akounis. Et je vous apporte aujourd'hui le salut des étudiantes et des étudiants de l'école Polytechnique, qui ont bravé les chars de la dictature, mot qui mériterait d'être masculin...

Applaudissements, rires. Aurore elle-même a levé la main, pour dire qu'elle se rendait. Et puis Samuel a raconté. Sans effets, sans émotion, un récit précis et sombre. Le 14 novembre 1973, les syndicats étudiants de l'école Polytechnique votent la grève des cours. Des centaines d'autres convergent de toutes les écoles, en appelant à la chute de la dictature. Dans la nuit, ils sont des milliers, rassemblés autour du bâtiment. Le lendemain, les habitants viennent en renfort. Jeunes, vieux, familles avec enfants. Polytechnique est occupée, les grilles cadenassées par les élèves. Mise en place d'un service d'ordre, distribution des tâches. Ravitaillement, couchage, filtrage des entrées. Une infirmerie est installée, une radio libre bricolée, qui émet dans toute la ville. Des barricades sont érigées sur les avenues. Voici venir les comités de paysans, les ouvriers, les simples gens lassés des colonels. Voilà Nikos Xylouris, l'artiste crétois, qui chante au milieu des grévistes : « Ils sont entrés dans la ville, les ennemis. »

Le Grec parlait. L'amphithéâtre se taisait. Nous n'étions pas habitués à cette économie de mots et de gestes. Il racontait comme on se confie, reprenant sa respiration comme au sortir de l'eau. J'ai pensé à de l'asthme. Et donc à Guevara. Il n'attendait de nous ni félicitations ni compassion pour ce qui allait suivre. Cette fin que nous savions par cœur, de l'avoir tant lue dans des journaux qui n'y comprenaient rien. Cet héroïsme que nous avions partagé de toute notre colère, la beauté pathétique des mains

23

nues face aux canons blindés. Combien d'entre nous s'étaient vus enchaînés aux grilles de l'école, tenant tête à la mort ? J'étais de ceux-là. Je me suis imaginé sur le char, jetant une grenade par sa tourelle ouverte, puis ovationné par une foule poings tendus. Je refaisais le geste héroïque dans ma tête. Parfois je brandissais un drapeau grec, d'autres fois, une bannière rouge. Après quelques bières, porté par les violons de Míkis Theodorákis, je m'étais sacrifié sous une chenille hurlante. Pendant le film Z, j'avais sauvé Grigóris Lambrákis, emportant Yves Montand sur mon dos.

J'étais là, face au Grec, l'écoutant violemment. J'avais honte de mes images secrètes. Juste avant le sommeil, j'affrontais l'histoire à poings nus. Et c'était ridicule. En 1967, contre la guerre du Viêt Nam, je brûlais mon livret militaire à Central Park. En 1969, je protégeais les ghettos catholiques de Belfast. En 1971, j'épousais Angela Davis après l'avoir délivrée. En 1973, je sauvais les insurgés grecs. En 1974, je baissais les yeux devant un partisan.

Je m'étais rêvé en héros. Je n'osais plus croiser le regard de Samuel Akounis.

Il racontait la nuit du drame, samedi 17 novembre. Après cinquante-six heures d'occupation, plus de vingt chars prennent position autour de l'école. A l'intérieur, ils sont plus de cinq mille, et dix mille dans les rues alentour. « N'ayez pas peur des blindés ! » répète en boucle la radio rebelle. Les étudiants tentent de négocier une sortie honorable. Ils demandent une demi-heure pour libérer les lieux. Mais un tank M40 enfonce la grille comme un bélier, à la lueur des projecteurs de guerre. Il écrase le portail de fer où les étudiants sont agglutinés. Et personne pour sauter sur la tourelle. Pas de grenade. Pas de rêve. Pas de petit Mao français avec son pied de table. Rien que la déroute.

— J'étais à califourchon sur le portail quand le char l'a enfoncé. Nous sommes tombés les uns sur les autres. Les policiers tiraient des lacrymogènes. D'autres nous visaient au fusil. Des gens sont morts un peu partout dans la ville. Trente, quarante peut-être. Il y a eu des centaines de blessés. Beaucoup ont refusé d'aller dans les hôpitaux, pour ne pas être arrêtés.

Le Grec a bu un autre verre d'eau.

— J'ai été blessé par une broche de la grille, entrée comme une flèche dans ma cuisse. Je suis revenu chez moi en boitant, j'ai mis quelques affaires dans un sac et je suis allé me réfugier chez des amis, à Salonique. J'étais connu comme opposant. Le lendemain, la police est venue me prendre, mais c'était trop tard. J'avais mis un an à obtenir un passeport de touriste et un visa valable pour l'Europe. Une semaine après, j'étais en Italie. Et aujourd'hui ici, parmi vous qui nous avez soutenus. Je le sais, et vous en remercie.

J'ai toussé ma gêne. Les autres ont applaudi. Tout en haut de l'amphithéâtre, un garçon a sorti un drapeau grec de son sac et l'a agité, à la manière d'un mouchoir de bienvenue sur un quai d'arrivée.

— Samuel Akounis vous a peu parlé de lui, alors moi je vais le faire, a lancé l'homme assis à son côté.

Par égard pour l'honneur qu'il nous fait d'être aujourd'hui des nôtres.

Le Grec a eu l'air ennuyé, mais l'autre a continué. En quelques phrases de lui, articulées avec soin, je me suis souvenu. Sa voix, surtout. Un timbre brumeux, entre souffle et confidence. C'était un acteur, un comédien de fond de scène. Je l'avais vu l'automne dernier, costumé par Jacques Marillier dans *Le Malade imaginaire*. Mais ici, au milieu de nous, à cause de son veston, son jean, sa chemise ouverte et sa peau sans fards, je ne l'avais pas reconnu.

— L'homme qui est devant vous s'est opposé au régime de Papadópoulos dès le 22 avril 1967, au lendemain du coup d'Etat, a commencé l'acteur. C'était un samedi et j'étais à Athènes...

Contrairement au Grec, lui déclamait. Prenait la pose, osait des mines. Son texte était grave, son public captif. Je trouvais l'intrus encombrant mais l'amphithéâtre lui offrait une tension magnifique. Alors je me suis concentré sur Akounis, n'écoutant de l'autre que les mots.

— La loi martiale avait été décrétée. Les chars et les soldats avaient pris position partout dans la ville, encerclant les édifices publics. Il n'y avait pas de journaux, plus de téléphone, aucune radio à part celle des forces armées. Les banques étaient fermées, comme les restaurants, les musées. Aux carrefours, plus de feux tricolores. Plus de bus, de taxis, seulement les ambulances et les jeeps. Toute la ville allait à pied et au ralenti. Les soldats prévenaient qu'ils tireraient à vue après le coucher du soleil.

Le Grec a rempli son verre d'eau, et l'a glissé devant l'acteur.

— Le soir même, j'avais réservé une place pour *Ubu roi*, mis en scène en français par Samuel Akounis...

J'ai été saisi. Mis en scène. Metteur en scène. Le Grec venait comme moi du théâtre. Mon genou cognait. Je me suis levé. La position assise ne me convenait plus. Je me suis adossé debout contre le mur, épaule contre épaule avec mes camarades. Metteur en scène. Bien sûr. Evidemment. Cette façon d'ordonner ses gestes, ses mots, cette élégance lui permettant d'occuper l'espace en nous laissant dans la lumière. J'étais le cœur battant. Une allure, une démarche, un regard. Grec, résistant, artiste. Cela faisait beaucoup pour un seul homme.

— J'étais persuadé que le Théâtre du Rébétiko serait fermé comme les autres, mais j'ai décidé de vérifier. Je n'ai eu aucun courage, il était en face de mon hôtel. Les lumières de la façade étaient éteintes, les affiches enlevées, mais un jeune homme gardait la porte entrouverte et faisait entrer ceux qui s'y risquaient. C'était Samuel Akounis. Il a refermé les grilles derrière moi. Dans le théâtre, nous étions seulement une trentaine et deux acteurs manquaient à l'appel, la reine Rosemonde et le capitaine Bordure.

L'acteur a bu son verre. Le Grec ne savait où poser les yeux.

— C'était un spectacle étrange, mêlant des comédiens et des marionnettes blanches. Mais ce soir-là, la troupe a improvisé. Ce qui se jouait sur scène répondait au théâtre de la rue.

Et puis l'acteur s'est levé, face à la foule. Il a pris la pose, sautant d'une place à l'autre, imitant tour à tour les personnages principaux. Malgré la pantomime, aucun rire dans la salle. Les visages étaient tendus.

PÈRE UBU

Merdre !

MÈRE UBU

Oh ! Voilà du joli, Geórgios, vous estes un grand voyou !

PÈRE UBU

Que ne vous assom'je, Mère Ubu !

MÈRE UBU

Ce n'est pas moi, Geórgios, c'est un autre qu'il faudrait assassiner !

L'acteur s'est tu, poignard imaginaire levé, avant de s'asseoir.

— Vous l'avez compris, Samuel Akounis avait demandé à ses acteurs de remplacer « Père Ubu » par Geórgios, prénom du chef militaire de la junte.

L'acteur s'est tourné vers le Grec.

— Parmi les spectateurs, il y avait un mouchard. Ou quelqu'un qui n'avait pas supporté l'offense faite à Jarry. Deux jours plus tard, notre ami ici présent était arrêté et interrogé par l'Asphalia, dans les locaux de la sûreté. Il a eu les ongles arrachés, le torse brûlé aux cigarettes, les plantes de pied lacérées par des tuyaux de plomb. Et ses tortionnaires l'ont étouffé au gaz, un aérosol au chlore enfoncé dans la bouche.

Il s'est tu, a observé son effet comme un avocat capture les jurés.

Ce n'était pas de l'asthme.

— Il n'a jamais été jugé ou emprisonné, mais déporté au camp d'Oropos pendant un an et avec des centaines d'autres, dont Míkis Theodorákis.

Bouffée de chaleur. J'ai baissé la tête.

— Après avoir été relâché, il a été placé sous surveillance mais n'a jamais voulu quitter le pays. Ce n'est qu'après l'occupation de l'école Polytechnique, où il avait donné une représentation sauvage de l'*Antigone* d'Anouilh, que Samuel Akounis s'est résigné à l'exil.

Et puis l'acteur s'est levé une dernière fois. Cet instant a dû être l'un de ses plus beaux rôles. Il s'est tourné vers le Grec, s'est incliné puis l'a applaudi. J'ai applaudi avec lui. Avant les autres, avant l'amphithéâtre entier, debout, fracassant le silence aux mâchoires serrées.

C'est alors que je me suis frayé un passage. Je suis allé vers le bureau. Aurore descendait aussi, son sac en bandoulière. Le Grec n'avait pas bougé. Il regardait ses mains quand j'ai tendu la mienne.

— Je m'appelle Georges, je suis metteur en scène.

— Moi, c'est Aurore. J'essaie de faire du théâtre.

Il s'est levé, vaguement surpris. Nous a souri.

Je n'ai pas aimé cette fille. Après son coup de griffe elle venait au pardon, des regrets plein les yeux. Sa présence abîmait notre intimité.

— Moi aussi, j'ai été blessé à la jambe...

Le Grec m'est revenu.

— L'année dernière, par les fascistes.

Il a hoché la tête. Je ne sais pas pourquoi je lui ai raconté ça. Brutalement, après tout ce que cet homme venait de nous dire. J'ai eu honte de moi. J'ai encore baissé les yeux. Mon genou a claqué. J'ai rectifié ma position. Il avait gardé ma main dans la sienne.

— C'est un honneur, a murmuré Samuel Akounis.

Il avait 34 ans, Aurore 22 et j'en avais 24.

Il serait comme mon frère. Et elle allait devenir ma femme.

3

Alois Brunner

Le 23 juillet 1974, Sam m'a emmené boire un verre boulevard de Sébastopol. Moi seul, pas notre petite troupe. Il était venu me chercher au collège après mes heures de garde. Nous nous étions devinés comme animaux contraires. Lui la gaieté, moi le chagrin. Lui, le cœur en printemps, moi, la gueule en automne.

— J'ai trop souffert pour être malheureux, me disait-il souvent.

Puis il me regardait en souriant.

— Mais toi, tu peux encore te le permettre.

Depuis, nous nous partagions le monde en plaisantant. A moi le sombre, à lui le lumineux. A ses traits d'esprit répondait mon humour malhabile. Nos échanges reposaient sur ce simple mode et nous n'étions encore jamais allés au-delà. Pas d'intime entre nous. Pudeur de ma part, respect aussi. Chaque fois que nous marchions, je faisais pesamment cortège à un homme torturé.

— Tu es plus torturé que moi, a-t-il lancé un jour que je doutais de tout.

Mais ce soir-là, en terrasse, j'avais presque le cœur léger. Depuis le matin, la radio ne parlait plus que de la Grèce. Après le coup d'État à Chypre, voilà que les colonels rendaient le pouvoir aux civils. Fin de la dictature. Sept ans de malheur gommés d'un coup. Je l'avais dit aux élèves pendant la récréation, avec la voix du professeur rendant d'excellentes copies.

FIN

Lorsque Sam est passé au local de Jussieu, ce matin de juillet, les filles l'ont embrassé en le félicitant. Et les garçons lui demandaient quand il repartait.

— Un jour, certainement, a répondu le Grec.

Depuis longtemps, j'avais compris qu'il nous rendait visite par courtoisie. S'il assistait à quelques réunions, s'il levait mollement le drapeau rouge, s'il manifestait parfois dans nos rangs, ce n'était pas par conviction, mais pour nous remercier de l'avoir soutenu. Et d'ailleurs, que restait-il de nous ?

Nos chefs avaient dissous le Mouvement. *La Cause du peuple* avait cessé de paraître neuf mois auparavant. Depuis, les copains se perdaient dans la vie. Un camarade s'était pendu. Un autre s'était tiré une balle dans la bouche. Redevenu voyou, Michel avait été tué par une patronne de bistro. Grand Jacques, ouvrier chez Renault, était retourné à sa chaîne. Ceux qui tenaient bon militaient encore, mais les cœurs étaient lourds. Les nouveaux partisans, redevenus enfants, désertaient un à un le front pour l'arrière banal. Le local semblait une salle de bal à l'aube, avec nos tracts épars en cotillons fanés. Nous avions eu du mal à taire nos chants de bataille. Je pensais au soldat blessé par le clairon de paix, au terne des choses revenues, au normal, au silence. Après avoir épuisé nos certitudes, nous étions orphelins d'idéologie. Et je savais que les lendemains chanteraient sans nous.

C'est pour cela que je tenais à Sam. Il était mon reste d'évidence. Ni slogan, ni passage d'un livre, ni mot d'ordre peint sur un mur de la ville, Samuel Akounis incarnait notre combat. Son arrivée parmi nous, même tardive, même timide, m'avait redonné du courage. Il était ma résistance et notre dignité.

— Dignité ? Le plus beau mot de la langue française, souriait Sam.

Assis en terrasse de ce boulevard triste, je regardais passer les autres. Sam avait commandé une bière, je buvais un verre de vin blanc. J'attendais. S'il m'avait proposé de l'accompagner, c'est qu'il avait des choses à me dire. Jamais, auparavant, nous ne nous étions retrouvés seuls. Il me taquinait en public et j'essayais de répliquer.

— Tu es heureux ?

J'avais dit ça pour rompre le silence. Il a hoché la tête, les lèvres dans la mousse et les yeux brillants.

— Il y a deux hommes qui font mon bonheur aujourd'hui.

Je me suis rapproché. J'adorais le temps des confidences.

— D'abord, Karamanlís. Il va rentrer chez nous, c'est sûr. Il va former un gouvernement, abolir la royauté et toutes ces vieilleries.

Sam m'a observé par-dessus son verre.

— Tu te rends compte, Konstantínos ? Mon ami Premier ministre ?

J'ai hoché la tête en riant. Non. Je ne me rendais pas compte. Je ne savais même pas que Karamanlís avait des copains grecs en France.

Sam a ouvert une vieille sacoche Olympic Airlines, frappée des anneaux colorés. Ce pauvre sac en plastique était l'une des seules choses qui restaient du pays. Il a sorti un journal plié et l'a ouvert en grand.

— Et mon deuxième bonheur s'appelle Eddy Merckx !

J'ai été stupéfait. Je n'avais lu que *La Cause du peuple* pendant des années, je m'étais résigné à *Libération* et Sam lisait *L'Equipe*. Il a posé le journal sur la table, balayant nos verres et toute la Grèce avec.

— Huit étapes gagnées, tu te rends compte ? Il a enlevé le prologue et arraché la 22ᵉ !

Je ne me rendais pas compte, non. Toujours pas. Le Tour de France s'était terminé deux jours plus tôt. Le Belge l'avait emporté pour la cinquième fois. Et alors ? Et quoi ? Pour moi, ce 21 juillet, la Garde nationale chypriote avait défendu la ville de Kyrénia des assauts turcs. Et les fantoches sud-vietnamiens venaient de lancer une grande offensive contre les communistes de Tay Ninh.

J'étais mal à l'aise. Il parlait fort, riait, perdait son français. Il disait que la vie, c'était ça aussi, un homme sur un vélo qui bouffe des kilomètres en hurlant de douleur. Il disait que le sport, c'était une autre façon de résister. A soi-même, aux difficultés, aux intempéries, à cette mélancolie qui m'allait si bien.

— Tu m'écoutes, Georges ?

J'ai sursauté. J'étais un peu déçu, réfugié ailleurs. Cet instant magique, entre lui et moi, le combattant grec et le militant internationaliste, tout cela devenait caravane du Tour, avec klaxons, réclames de lessive et mirlitons de supporters.

— Y a-t-il eu des cyclistes grecs ?

Sam a ri de mon effort. Je crois qu'il me lisait à cœur ouvert.

— Il y a eu un Trophée des Antiquités, une sorte de Tour de Grèce. Mais le maillot du vainqueur était bleu.

— Je ne comprends pas le sport, je ne suis pas nationaliste, j'ai dit.

Ma phrase avait été mâchée, lâchée au dépourvu. Sam s'est arrêté, verre levé, sans me quitter des yeux.

— L'antinationalisme ? C'est le luxe de l'homme qui a une nation.

Il était sombre, gestes empesés et voile dans le regard. Je ne l'avais jamais vu ainsi.

— Parle-moi de tes parents, Georges.

J'ai sursauté. Je lui ai dit peu de chose, pour ne pas trahir l'orphelin. Ma mère morte lorsque j'étais enfant. Puis mon père, tout encombré de moi, traînant sa vie jusqu'au tombeau.

Sam a laissé mon silence lui murmurer le reste. Personne ne pourrait rapiécer l'écolier qui cueille une fleur pour dire adieu à sa mère.

— Et moi ? Sais-tu qui je suis et d'où je viens ?

J'ai eu un geste d'évidence. Samuel Akounis, partisan grec.

— Je suis né à Salonique le 4 janvier 1940, de Yechoua Akounis et Rachel Aélion. Mon grand frère s'appelait Pepo et ma sœur Reina.

Je le regardais sans comprendre. Ou plutôt si. Ma peau était en alerte. Je frissonnais d'apprendre. Samuel Akounis était juif.

— Les ancêtres de mon père venaient de Majorque, en Espagne. Ceux de ma mère, du Portugal. Les siècles ont effacé leur mémoire et leurs noms. Je sais qu'ils travaillaient la laine pour l'Empire ottoman. Mon père était communiste, ma mère était sioniste. Il était boulanger, elle élevait ses enfants. Nous vivions dans le quartier Hirsch, près de la gare. Quand les Italiens ont envahi notre pays, en octobre 40, Yechoua Akounis s'est engagé dans l'armée grecque. Il a été blessé au ventre. Il nous a crus grecs à tout jamais. Mais il était le seul.

Sam s'est levé, laissant son verre plein. J'ai été surpris par ce geste. Il a posé quelques pièces sur la table, pour sa bière et mon vin. Puis il m'a invité à le suivre. Alors j'ai repoussé ma chaise. Il ne s'en allait pas, ne me laissait pas là. Il devait se mettre en route. Comme si tout cela ne pouvait être raconté assis, un verre à la main. Il regardait devant lui, la foule légère, le jour à terre, les arbres qui murmuraient l'été.

— Mes parents n'avaient pas de nation, ils avaient une étoile.

Je me suis excusé. Il a souri.

— Tu t'excuses de quoi ?

A l'arrivée des Allemands, Samuel a été confié à Allegra, sa tante. Elle a emmené l'enfant à Corfou, en zone italienne, où ils se sont cachés toute la guerre, protégés par les oliviers d'une famille d'ouvriers agricoles. Yechoua, Rachel, Pepo et Reina sont partis pour Birkenau par le convoi du 15 mars 1943.

Sam s'est arrêté.

— Sais-tu combien de juifs de Salonique sont morts dans les camps ?

J'ai secoué la tête.

Il a repris sa marche lente sur le boulevard parisien.

— Près de 55 000. C'est Brunner qui a planifié la Shoah des Séfarades.

Il m'a donné un coup de coude. *Nazis*

— Alois Brunner. Tu te souviens ?

Il a contemplé mon regard désolé. Il a ri. Il a dit que j'avais un papillon dans la tête et un cœur de trop.

*
* *

Quelques jours plus tard, nous avons parlé théâtre pour la première fois. Sam était invité au festival de Vaison-la-Romaine, où se jouait l'*Antigone* d'Anouilh, mise en scène par Gérard Dournel. Liliane Sorval jouait la fille d'Œdipe, roi de Thèbes. Et son oncle Créon était interprété par Jean-Roger Caussimon. Représentations en MJC, générales huppées ou débats confidentiels, l'ami grec ne refusait aucune sollicitation. Il était l'emblème du théâtre empêché.

— Bientôt je me remettrai au travail, mais je ne suis pas encore prêt. Je regarde, j'apprends, j'écoute, je rattrape les jours volés.

C'était la deuxième fois qu'il me parlait d'*Antigone*. Il l'avait jouée à l'école Polytechnique d'Athènes, avant l'arrivée des chars. Maintenant, il partait la retrouver dans le sud de la France.

De son sac, il a sorti une *Antigone*, éditée à La Table Ronde en 1945, avec les lithographies terres d'ombres et noires de Jane Pécheur. Il l'a agitée comme un poing levé.

— J'ai souffert avec « la petite maigre ». Et elle a combattu à mes côtés.

Nous étions place du Palais-Royal, pour une autre bière en trottoir.

— La petite maigre ?

Sam s'est raidi. Sa façon de froncer les sourcils. Toujours, il plissait les paupières, comme s'il réfléchissait intensément.

— Tu ne te souviens pas de l'entrée en scène du prologue ? « *Voilà. Ces personnages vont vous jouer l'histoire d'Antigone. Antigone, c'est la petite maigre qui est assise là-bas, et qui ne dit rien... »*

Sa voix de théâtre avait une autre voix. Elle chuchotait la soie des mots.

— Lorsque le rideau se lève, les acteurs sont en scène, occupés à ne pas nous voir, protégés par le quatrième mur.

— Le quatrième mur ?

J'avais déjà entendu cette expression sans en connaître le sens.

— Le quatrième mur, c'est ce qui empêche le comédien de baiser avec le public, a répondu Samuel Akounis.

Une façade imaginaire, que les acteurs construisent en bord de scène pour renforcer l'illusion. Une muraille qui protège leur personnage. Pour certains, un remède contre le trac. Pour d'autres, la frontière du réel. Une clôture invisible, qu'ils brisent parfois d'une réplique s'adressant à la salle.

— Souviens-toi des premières secondes. Tous les acteurs sont présents, aucun n'est en coulisse. Il n'y a pas d'arrière-scène, pas d'entrée fracassante, de sortie applaudie, pas de claquement de porte. Juste un cercle de lumière où entre celui qui parle. Et l'obscurité qui recueille celui qui vient de parler. Le décor ? Une volée de marches, un drapé de rideau, une colonne antique. C'est le dépouillement, la beauté pure.

Son regard, toujours.

— Ne me dis pas que tu as oublié *Antigone* ! J'ai gagné du temps, les lèvres dans le vin.

— Je l'ai lue, comme Boris Vian. Un bagage adolescent. En première, j'ai même planché sur une conversation imaginaire entre Voltaire et elle.

— Voltaire ?

— *Candide*, l'optimisme envers l'homme. Je ne me souviens plus.

— Et Antigone, le pessimisme ?

Sam a ri. Pas méchamment. Il ne blessait jamais celui qui venait de parler.

— Demain, j'irai acheter *Antigone* chez Maspero.
Je veux que tu le relises.

— Celui d'Anouilh ?

Sam a haussé les épaules. Oui, Anouilh. Bien sûr,
Anouilh. Evidemment, Anouilh.

— Et Sophocle ?

Le Grec a balayé ce nom. Il disait l'*Antigone* de
Sophocle réduite au devoir fraternel et prisonnière
des dieux.

— Sa colère est soumise au divin. Alors que la
petite maigre te ressemble.

— Me ressemble ?

— En vingt-quatre siècles, elle est passée d'un
chœur rituel offert à Dionysos à une histoire
moderne, du religieux au politique et du tragique à
la tragédie absolue...

— Quel rapport avec moi ?

— Une héroïne du « non » qui défend sa liberté
propre ? Devine !

J'ai rendu son sourire à Sam. D'accord pour
Anouilh. Merci de me l'offrir. Je lirai. J'ai promis ça
comme on donne l'heure à un passant pressé. Je
n'imaginais pas l'importance du cadeau que Samuel
Akounis venait de me faire. Lui non plus ne devinait
pas que cette terrasse de juillet changerait sa vie et
la mienne. Pour l'instant, il sentait que je n'écoutais
pas. Ma promesse molle, mon corps distant tourné
vers le serveur, à l'affût d'un peu de vin en plus.
Mais il ne m'en a pas voulu.

Le lendemain, Sam m'a offert le livre. Nous
avions rendez-vous au local des maos. Profitant des

vacances, des ouvriers changeaient les serrures des salles de cours. Les appariteurs surveillaient leur travail. Deux d'entre eux sont entrés dans la pièce que nous occupions illégalement à Jussieu depuis deux ans.

— Je peux vous aider ? a demandé Sam.

L'un des huissiers avait mis des gants. Nous l'appelions « Moustache ». Un Corse, toujours au premier rang lorsqu'il y avait de la casse à la fac. Deux fois, il m'avait fait violemment face. Il savait que je venais de la Sorbonne, que je n'avais rien à faire chez lui. Lorsqu'il a appris que je voulais devenir enseignant, il a eu pitié de mes futurs élèves. Il n'était pas du genre à déposer plainte ou à dénoncer un militant. Il se battait à la loyale, tapait fort, encaissait. Des copains juraient qu'il avait connu la prison, seul endroit où l'ensanglanté répond qu'il s'est cogné à une porte. Pour ça, je le respectais.

Les huissiers n'étaient jamais entrés dans notre local mais, ce jour-là, avec Aurore et Sam nous n'étions que trois. « Moustache » a fait un pas vers le seuil.

— Je vous ai posé une question, a répété le Grec.

— On leur demande leurs cartes d'étudiants ? a souri l'appariteur.

L'autre a eu un geste las.

Je me suis avancé, poings fermés.

— Foutez le camp !

Les deux molosses ont mimé la surprise.

— Trois contre deux, qu'est-ce qu'on va dérouiller !

« Moustache » a posé une main sur l'épaule de son collègue.

— Allez, on se sauve avant qu'ils nous massacrent...

Et ils sont sortis dans le couloir en riant.

Sam et moi n'avions pas besoin de parler. Il y a quelques années, nous étions des centaines à occuper la fac. Chez nous partout, des sous-sols aux terrasses. Quand la police entrait, les bâtiments devenaient une ville que nous défendions rue par rue. Une table de cours c'était quatre barres de fer. Les dossiers de chaises frappaient leurs boucliers. Partout dans les combles, des bouteilles incendiaires attendaient de protéger notre retraite. Mais cet été-là sonnait la débâcle. Sans violence ni cris. Nous avions peu à peu déserté la place forte. Et voilà qu'ils changeaient les serrures des portes.

Lorsque nous avons quitté le local, j'ai jeté un dernier regard à la salle aux néons grillés. En 1972, j'avais écrit : « Ne renoncez jamais ! » en rouge, à gauche de la fenêtre. Aurore a fermé la porte à clef. D'un coup de pied, je l'ai brisée, à l'intérieur de la serrure. Et j'ai gardé l'anneau cassé.

— Il y a d'autres théâtres que celui-ci, m'a dit Sam sur le parvis.

Il m'a offert *Antigone*. J'ai accepté le livre comme une lettre d'adieu. J'étais triste et inquiet de nous. Mon ami a souri. Depuis l'altercation avec les vigiles, il respirait mal.

— Ne te fais pas de film. Nous allons nous revoir.

J'ai ri. Il connaissait mes peurs mais les respectait. Jamais il ne me mettrait en danger. Je savais le danger.

J'en avais une conscience animale, un instinct de caverne. Je le devinais dans la rue, un geste, un mot de trop. Je le lisais dans les silences, les regards, les rires de sottise. Je le sentais dans les promesses comme dans les menaces. Je le soupçonnais chez l'ami et chez l'adversaire.

Mais pas chez Sam.

4

Natalia Stepanovna

NATALIA STEPANOVNA
Votre père était un joueur et un goinfre !

LOMOV
Et votre tante, une cancanière comme il y en a peu !

Je me suis levé. Aurore avait un problème de présence. Le regard, le texte, les gestes, le ton, rien n'allait. Son ventre, peut-être. Notre enfant qui mûrissait en elle. Comment jouer une jeune promise, enceinte de six mois ? Elle n'était pas devenue Natalia. Elle le savait. J'ai marché autour d'elle.

— Lomov est hors de lui. Et toi ? Tu fais quoi, toi ? Tu devrais mordre !

Aurore s'est adossée contre le mur, main sur le ventre.

— « L'injustice me révolte ! » C'est Natalia qui le dit. Alors, quand tu insultes Lomov en traitant sa tante de « cancanière », je veux que ton corps entier hurle le dégoût. Dégueule ces mots, Aurore ! C'est une gifle que tu donnes. Je ne l'ai pas vue, cette gifle. Et lui ne l'a pas sentie !

Aurore s'est assise sur le sol. Elle a allumé une cigarette. J'ai détesté ce geste. Elle avait promis d'arrêter.

— Je te veux hors de toi, tu entends ?

Elle entendait.

— C'est la fierté de Natalia que tu défends ! Les Petits-Prés-aux-Bœufs, c'est son terrain, l'honneur de sa famille, de son sang, de sa race, comme dit Tchekhov ! Lomov veut s'en emparer ? Tu résistes ! On meurt pour sa terre, Aurore ! Natalia est prête à tuer pour la sienne.

Je voulais mettre en scène la colère. La vraie.

Ma femme a hoché la tête. Elle avait compris. Elle comprenait vite.

A l'automne 1975, elle avait deviné l'attention que je lui portais. Il a suffi que je la regarde, que je pose une main sur son épaule, que je guide ses hanches lors d'un déplacement sur scène. Elle avait fait du théâtre au collège, au lycée, dans les salles paroissiales, de la politique à la fac puis du théâtre encore, quand la politique s'était épuisée. J'avais fait du théâtre au collège, au lycée, dans les salles paroissiales, de la politique à la fac, puis du théâtre encore, quand la politique m'avait épuisé. Nous nous étions observés dans les travées de Jussieu, enchaînés dans les manifestations de boulevard, perdus sur les boulevards au moment des dispersions brutales. Sam l'avait prise en amitié. Il disait que la scène lui allait mieux que le mégaphone. Que les répliques de n'importe quel auteur valaient mieux pour elle que nos slogans. Il lui parlait théâtre. Il voulait l'arracher à nos rues. Il la protégeait comme sa fille.

Le jour où j'ai monté *Une demande en mariage*, de Tchekhov, Aurore s'est imposée. Elle avait une peau de craie, les yeux clairs, les pommettes hautes, les paupières étirées. Bretonne du Finistère, elle était mon image de Natalia Stepanovna. Nous avons joué dans des foyers de jeunes travailleurs de la ceinture rouge, cinq représentations gratuites. Le théâtre était devenu mon lieu de résistance. Mon arme de dénonciation. A ceux qui me reprochaient de quitter le combat, je répétais la phrase de Beaumarchais : Le théâtre ? « Un géant qui blesse à mort tout ce qu'il frappe. » Je faisais résonner l'émotion ailleurs que sur les scènes convenues. J'introduisais les rires, les frissons de contrebande entre des murs sans joie. Dans mon collège, d'abord. Mais aussi dans les hôpitaux, les maisons de vieux, les foyers d'immigrés. J'étais fatigué du théâtre militant, joué sur un coin de trottoir face à dix copains sombres. Je ne voulais plus du présent, mis en scène pour répondre à ses coups. Du drapeau américain que l'on brûle et du drapeau rouge agité par le vent. Je voulais du complexe, une intelligence entre gris clair et gris foncé. J'avais décidé de revenir aux mots d'avant les tracts. Jouer Gatti, Jarry ou Brecht n'est pas trahir, me disait Sam lorsque j'en doutais.

Il avait monté une compagnie. Une vraie, à demeure, avec des murs et un toit. Il disait que la troupe était le matériau de son théâtre. Inventer une famille le temps d'un spectacle ne lui suffisait plus. Il voulait jouer en confiance, comme face aux chars de son vieux pays. Un socle d'amis, et à tout jamais. Comme ses héros de paix, Roger Planchon et Patrice Chéreau, son théâtre était de langue et d'images. Un rêve de poche dans le nord de Paris, qu'il avait baptisé « Le petit Diomedes », en hommage à Diomedes Komnenos, 16 ans, abattu d'une balle dans la tête le 16 novembre 1973, alors qu'il marchait vers l'école Polytechnique. Sam m'avait demandé de le rejoindre, mais j'avais refusé. Je voulais mettre en scène. Il voulait me mettre en scène. Il avait aussi adopté Aurore, mais elle m'avait choisi. Il en avait été témoin.

— Le diable me prenne ! C'est une affaire qui vous fait du tracas, le mariage, a-t-il souri le jour de nos noces en récitant Gogol.

Lui, refusait l'anneau. Il avait peur de voir mourir ses enfants. Ses amoureuses étaient grecques, toutes. Je n'ai jamais su, de Sam ou d'Akounis, de qui elles s'éprenaient. Le résistant d'hier, le metteur en scène d'aujourd'hui, simplement le bel homme aux mots justes ?

A l'automne 1979, une fois encore, nous avions voulu offrir *Une demande en mariage* à des travailleurs en grève, pour la colère du texte et sa drôlerie. Faire sourire le prolétariat était une bagarre comme une autre. Depuis le 11 octobre, les métallos de l'usine Alsthom de Saint-Ouen occupaient le site. Ils ne voulaient ni changer le monde ni mettre le feu à la plaine. Un millier de femmes et d'hommes bataillaient pour un 13e mois et une cinquième semaine de congés payés. Jouer Tchekhov pour ces ouvriers, c'était distraire des résistants.

Le 14 novembre 1979, jour de notre représentation, les CRS sont entrés dans l'usine occupée. Revenus en force à 6 heures du matin, derrière leurs matraques, la maîtrise et les cadres ont ouvert les portes aux non-grévistes.

Les copains nous ont prévenus de l'intrusion au petit jour. Un syndicaliste nous a dit que des femmes pleuraient. Un homme a crié qu'il ne pourrait plus vivre. A 15 heures, Sam, Aurore et moi sommes arrivés quand même pour jouer Tchekhov. Sam avançait, sinistre, avec le chandelier de cuivre. Moi, j'avais seulement de la colère aux poings. Je voulais entendre ce que ces salauds avaient à dire. Un CRS nous a demandé de retourner en coulisse. Aucune violence. Pas un mot de plus. Les ouvriers étaient partis. Par précaution, un jaune a tiré le loquet de la grille en fer forgé.

Brusquement, je suis tombé sur le trottoir. Parti d'un coup, à la renverse, comme frappé par une balle perdue. J'ai heurté le sol de mon dos, ma tête, mes mains. Je suis resté couché, bouche ouverte et les yeux blancs, tressaillant un instant avant d'être gisant. Alors Sam a compris. Il a regardé les policiers, les briseurs de grève. Il a examiné la grille au cadenas brisé. Il a observé ce public jaune et bleu, muet et effaré. Il a longé le ciel, les bâtiments vaincus. Il a pris son masque de tragédie. Son regard tombé, sa bouche, ses rides profondes, son front de plâtre usé. Il s'est penché sur moi, bras levés vers les dieux.

TCHOUBOUKOV

Oh !... Qu'y a-t-il ? Que veux-tu ?

NATALIA STEPANOVNA
(*Gémissant, mains sur son ventre*)

Il est mort !

TCHOUBOUKOV

Qui est mort ? (*M'ayant regardé.*) Il est vraiment mort !
Seigneur, Seigneur ! De l'eau ! Un docteur !
(*De son sac, Sam a sorti un verre vide.
L'a approché de ma bouche.*)

TCHOUBOUKOV

Buvez... Non, il ne boit pas... C'est donc qu'il est mort, et autres choses pareilles ! Je suis le plus malheureux des hommes !

Et puis nous nous sommes figés. Une longue minute. Moi, sans vie. Sam sans un geste. Aurore sans plus un cri.

Lorsque nous nous sommes relevés, le silence était total.

Moi d'abord, mort revenu à nous. Puis Sam, penché sur mon agonie. Et Aurore, enfin, qui avait gardé la tête entre ses mains, bouche ouverte et les yeux levés vers novembre.

Nous avons quitté le trottoir comme on sort de scène. Mais sans attendre rien.

— Il m'a fait peur, ce con ! a lâché un flic.

Nous avons pris ce mot pour un vivat.

5

Louise

J'ai cessé d'être un enfant le 9 janvier 1980 à 6 heures du matin. Mais je ne me souviens pas l'avoir souhaité. Notre fille fut appelée Louise. Comme la grand-mère d'Aurore, sardinière de Douarnenez qui avait brisé sa vie à la chaîne, les mains dans le poisson. Le prénom Louise, c'était pour ça. Nous l'avions expliqué aux parents ravis jusqu'à nous en convaincre. Mais les copains savaient que c'était aussi en l'honneur de Louise Michel, l'institutrice qui avait préféré le noir au rouge, le deuil des illusions au sang de nos soldats. Celle qui avait inspiré mon mémoire de maîtrise : « Louise Michel et le Droit humain ».

Et d'ailleurs, les deux Louise se valaient. Aurore leur trouvait une rage et une fierté communes. Ma femme m'avait séduit par son sourire et l'histoire de sa grand-mère. Une « Penn Sardin », qui avait claqué la rue de ses sabots, remontant sans peur les défilés jusqu'aux cordons de gendarmes. Coiffe sur la tête, elle chantait la colère de l'usine. A tue-tête, elle chantait. Poings sur les hanches, comme les ouvrières du poisson. Elles chantaient en partant le matin, en remplissant les boîtes, en rentrant le soir préparer la soupe du marin. En 1924, elles se sont mises en grève pour 1 franc de l'heure, à la place des 80 centimes que le patron lâchait. L'une d'elles fut même élue illégalement conseillère municipale, alors que les femmes n'avaient pas le droit de vote.

Depuis le début de l'année, Aurore et moi comptions les semaines, puis les jours. Nous voulions Louise ce mercredi-là. Qu'elle naisse un 9 janvier, jour où la Communarde a fermé les yeux.

— J'y arriverai, avait promis Aurore.

Et elle y est arrivée, nous offrant le prénom de Louise en partage.

Je n'ai pas assisté à l'accouchement. J'étais dans le couloir de la maternité, puis dans la rue, dans le métro, dans la rue encore, devant la chambre de travail, sur le trottoir gelé, tournant en rond mes dernières heures sans liens.

*
* *

Aurore et moi nous étions mariés entourés de copains. Le mariage, j'en riais, ma femme n'en riait pas. C'est elle qui avait fait la demande. Elle avait une robe gitane pour protéger son ventre et moi un pull breton, trois boutons sur l'épaule qui fermaient le col rond. La noce avant la nôtre était en blanc, en dimanche, en vrais habits de fête. Et celle après, pareil. La mariée patientait, voilette sur les yeux, et son fiancé nous regardait comme on prend peur. La robe d'Aurore était neuve, achetée tout exprès. Mon pull n'avait jamais été porté. Il était de bonne laine, un écru presque blanc. J'avais laissé le blouson au vestiaire, et mes rangers de combat. Elle et moi avions repassé nos jeans pour qu'ils aient un pli de gala. Nous n'étions pas convenus mais nous étions convenables. Habillés pour faire honneur à la cérémonie. Mais le maire nous a humiliés. Un élu de droite, venu avec son écharpe et son mépris.

— La République, c'est le respect des institutions.

Il nous a accueillis comme ça. Aurore, moi, et les copains brouillons. Il a dit qu'un mariage était un acte particulier, un jour particulier, qui imposait une attitude particulière et une tenue appropriée.

— La République, c'est le respect des différences, a répondu Sam, mon témoin, sans élever la voix.

Le maire a été saisi. Il nous a unis comme on se débarrasse d'une tâche inopportune. Avant la cérémonie, j'en voulais aux idiots qui avaient accroché Lénine à leur revers. Puis j'ai été fier d'eux. Je m'en voulais d'avoir porté ce pull de marié. Et cette robe de mariée, colorée en printemps, chère, achetée avec la collecte des amis. Nous avions fait de notre mieux, mais notre mieux n'était pas encore assez pour eux. Quand le maire a parlé, Aurore s'est mise à pleurer. Notre enfant devait pleurer aussi. Le maire a vu, compris peut-être, mais le mal était fait. Alors nous avons chanté la colère rouge, poings levés sur les marches de la mairie. Jamais je n'ai remis mon pull. Aurore a déchiré sa robe en rentrant. Une fois de plus, nous avions su ce que nous combattions.

*
* *

Je me suis retrouvé père en hiver, avec la peur au ventre. Passé de l'étudiant en histoire qui faisait du théâtre pour demain, à l'homme tenant demain entre ses bras. Louise était ravissante, je crois. Les petits d'hommes se ressemblent quand ils arrivent au jour. J'étais assis sur le tabouret, à côté du lit où reposait sa mère. J'avais laissé mes femmes se reposer. Mes femmes. Je suis sorti comme on s'échappe. J'ai bu. J'ai choisi une brasserie de gare, la première sur mon chemin. Un zinc de départ, avec des gueules cassées, les verres qui se remplissent d'un geste ou d'un regard.

— Je suis papa.

J'ai dit ça à tout le monde, à personne. Au type à côté, qui parlait à son verre. Au patron, qui m'ignorait comme on longe un mur gris. J'ai offert un vin ou deux, une bière. Je suis allé sur le quai, au bord des rails déserts, sans arrivée, sans train. Juste les deux traverses qui filent vers l'au revoir. Je ne voulais pas rentrer. Pas encore. L'appartement, le salon transformé en chambre d'enfant, le lit prêt, la commode blanche, le mobile en peluche pour adoucir les peurs. Je ne voulais pas de ce silence. Je suis descendu sur le gravier, j'ai marché le long des voies. La nuit me protégeait. Je suis entré dans un wagon ancien, abandonné au milieu de trains oubliés. Je me suis assis dans un compartiment, près de la fenêtre, comme un voyageur qui s'en va. Sous les filets à bagages, une photo de Clermont-Ferrand, sa cathédrale noire. La clarté était douce, orangée des réverbères du pont, blanche des signaux de voies, dorée de nuit claire. J'avais le front contre la vitre. Des cheminots remontaient les convois, au loin. Je voyais leurs lanternes à bout de bras. Je n'avais peur de rien. Surtout pas d'eux, les hommes du rail. Ce que je fais là, messieurs ? Je réfléchis. Je referme le livre de mon enfance. Je me donne une nuit pour reprendre mon souffle. Une maison ? Bien sûr que j'en ai une. Mes clefs ? Les voici. La plate, c'est la porte d'entrée. La petite est pour la boîte aux lettres. La troisième ? Celle-ci ? La cassée ? C'est la clef du paradis. Elle ouvrait une pièce secrète, à l'université. Un toit qui était nôtre, un refuge, un asile. C'était notre matrice. Vous ne comprenez pas ? Peu importe. C'est pour vous que nous combattions. Pour vous, qui marchez le long des rails. Pour les ouvriers de l'usine râteau, les grévistes d'Alsthom, les femmes battues, les jeunes méprisés, les immigrés privés d'honneur, les mineurs tout au fond, les marins à leur océan. C'était pour vous messieurs, camarades, amis. Pour vous, qui ne vous en êtes jamais doutés. Alors, s'il vous plaît, laissez-moi dormir. Laissez-moi cette dernière nuit, ce voyage immobile dans ce wagon désert. Laissez-moi reprendre mes esprits. Laissez-moi devenir père avant de l'être tout à fait. Laissez-moi.

J'ai dormi jusqu'au matin glacé. Il était 5 heures et Louise avait un jour. J'ai attendu à la grille que l'hôpital ouvre ses portes. J'avais le cœur léger. J'étais en paix. J'étais père. Je n'avais pour exemple de père que l'absence du mien. J'étais père. Il m'avait fallu une nuit pour l'accepter. J'étais père, j'ai couru en boitant dans le couloir désert pour retrouver mes femmes.

*
* *

Je suis né le mardi 16 mai 1950. Je suis venu comme ça, bousculant la vie de deux jeunes personnes. Mon père ne voulait pas d'enfant, ma mère ne savait pas. Son ventre m'a caché à lui pendant des mois. Il était protestant, elle était catholique. La Vierge veillait, alors elle m'a gardé. Et il nous a gardés. Mais vraiment rien de plus. J'étais son affaire à elle, comme les courses, le ménage, la poussière sous les lits. Je crois que mes parents se sont aimés avant moi.

Lui était parisien, un vrai, élevé rue de la Roquette dans une famille ouvrière. Père forgeron, mère corsetière. Un jour de décembre, m'a raconté mon oncle, ils ont fait la queue devant le Bureau de Bienfaisance, avec les indigents. Ma mère venait de Mayenne, née dans un corps de ferme près de Commer. A la mort de ses parents, enlevés par la méningite, elle avait 15 ans. Sa tante l'a recueillie à Montreuil. Pendant des années, elle lui a appris le métier de blanchisseuse avant de lui faire reprendre des études. Mon père et ma mère se sont rencontrés plus tard, pendant la guerre. Ils ont passé leur temps à regarder ailleurs, bataillant pour le charbon et le pain. Puis nos drapeaux sont ressortis des armoires. Il était professeur d'histoire, elle est devenue institutrice. En août 1949, elle a emmené son mari visiter le pays de Mayenne. Elle voulait revoir les arbres, le ciel, la ferme de ses parents. C'est là qu'ils m'ont fabriqué sans le vouloir, un soir, dans les hautes herbes.

J'ai peu de souvenirs d'enfance, peu de photos aussi. Je les ai retrouvées un soir, juste avant de quitter la maison de mon père. Quatre clichés dentelés à l'ancienne, à peine plus grands que les beaux timbres. Sur le premier, j'avais l'air d'une fille. Une blouse blanche glissée dans des shorts bouffants et une charlotte en dentelles. Je tenais la main d'une femme, coupée par le cadre.

— La main de ta mère, disait mon père, sans se souvenir vraiment.

Un autre montrait une poussette, au soleil de Savoie. J'étais dedans, sans que l'on me devine. La troisième racontait un adolescent, qui cache ses gros traits d'un geste de la main. Juste un regard, des cheveux en brosse, une grimace floue. La dernière était la plus douloureuse, prise en 1955, à l'enterrement de ma mère. J'avais cinq ans à peine. Je ne sais pas qui a levé l'objectif sur cet enfant perdu, qui a appuyé ce jour-là pour arrêter le temps. Le photographe devait être accroupi sur le chemin. On ne voit que des pantalons sombres, des robes de deuil, les grilles du cimetière. Et seule à part, une ombre agenouillée, habillée de fragile, qui cueille une fleur de talus pour dire adieu à sa mère. J'ai volé cette photo à mon père. Je l'ai prise dans la boîte à biscuits qui en cachait si peu. Je l'ai reprise. Je l'ai sur moi depuis toujours.

Et puis je suis passé de l'enfance à la jeunesse, pensionnaire indocile comptant les jours bruyants. J'ai appris à me battre. A ne plus entendre, à ne pas écouter. A suivre mon instinct comme un loup file sa trace. Au collège, j'étais un élève moyen. Et puis un lycéen moyen plus tard. Les mathématiques m'effrayaient. Jamais je n'ai compris cette langue. J'ai fait longtemps le cauchemar de l'enfant appelé au tableau. Mais j'aimais l'Histoire, et le théâtre par-dessus tout. Me mettre en scène, plutôt. Avoir d'autres habits, d'autres gestes, une autre voix, un autre texte. Depuis la maternelle, je n'ai cessé d'être acteur, puis de monter des petites pièces. J'inventais des rôles avant même de lire couramment. Au collège, j'avais créé « La compagnie des cancres », une poignée d'élèves que je faisais répéter pour les fêtes de fin d'année. Au lycée, j'ai monté « La troupe des quatre planches » puis « Le théâtre en toc », volontés disparates et talents divers. J'ai eu mon bac en 1968. Pas d'épreuves écrites, un grand oral où l'on m'a demandé comment j'allais. J'ai parlé de Rimbaud, de Ronsard, de l'amour. En histoire, nous avons convoqué le présent. « L'ordre a laissé place à la liberté », j'ai dit. J'avais lu ce slogan sur un mur en venant. Le professeur a souri. Il avait un bras bandé. Des élèves juraient qu'il avait connu la matraque. Je n'en ai rien su. A chacun de mes mots, il hochait la tête, comme un chien de feutre sur la plage arrière d'une voiture de vacances. Ce n'était pas de la politesse. Il était d'accord, et c'était enivrant.

Je suis devenu un bachelier de mai. Puis un étudiant d'octobre, entré à la Sorbonne après la bataille. Je voulais faire du théâtre, mon père m'a contraint à l'Histoire. Il m'offrait sa minuscule chaire, c'était tout ce qu'il avait pour moi et je l'ai acceptée. Licence, maîtrise, Capes manqué deux fois, études à n'en plus finir, puis surveillant de réfectoire et de cour de récréation en espérant prendre un jour sa place derrière le bureau d'un maître. Le théâtre ?

— Le théâtre, c'est le week-end, comme le jardinage, disait-il.

C'était ainsi. Nous avions l'Histoire en commun mais pas d'histoire commune. Pas non plus de souvenirs de peau. Je n'ai rien gardé de ma mère, aucune trace de lèvres, aucune caresse, aucun regard. De mon père, je n'ai rien conservé parce que rien n'a été. Je ne me souviens pas de sa main, de ses doigts qui rassurent lorsque l'orage gronde. Pas même de sa colère, de sa joie, de ses cris. Ni de sa voix. Je ne me souviens pas du rire de mon père. Jusqu'à ce jour, lorsque je pense à lui, je revois le silence. Il y a des enfants aimés, détestés, des enfants battus, des enfants labourés ou couverts de tendresse. Moi, je suis resté intact. J'ai souri souvent, en mimant au théâtre le baiser paternel, deux lèvres sur le front de l'enfant qui s'endort. Ou la tendresse maternelle, sein offert, bras ouverts, les yeux brillants de ventre.

J'étais venu au monde parce qu'une femme avait aimé un homme. Elle était repartie sans avoir eu le temps de m'aimer. J'étais une bouche en trop, je suis devenu un cœur en plus.

J'avais 20 ans lorsque mon père est mort. Et je suis resté debout, à le regarder. Des gens entraient dans la pièce. Certains l'embrassaient, d'autres effleuraient sa main, comme on constate. J'étais contre le cercueil, tête basse, moulures écrasant mes cuisses douloureuses. Je dominais son corps. Je n'avais qu'à tendre la main. Ma peau, la sienne. Même marbrée, même flétrie. Je n'avais qu'un geste à faire pour nous unir. Je n'ai pas su. Lui, mains jointes. Moi, bras croisés. Comme puni dans mon coin, sans oser respirer. Deux gisants.

Je suis resté comme ça la nuit entière. J'ai refusé une chaise, un verre d'eau, un biscuit, toutes ces brutalités qui fredonnaient la vie. Au matin, il a fallu me pousser doucement pour refermer la boîte. Ce sont ses mains que j'ai vues en dernier, posées sur le satin, piquetées de mort noire. Encore, j'aurais pu. Glisser mes doigts sous le couvercle, même en aveugle, agripper sa manche pour le garder. Mais je n'ai pas bougé. Je suis resté contre le socle. J'étais orphelin. Devant, en première ligne. De nos deux peaux, restait la mienne. Je me suis dit qu'il fallait la défendre. Contre ceux qui lui voudraient du mal, contre celles qui lui voudraient du bien. Une peau à défendre. Cette phrase m'a servi de slogan quand je me suis battu. Ne pas être une enveloppe, une peau morte qu'on traîne comme un linceul. Les copains scandaient le communisme, je suivais mes propres rites. Lutter, c'était rester debout. Pas à genoux, pas couché, jamais. Quand je tombais sous les coups, je voyais le cadavre de mon père. Ses mains jointes me faisaient honte. Enfant, adulte, j'ai résisté. Je suis passé des doigts tachés d'encre aux phalanges écorchées.

*
* *

J'ai pris Louise dans mes bras. Je l'ai serrée long-temps, main passée sous sa nuque. Elle palpitait. Elle sentait la vie. Je n'étais pas rasé. J'osais à peine poser ma joue contre elle. Je lui ai parlé doucement, juste pour moi.

— Je t'aime, je t'aime, je t'aime.

Murmuré trois fois. Les mots qui manquaient d'un enfant à l'autre. J'ai posé mes lèvres sur son front. Jamais je n'avais ressenti une telle beauté et une telle violence. Je n'étais plus seul. Il me faudrait protéger deux êtres. Les défendre de toutes mes forces. Une mère, sa fille. J'ai eu peur pour elles.

— Qu'est-ce que tu as dit, Georges ?

J'ai relevé la tête. Aurore était assise dans son lit, le dos contre un coussin. Elle me regardait. Alors j'ai répété.

— Je tuerai pour elle.

— Ne dis pas des choses comme ça, ça me ter-rorise.

Je me suis penché sur ma fille.

Gardien, soldat, sentinelle.

— Je tuerai pour toi, petite femme.

6

Joseph Boczov

Je me fais peur. Je sais qu'il coule en moi autre chose que les larmes et le sang. Je charrie la fureur. En pension, je retournais mon lit à deux mains pour briser ma rage. J'ai frappé un maître, qui avait dit d'un élève qu'il n'était pas fini. C'était vrai. Il ne l'était pas. Myope, au-delà, presque aveugle, il suivait les lignes de son doigt malhabile. Il s'appelait Bachir, le maître le traitait de « bochiman ». Quand Bachir clappait une réponse qui ne venait pas, le maître imitait la langue des hommes de brousse. Il lui disait de retourner dans sa caverne, de grimper sur son arbre. Il lui conseillait de venir pieds nus en classe, s'il ne s'habituait pas aux chaussures de la ville.

De septembre à novembre 1962, Ambroise Vançay, professeur de 6e au collège Thomas-Edison, a mal-traité l'Algérien Bachir Tayebi, rapatrié dans le paquetage de son harki de père. Et moi, j'ai laissé faire trop longtemps. Des heures et des heures, dans la joie des autres qui se savaient français. Un vendredi, à la fin des cours, Bachir a laissé tomber ses lunettes, épaisses comme des hublots. Elles ont raclé le sol, passées de soulier en soulier, d'un bout à l'autre de la pièce. J'ai regardé Vançay. Il observait le jeu. Il voyait tout. Un œil sur l'horloge, l'autre sur les lunettes. Bachir s'est levé, bras tendus. Il ne pleurait pas, ne criait pas. Ce garçon avait appris à ne pas supplier. Il réclamait simplement la lumière à voix basse.

Vançay était assis sur son rebord de table. Il a enlevé ses propres lunettes. Il a observé les verres graisseux dans le jour qui baissait. Il a soufflé deux fois, avant de les essuyer avec application. Quand la cloche a sonné, il a dit « à lundi », sans un regard pour rien. Les autres se sont précipités, piétinant le parquet de leurs galoches. J'ai ramassé les lunettes de Bachir, les lui ai mises dans la main. Pas merci, rien. Il est parti en courant comme les autres, honte au ventre. Dans la classe, il n'y avait plus que l'enseignant et moi. Je me suis avancé à son bureau, sans un mot. J'ai frappé son visage de mon cartable à soufflets. Violemment, sans penser, sans rien d'autre que l'envie de faire mal. Le cuir a griffé sa joue. Il a perdu l'équilibre. Ses lunettes sont tombées. J'ai marché dessus. Je les ai écrasées. Aujourd'hui encore, mon ventre garde le bruit de ce verre brisé. Et l'image de sa stupeur. Il s'est accroupi pour ramasser les débris. Et moi je suis parti. Sans rien attendre. Le dimanche, j'ai regardé le ciel en pensant que ma vie s'arrêtait là.

Le lundi 26 novembre 1962, j'ai repris ma place à gauche, deuxième rang dans la classe. Vançay a sorti son cahier de mathématiques. Il a écrit la date du jour sur le tableau. Il avait d'autres lunettes, rondes et noires, qui le rendaient sévère. Bachir Tayebi était retourné à son brouillard.

Il ne s'est rien passé. Pas un mot, plus jamais. Le professeur nous a ignorés. Lui, moi. J'étais soulagé et déçu à la fois. Je rêvais d'un affrontement public. J'ai replié la lame de mon couteau. J'avais 12 ans.

*
* *

— La violence est une faiblesse, m'avait dit Sam.

Il m'avait ouvert sa porte en décembre 1975, après une embuscade que nous avions tendue à des militants d'extrême droite. Quelques jours plus tôt, les copains avaient reconnu l'un des leurs, qui sortait d'un forum de la Nouvelle Droite, dans le XVe arrondissement. Ils l'ont corrigé sévèrement, et dépouillé. Le militant était courageux, mais imprudent. Dans son calepin, il avait noté la prochaine réunion de son groupe, le jour, l'heure, tout. Il devait être aussi orgueilleux. Il n'a pas raconté le matraquage à ses chefs. Le soir de leur meeting, nous étions une centaine, par groupes de cinq, dans les rues tout autour. Ils étaient quarante, à peine plus. Ils dînaient dans une crêperie. Aurore et une amie de Censier avaient réservé une table, dans la salle. Elles s'étaient habillées en filles, les cheveux relevés. L'un des gars leur a porté un toast en souriant. Lorsqu'ils ont demandé l'addition, elles sont sorties nous prévenir. Ils avaient beaucoup bu. Ils avaient du mal à se séparer sur le trottoir. Deux d'entre eux chantaient Sardou, enlacés, verres levés aux fenêtres noires.

Ne m'appelez plus jamais « France »
La France elle m'a laissé tomber...

J'ai été dans le premier choc. Comme je ne pouvais courir vite, je tapais ce qui était à ma portée. Je hurlais. Nous hurlions tous. Une meute de chiens. Nous avons surgi des deux côtés de la rue, barres levées. Tous étions casqués, gantés, foulard remonté sous les yeux. Ils étaient comme un seul, les uns contre les autres. Nous étions la vengeance des masses. Je me souviens de ma force. De ma colère. Et aussi de ma joie brutale. Mon genou claquait comme mes dents. J'avais mal. Je m'en foutais. Je courais en crabe pour ne pas laisser de signalement à l'ennemi. Mon galop était inquiétant. Une danse barbare qui semblait faite exprès. Tous les dix pas, je tendais brusquement la jambe devant moi, chassant l'air comme un dément. J'ai cogné le premier dans le dos. Il avait glissé sur le trottoir. Il était ivre. Tombé, relevé, il allait retourner dans le restaurant quand j'ai frappé de toute ma haine. Le choc l'a projeté en avant. Son front a heurté brutalement la vitrine. Il s'est retourné, les yeux fous. Je l'ai touché trois fois. Nez, menton, bouche, tenant ma barre sanglante à deux mains. Et puis j'ai écrasé ses lèvres, brisé ses dents. Je hurlais. Rien d'humain. Je couvrais son cri par le mien. Le pied de table était dans sa bouche, je l'ai tiré violemment vers son oreille. Et l'acier déchiré a emporté la joue.

— Les rotules ! Brisez les rotules ! criait un camarade.

Lorsque nous tombions entre leurs mains, ils écrasaient nos genoux. C'était la spécialité de l'ennemi, c'est devenu la nôtre. Les empêcher de courir à nouveau, de marcher à nouveau, de défiler en rang. Les obliger à la béquille, à la chaise, à la douleur à vie. Les blesser dans leur chair profonde, comme je l'avais été. J'ai sautillé de l'un à l'autre. Aucun ne nous a échappé. Nous étions trois contre un. Méthodiques. Les hommes à terre étaient recroquevillés, fermés comme des enfants à naître. Ils protégeaient leur nuque, leur front, nous abandonnant le reste. Des mots ne me quittaient pas, ils pulsaient dans ma tête jusqu'à l'absurde. « Mon cœur bat terriblement... Mes Petits-Prés... Les deux yeux me papillotent... » Une réplique de Lomov à Natalia Stepanovna. Le matin même, je répétais la scène avec Aurore. Demain nous allions jouer Tchekhov dans un foyer immigré de Corbeil. « Mon cœur bat terriblement. » Plusieurs fêtards étaient à terre. « Les deux yeux me papillotent... » L'un d'eux avait perdu une chaussure en s'enfuyant.

J'étais militant. J'étais metteur en scène, surveillant dans un collège parisien, étudiant d'histoire attardé. Je combattais l'ennemi. Je divertissais l'ennemi de mon ennemi. J'éduquais des enfants pour en faire des amis.

— Putain ! Ils ne sont pas armés ! Ils n'ont rien sur eux ! a hurlé un copain.

— Et moi ? J'étais armé au Luxembourg ? je lui ai répondu.

*
* *

Deux ans avant, le 26 mars 1973 au matin, nous avions tenté de reprendre la faculté d'Assas aux « Rats noirs ». Ils s'appelaient comme ça entre eux. « Anthracite » était leur mascotte. Un personnage de bande dessinée des années 50, un rat sombre à l'oreille déchirée, au museau long et aux dents mauvaises. Ils mettaient le rongeur sur leurs affiches, leurs tracts. C'était leur signature. Dans les histoires pour enfants, publiées par le journal *Tintin*, « Anthracite » était le chef des méchants. Il rêvait d'argent, de pouvoir, de puissance. Le chef des gentils s'appelait « Chlorophylle ». Je n'ai jamais su si c'était une fille ou un garçon. C'était un lérot. Un rongeur, l'œil cerné de noir comme s'il avait reçu un mauvais coup. « Anthracite » était grand, malin, sans scrupules. « Chlorophylle » était petit, intelligent et le cœur gros de tout. Dans le livre, le lérot gagnait chaque fois. Dans la rue, c'était moins net. Et je détestais l'idée que mes adversaires puissent avoir de l'humour.

Ce jour-là, « Anthracite » a battu « Chlorophylle ». Le rat nous a laissés entrer rue d'Assas, dans la faculté de droit. Tout cela était trop facile. Nous étions casqués, armés, préparés pour l'assaut final. Entrés dans l'égout, nous allions déloger le rat à jamais. C'est alors qu'il a surgi de partout, en hordes noires. Des coursives, de la rue, des salles. Il était prêt, il savait. C'était un piège. Nous n'avons pas tenu le choc. La plupart d'entre nous étions coincés à l'intérieur. Les flics sont arrivés. Jamais les copains n'ont été aussi heureux de lever les mains au milieu d'une haie de matraques. Moi, j'ai tenté une sortie. Nous étions quatre, tous de la Sorbonne. Nous avons couru vers la porte. L'ennemi était partout dans la rue. J'ai tourné à gauche. J'ai balancé ma barre de fer comme un projectile. J'ai gazé autour de moi. J'ai vidé ma bombe avant de la jeter. Le vent m'était contraire. Je suffoquais. Je crois bien que j'étais le seul. J'ai couru en évitant les rats, comme un ailier de rugby monte à l'essai. Ils étaient cinq à mes trousses. Je pensais qu'ils me lâcheraient. Trois ne l'ont pas fait. Je suis entré dans le jardin du Luxembourg comme on se réfugie dans une église. Je ne sais pas pourquoi, j'ai cru qu'ils n'en franchiraient jamais les grilles. Qu'on pouvait massacrer quelqu'un sur un trottoir de novembre, mais pas dans un bosquet de printemps. Ils m'ont rattrapé loin, après le bac à sable. Ma dernière force a été d'éviter les enfants. Des mères hurlaient lorsque je suis tombé. J'étais casqué, j'ai protégé mes genoux. Je me suis roulé en boule. J'avais mis une coque, des protections aux coudes, du carton entre mon blouson et mes deux pulls. J'ai pensé à « Chlorophylle ». Une image folle. Au moment de tomber, lorsque mon menton a heurté le sol, j'ai vu le gentil froncer les sourcils, poings sur les hanches pour faire le méchant. Ils m'ont entouré. Coups de pied, manche de pioche. L'un d'eux avait une batte de base-ball. C'est lui qui a enfoncé mon casque. Je n'ai pas crié. Rien. Je crie quand je donne, pas lorsque je reçois. Je me voulais silencieux au milieu de la horde. Mais eux non plus ne disaient rien. Pas un mot, pas une insulte. Des bûcherons à leur tâche. J'explosais. Je ne savais pas ce qu'était la souffrance, la vraie, celle pour la vie. Je la rencontrais. Je n'avais plus un os en place. Ils ne me frappaient pas seulement, ils me démolissaient. Ils me mettaient hors d'usage. Ma tête, ma nuque, mes bras, mes jambes, tout mon corps craquait. D'une main, j'ai baissé mon casque sur mon front. Et un rat a frappé juste. Le genou droit sans protection. Une douleur de mort, une lame brûlante qui m'a parcouru le dos et explosé le crâne. Je ne marcherai plus. Plus jamais. J'ai déchiré ma langue. Mes tempes cognaient. Les coups avaient cessé. Je les sentais s'abattre encore. Les rats partis, mon cœur apeuré avait pris leur suite, fracassant ma tête, gonflant mes lèvres, cognant mon corps de contractions démentes. Je saignais. J'allais mourir. Il paraît que j'ai levé le poing sur le policier qui interrogeait ma carotide.

Fracture ouverte au genou droit. Fragments épars. Cerclage, fil de fer, broche pendant sept mois. Canne, et puis attelles, kiné, douleurs depuis. Quand je monte les escaliers, quand je les descends, quand je plie la jambe. Mon genou s'est arrêté au printemps 73. Et puis trois côtes cassées, nez enfoncé, clavicule fracturée, humérus brisé, points de suture sur le front, le cou, seize dents en moins, l'œil droit malade depuis ce jour. Mais la colère intacte.

A ceux qui me disaient que les gars d'Ordre Nouveau étaient des barbares, je répondais que c'était la guerre. Ils attaquaient, nous répondions. Pour un œil les deux yeux, pour une dent toute la gueule. Leurs armes n'étaient pas plus inhumaines que les nôtres, leur tactique pas plus monstrueuse. Nous étions frères de violence. Alors non. Ne pas crier à la férocité. Surtout pas.

Racisme, antisémitisme, mépris de l'autre. Leurs idées étaient des menaces à combattre. Comme leur haine du présent, leur dégoût de l'égalité, leur aversion de la différence. Tout cela est de la sauvagerie pure. Mais leur façon de défendre leurs idées était égale à la nôtre. Lorsque je suis tombé, sur l'herbe du jardin, j'ai pensé à ça. J'avais perdu. Mon tour arrivait. Je m'en voulais de n'avoir pu les vaincre. Ils allaient faire festin de ma douleur, et c'était la marche des choses. J'étais entré en violence pour défendre l'humanité. Ils la violentaient avec les mêmes armes. Il était trop tard pour reculer. J'acceptais que l'on ne comprenne rien à tout cela. J'entendais ceux qui rejetaient la brutalité rouge comme la brutalité brune. Mais je ne pouvais admettre qu'un porteur de coups dénonce le coup reçu en retour.

*
* *

Je suis revenu de la crêperie avec une preuve de l'attaque. Une veste déchirée, avec une croix celtique dorée épinglée au revers. Je l'ai tendue à Sam. Il ne l'a pas prise.

— Et quoi ? m'a-t-il demandé.

— La peur change de camp, j'ai répondu.

— La violence est une faiblesse, m'a répondu Sam.

J'ai eu un geste de trop. Un haussement d'épaules. Je lui ai demandé ce qu'il aurait fait, à l'école Polytechnique, s'il avait eu une arme, hein ? Et s'il avait pu défendre Diomedes Komnenos, il ne l'aurait pas fait ? Il l'aurait laissé abattre sans réagir ?

Sam était en train de lire un texte lorsqu'il m'a fait entrer. Son calme me rendait fou. Souvent, il éteignait l'électricité et allumait des bougies. Il écoutait à l'infini quelques notes du *Requiem* de Maurice Duruflé. *Pie Jesu*, le même motet en boucle, lorsque l'orgue et l'orchestre s'inclinent pour laisser place à la voix. Depuis le mois de mai, m'avait raconté Sam, le compositeur était cloîtré chez lui, après avoir été grièvement blessé dans un accident de voiture. Mon ami disait que ce musicien n'écrirait plus rien, jamais. Que cette œuvre liturgique était le legs de Duruflé à Akounis. *Pie Jesu* le bouleversait. Il voulait une mezzo-soprano dans sa pièce. Il rêvait de cette pureté pour l'adieu d'Antigone.

ANTIGONE

Je ne sais plus pourquoi je meurs.

Et puis l'inspiration de la cantatrice, le temps suspendu, ses premières notes, le violoncelle au loin, léger comme le vent.

— Réponds, Sam, s'il te plaît. Si tu avais pu sauver Diomedes...

Il m'a regardé. S'est levé lourdement, respiration sifflante. Il a rapporté un miroir. Il a fouillé sa poche arrière. Il a sorti une kippa noire, piquée d'un fil doré, lustrée par les joies et les deuils. Celle de son père, parti à la mort tête nue. Il l'a mise sur sa tête. Il est venu vers moi, main sur mon épaule, tenant la glace face à nous. Samuel Akounis et moi. Deux amis sur la photo.

— Dis-moi ce que tu vois, Georges.

Je ne me suis pas dégagé, mais je n'aimais pas ce jeu. Il était au théâtre. Il parlait comme on récite, ennemi du mot en trop. Je me demandais comment il avait pu faire cortège à notre combat depuis deux ans. Sans critiquer vraiment, sans que rien perce, ni colère ni moquerie. En fait, qui était-il ? Un metteur en scène grec qui avait joué *Ubu roi* sous la dictature et qui avait été maltraité pour ça. Et quoi ? Rien de plus ? Non. Rien. Il avait tendu l'autre joue. Il avait parlé théâtre. Il avait laissé champ libre aux colonels. Il était monté sur une grille, il était tombé, il avait été blessé à la jambe. Un accident domestique. Et puis il avait fui. Il était venu se réfugier en France. Il avait été acclamé par les démocrates. Il avait été invité partout. Pour dénoncer la dictature, il avait parlé théâtre. Il avait été porté en triomphe, au milieu des drapeaux rouges, noirs, vietnamiens, chinois, chiliens, palestiniens, basques. Il avait levé les bras. Il avait souri. Il avait parlé théâtre. Au lieu de lever une armée pour sauver un gamin de 16 ans, il avait dérobé son nom pour en faire une compagnie. Il avait pris nos luttes pour en faire des répliques. Il avait scénarisé notre combat. Il était ailleurs, distant, jamais sur scène. Il s'était promené en coulisse, épiant ce que nous étions. Jamais je n'avais autant aimé un homme. De ma vie, jamais. Je m'en voulais de ne pas comprendre ses silences.

— Dis-moi. Tu vois quoi ? Tu vois qui, Georges ?

Sa kippa me gênait. Elle le montrait ailleurs, différent, loin de moi.

— Je vais te dire ce que je vois, Georges.

Il s'est dégagé, me tendant la glace.

— Je vois un homme qui refuse l'injustice et l'indifférence. Un gars bien.

Il observait mon reflet.

— Je vois un pion de collège qui a eu la chance de ne pas être tué, il y a un an dans le jardin du Luxembourg. Et pas condamné non plus. Qui a retrouvé son travail grâce à la mobilisation de ses camarades et à la compréhension d'un ministère qui ne lui devait rien.

Sam a ajusté sa kippa.

— Mais il a eu de la chance, le gars bien. Il le sait. Il est en sursis partout. Au moindre faux pas, la justice l'abattra. Elle adore les proies faciles.

Il s'est déplacé, me laissant seul dans le cadre.

— Aurore t'aime. Le théâtre aussi.

Il a posé le miroir.

— Ce que nous vivons est difficile mais ce n'est pas la guerre. Vous n'êtes pas des résistants et Giscard n'est pas Pétain.

Il s'est servi un verre d'ouzo.

— Je vais te choquer, mais je ne crois pas non plus que tes petits copains d'Assas soient des nazis ou des fascistes. Ce sont des mots pour rien.

— Ce sont des démocrates, peut-être ?

— Des racistes dangereux. C'est ce qu'ils sont, mais ils ne sont pas Alois Brunner.

Je me souvenais.

Il est allé à sa bibliothèque. A l'intérieur d'un livre, il avait une photo ancienne, piquetée de jaune. Un homme grave. Ou sévère. Il avait quelque chose de Sam. Dans le visage anguleux, les yeux fiévreux, la bouche close. Il avait les joues creusées, l'âme en colère. L'homme portait un manteau et une écharpe lourde passée dans son revers. Il était de profil, cheveux ramenés en arrière, debout contre un mur gris.

— Je te présente Joseph Boczov, a souri Samuel Akounis.

Cela m'est revenu. Bien sûr. L'un des visages de l'affiche rouge qui hantait notre combat. Compagnon de Manouchian, fusillé avec lui le 21 février 1944 au mont Valérien. « Juif hongrois. Chef dérailleur. 20 attentats », avaient écrit les nazis sous sa photo. Il avait quitté son village natal à 23 ans. Pas pour fuir, pour rejoindre la république espagnole. Il avait été défait avec elle, interné en France, déporté en Allemagne, évadé. Et puis il avait rejoint Paris, les FTP. Et lancé sa première grenade contre la gare de Belleville.

— Regarde, Georges. Regarde bien ce visage. Boczov est au mur des fusillés. Le photographe est un ennemi. Il va tomber sous leurs balles. Regarde ses yeux. Regarde le pli de sa bouche.

Je les regardais. Joseph, Samuel, et leur kippa pour deux.

— Il va mourir, il est déjà mort. Il n'a plus d'espoir, plus d'avenir, plus aucun matin devant lui. Il va partir dans un monde vaincu, avec pour cohorte des millions de victimes et d'esclaves. Il ne sait pas. Il ne saura jamais ce que sera demain. Il ne sait pas si son combat a été vain. Si sa mort aura une valeur. Regarde-le, Georges. Il va mourir. Il ne peut plus rien. Mais il rêve encore de lacérer un soldat. Regarde comme il est calme. Comme il est beau. Il ne leur promet rien d'autre que la mort.

Il a rangé la photo dans le livre. Un ouvrage consacré à la cuisine allemande. Sam n'était jamais là où on l'attendait. Puis il s'est placé devant le miroir à son tour.

— Tu sais ce que je vois là ? Ni un résistant, ni un héros, ni une légende. Mais un juif de Salonique. Devenu grec par l'exode, français de préférence et metteur en scène parce que, lorsque je n'ai plus d'idée, j'invente un personnage. C'est tout, et ça me va.

— Et nous, Sam ? Aurore, moi, les copains, nous sommes quoi pour toi ?

— Ceux qui ont mis fin à mon errance.

Il a enlevé sa kippa. L'a posée sur ma tête en souriant à peine.

— Boczov a gagné ta guerre, Georges. C'est lui qui l'a gagnée.

7

Aurore

— Si Sam n'était pas venu en France, nous ne nous serions jamais rencontrés, m'a dit Aurore, un dimanche de sieste.

Peut-être. Je ne sais pas. Il y avait longtemps que je les avais remarquées, elle et ses copines, plus attentives à la place des femmes dans le combat qu'au combat lui-même. Lorsqu'elle s'était levée, dans l'amphithéâtre où le Grec parlait pour la première fois, Aurore ne m'était pas inconnue. Je savais qu'elle allait reprocher à notre hôte d'employer le masculin.

— Tous les mots devraient pouvoir être féminisés, avait-elle lancé lors d'une réunion, en 1973, alors que nous rédigions un tract de soutien à la création du Front Polisario.

— Tous les mots ? Toutes les mottes, alors ? j'avais répondu en riant.

Elle m'avait traité de macho, d'idiot congénital. Chaque fois qu'elle me croisait, elle m'appelait « *mao* deb' », pour « *mao débile* ». Ça m'allait. Ce n'était pas grave. Je voulais la faire sourire et elle repoussait cet instant.

Un jour qu'un vague copain avait fait une remarque sexiste, j'ai demandé qu'il s'en explique publiquement, qu'il fasse son autocritique. J'avais pris la tête de cette bataille parce que ce gars me dégoûtait. Et aussi parce que Aurore me plaisait. J'ai fait une intervention sur l'égalité. J'ai cité Mao, son rapport sur l'enquête menée chez les paysans du Hunan en mars 1927. « En plus d'être soumises à l'autorité du pouvoir politique, clanique et religieux, les femmes se trouvent sous l'autorité des hommes. Ces quatre systèmes féodaux-patriarcaux sont les cordes qui ligotent le peuple. »

— C'est bien, Mao. Ça donne quoi dans ta pratique ? m'a demandé Aurore.

— Des efforts, je lui ai répondu.

Elle était debout dans la pièce, face à moi. Et tous les camarades assis.

— Tu as encore du boulot !

— Aide-moi à progresser !

Elle, moi. Puis moi, puis elle encore. Des reparties pour abattre, puis frappées pour convaincre avant d'être heurtées légèrement, comme on trinque.

— Tu étais d'une arrogance ! m'a-t-elle dit bien plus tard.

— Et toi d'un orgueil !

A force de rebonds, nos arguments se sont émoussés. Quelques sourires malins me gênaient dans la salle.

— On va vous laisser, a proposé l'un de nos cadres.

Aurore a rougi. Elle s'est assise. J'ai rougi et je me suis assis. L'un et l'autre en miroir. Le lendemain, Sam entrait dans l'amphithéâtre de Jussieu.

Aurore n'était pas maoïste. Elle n'avait pas lu Marx non plus. Elle se fichait de tout ce qui nous structurait. Elle était féministe, antiautoritaire, passionnément attachée à sa liberté et trouvait dans notre Mouvement la logistique pour se défendre. Elles étaient une trentaine de filles avec nous, différentes des militantes léninistes. Un jour, elles défilaient avec leurs copines pour le droit à l'avortement, pouces et index joints, dessinant le sexe de la femme. Le lendemain, elles marchaient poings levés, pour la dignité d'immigrés entassés aux lisières de nos villes. Le sifflet du MLF le matin. La violence des maos le soir.

*
* *

A la naissance de Louise, Aurore a décidé de quitter la politique. Le combat pour la dignité, mais sous d'autres formes. Les Autonomes lui faisaient peur, l'action directe ne lui convenait pas. Elle ne graissait pas d'armes, elle donnait le sein. Je le savais. Depuis le début, je pressentais qu'Aurore s'arrêterait au bord de la falaise. Elle était professeur de français, j'étudiais l'histoire à l'infini. Pion vingt-huit heures par semaine pour gagner ma vie, j'avais atteint la limite d'âge fixée par l'Education nationale. Mon statut d'étudiant faisait sourire. Je me suis retrouvé surveillant d'externat dans un établissement peu regardant.

La nuit, nous avions des quintes de toux à la maison. Louise était née avant l'heure. Louise était née petite. Louise était née fragile.

— Je te le jure, rien ne t'arrivera.

J'avais murmuré cela, à son chevet de naissance.

— Ça va être d'un ennui mortel, a souri sa maman.

Je me comprenais. Personne ne vous abîmera. Aucun mal ne vous sera fait, jamais. Ni à l'une ni à l'autre.

— Ni à toi, a lâché Aurore.

Non. Ni à moi non plus.

*
* *

Le 10 mai 1981, à mon tour, j'ai décidé que la trêve des combats était proclamée. Louise avait quatorze mois. Nous sommes allés à la Bastille en famille. Aurore portait un drapeau breton, le « Gwenn ha Du » de son enfance. J'avais épinglé un badge de Lénine sur le landau. Nous étions brusquement passés du groupuscule à la foule. Et Sam me manquait. Nous n'avons pas pu approcher de la place. Nous avons chaloupé entre elle et nous. Une Africaine a passé un bracelet de chance au poignet de Louise. Venu d'une rue grise, un vieil Arabe s'est joint au cortège. Je l'avais vu plus tôt, dissimulé derrière une palissade. Il avait levé son col de chemise et nouait une cravate pour faire honneur à cette nuit-là. Il pleuvait. Il marchait droit, front levé. L'Arabe ne le savait pas. Aurore ne s'en est pas doutée. Mais cette nuit de gauche, l'inconnu a guidé nos pas. Lorsqu'il avançait, j'avançais. Il hésitait, j'hésitais. Il faisait marche arrière et nous rebroussions chemin. Je suivais son bonheur en secret. Il s'aidait de sa canne. Il riait à nos rires, levait une vague main, observait cette victoire étrangère. Il vérifiait sa cravate. Tirait les manches de sa veste sur sa chemise trop blanche. Il était tout petit. Il était tout seul. Il était beau. Il avait une moustache grise. Et des lunettes trop grandes.

A un moment, il a renoncé. Il a cédé la place à la joie des Français. Il a regardé sa montre. Et puis il a repris sa marche en sens ailleurs.

— On rentre ? a demandé Aurore.

Oui. Il était temps de rentrer. Nous avons redescendu la rue Saint-Antoine. A l'angle de la rue Jacques-Cœur, le vieil homme était encore là, appuyé sur sa canne. Je ne sais pas ce qui m'a pris. J'ai posé la main sur son épaule. Il a sursauté. S'est retourné.

Que lui dire ?

— Excusez-moi. Je vous ai confondu avec un ami.

Il a souri, a regardé Louise qui pleurait. Et murmuré qu'elle était belle. Notre enfant avait faim. Nous sommes partis.

8

Jean Anouilh

Sam n'a pas voulu que je vienne à l'hôpital. Il attendait d'être libéré de ses canules. Alors, pendant trois mois, j'ai attendu son appel. En janvier 1982, lorsqu'il a compris qu'il garderait ses sondes et ses perfusions jusqu'à la fin, il a accepté que je passe la porte.

Je déteste l'hôpital. Son odeur, sa propreté, les regards déjà voilés de crêpe. C'est par la presse que j'avais appris la maladie de Sam. Dix représentations de *La Résistible Ascension d'Arturo Ui,* de Brecht, annulées après la générale. Juste quelques lignes dans le journal, qui indiquaient la façon de se faire rembourser. Il ne m'avait rien dit.

*

* *

Depuis 1979, Samuel Akounis partageait sa vie entre Beyrouth et Paris. Il était revenu en France une première fois, pour être témoin de notre mariage civil. Et avait organisé un autre voyage pour tenir Louise sur les fonts baptismaux. Sam était comme moi. Pas vraiment croyant mais raisonnablement cartésien. Entre ces deux hésitations, Aurore avait réussi à enfoncer un coin. C'est pour elle, à cause d'elle et grâce à elle, que nous avons franchi les portes de l'église pour nous marier, un an après la naissance de notre fille.

Nos meilleurs copains étaient là. Comme moi, certains avaient mis des vestes. Un ancien blouson de Jussieu avait une cravate à chevrons. Cette fois, Aurore portait une robe blanche. Personne ne s'est moqué de nous. Elle était heureuse, je l'étais aussi, avec Louise au premier rang, sur les genoux d'une amie. Le curé a parlé peu et juste. Il se fichait d'où nous venions, mais il voulait être certain de l'endroit où nous allions. Et sûr aussi que nous nous y rendrions ensemble, elle et moi.

Aurore a promis. Et j'ai promis. Le jour de la cérémonie, le fils de Dieu a été plus élégant que l'élu de la République qui nous avait unis. Lui nous a mariés avec une joie qui a fait la mienne. Sur les marches, les copains ont jeté du riz teint en rouge. Un souvenir en pluie, pour excuser le reste.

Sam n'avait pu quitter le Liban ce jour-là. Mais quand même, il avait promis d'être le parrain de Louise.

— Au point où vous en êtes !

Il plaisantait, je crois. Mais deux mois plus tard, Aurore le prenait au mot.

86

— Tu m'auras tout fait, a-t-il murmuré, tenant le cierge entre ses mains.

Il avait sa kippa dans la poche. Il l'a mise à la sortie de l'église, Louise dans ses bras pour la photo. Mon Grec avait maigri. Terriblement. Il se retournait pour tousser. Il était enroué, se disait fatigué, une bronchite qui n'en finissait pas. Il montait deux spectacles en parallèle. Brecht à Paris et l'*Antigone* d'Anouilh à Beyrouth. Un jour, il avait même eu les honneurs de *Libération*.

« Un Grec va se faire voir chez les Libanais. »

Le titre était insolite, mais l'article lui était favorable. Dans un portrait de dernière page, le journal racontait Samuel Akounis. L'enfant rescapé, le résistant grec, le juif devenu sioniste et resté pro-palestinien. Le metteur en scène chéri des cercles parisiens, sans jamais s'y être commis.

— Je suis un boulevardier, répondait-il aux fervents du tragique.

Le drame était un cadeau qu'il emballait de burlesque.

Le journal racontait qu'il savait cogner aux portes pour défendre son théâtre de poche. Personne ne vivait plus des recettes de la billetterie. Alors il tendait la sébile sans honte. Centres culturels, associations, ministères. « Il aurait pu en rester là, expliquait *Libération*, mais le Liban l'a pris par le col. » Antigone aussi, l'avait envoûté. Mais ça, le journaliste ne pouvait pas le savoir.

Depuis toujours, Sam voulait monter la pièce noire d'Anouilh dans une zone de guerre. Offrir un rôle à chacun des belligérants. Faire la paix entre cour et jardin. D'abord, il avait pensé à la Grèce apaisée. Mélanger anciens opprimés et anciens oppresseurs pour une représentation unique, au théâtre de Dionysos, sur les pentes de l'Acropole. Il avait imaginé le public sous une lune d'été, assis entre l'herbe et les pierres anciennes. « Pourquoi *Antigone* ? » avait demandé le journaliste de *Libération*. « Parce qu'il y est question de terre et de fierté », lui a répondu Samuel Akounis. Il avait trouvé son Antigone, une actrice grecque passée par la prison. Et aussi le personnage de « La Nourrice », mère d'un militant disparu. Mais ses camarades trouvaient l'idée détestable.

— Tu mélanges victimes et bourreaux, avait accusé un communiste.

Il a aussi tout fait pour convaincre un officier en retraite, une amicale de policiers. Ils avaient bien des enfants qui faisaient du théâtre ? Des parents ? Des amis, peut-être ? Il a vainement passé des annonces dans les journaux, recevant même des menaces de mort. C'était en janvier 1976, Sam a renoncé. Et il a vivoté, louant son « Petit Diomèdes » à des chansonniers tristes.

Un soir, il est venu me voir, bouleversé, respirant avec peine. Des chrétiens libanais avaient attaqué le bidonville palestinien de la Quarantaine, à Beyrouth. Trente mille miséreux entassés dans des baraques recouvertes de tôles. Après le bombardement du quartier, les miliciens avaient fait le tri, brisant les cohortes de drapeaux blancs. Les femmes et les enfants à gauche, les hommes en âge de porter des armes à droite. Des centaines de morts. Puis le quartier avait été dynamité pour que personne ne respire plus et que rien ne repousse. Et voilà que deux jours plus tard, des Palestiniens, des Libanais et des miliciens étrangers étaient entrés dans Damour, un bourg chrétien au sud de Beyrouth. Enfants, femmes, hommes. Les vivants assassinés, les morts profanés dans leurs tombes. Le supplice d'une ville pour le martyre d'un quartier.

Je me souviens du visage de Sam. Il était effondré, douloureux et fébrile à la fois. Je l'ai senti, je l'ai su. Il venait de trouver les tréteaux d'Antigone. Il a eu la fièvre pendant des mois. Il cherchait ses acteurs. Il a contacté l'ambassade de France, le consulat, le centre culturel, l'Association française d'action artistique, des amicales, des clubs des deux côtés de la ligne de front. Les musulmans, d'abord. Une troupe de jeunes sunnites à Hamra. Puis un groupe de chiites du théâtre Ta'zieh, qui n'avaient que la mort du prophète Hussein pour répertoire. Sam a aussi découvert une compagnie palestinienne, à Chatila, qui jouait un poème de Mahmoud Darwich à l'infini. Avec la patience et le temps, il a débusqué deux associations de spectacles druzes dans la montagne. Puis des acteurs chrétiens, à Achrafieh et Deir el-Qamar.

A tous, il a juste dit qu'il était grec, metteur en scène, et qu'il souhaitait monter *Antigone* au Liban. Chaque communauté a cru qu'elle était la seule sollicitée. Sam ne pouvait expliquer son projet par lettre. Il attendait d'être face à face pour raconter. Sur les conseils de l'ambassade de Grèce, il avait aussi prévenu le ministère français de la Culture, les autorités religieuses. Et informé le gouvernement libanais.

A chaque courrier, toujours le même, il avait joint la cession de droits d'auteur, la convention de représentation ainsi qu'une recommandation, signée par plusieurs directeurs de théâtre. Et aussi, surtout, quelques mots bienveillants signés de Jean Anouilh.

Pendant des jours, Sam a attendu. Puis des semaines. Au bout de quatre mois, les chrétiens ont répondu. Puis les chiites, trois frères. La réponse des Druzes est arrivée en juillet 1976. Et celle des sunnites en novembre.

Tous acceptaient de recevoir le Grec.

Ils voulaient savoir ce que cet homme attendait d'eux.

*
* *

Sam était seul dans la chambre. Il parlait à voix faible. Il s'excusait. Oui, il aurait dû me dire qu'il était malade. Depuis son arrivée en France, il souffrait du thorax, il respirait à peine, il avait des maux de tête et les articulations douloureuses.

— Je n'ai jamais fumé de ma vie.

Alors il a pensé aux suites des tortures subies, au gaz dans la gorge. Un jour, après s'être épuisé à monter un escalier, il avait craché du sang.

— Je n'aime pas cette tache, lui avait dit le radiologue.

Et aussi que Sam s'y prenait bien tard.

Il a perdu l'appétit. Il a maigri. A Beyrouth, il était suivi par le médecin de l'ambassade de Grèce. A Paris, un ami cancérologue l'accompagnait. Il n'était plus opérable. Il avait subi une chimiothérapie pour rien. Après les poumons, le foie était touché.

— J'ai envie de vomir.

Il avait dit ça. Et aussi que sa tête battait, qu'il avait du carton dans la bouche et que sa langue entière était un aphte.

Je lui en voulais. Je m'en voulais aussi. La fin du Mouvement nous avait séparés. La vie s'était chargée de nous disperser. Sam m'avait donné son adresse à Beyrouth, son numéro de téléphone aussi, mais je ne l'avais jamais appelé. Il existait. Pour moi, c'était suffisant. Je pensais que notre amitié se nourrissait de distance et je m'étais trompé. J'avais perdu trois ans de lui.

Je me suis levé. La fenêtre donnait sur le périphérique, au loin. L'hiver avait saisi la ville. Elle frissonnait sous des plaques de givre. Samuel a souri. Il observait ses visiteurs comme un metteur en scène distribue les rôles.

Il y avait le mortifié, n'osant soutenir son regard de peur d'attraper le mal. Dans les yeux du mortifié, Sam constatait son propre délabrement. Le mortifié caressait le bord du drap, pas sa main. Il restait peu. Il avait trop chaud. Mais il reviendrait vite. La semaine suivante, sûrement. Peut-être.

Il y avait l'inquiet.

— Comment as-tu su que tu avais ça ?

Parce que lui aussi, les maux de tête, le mal au bras, la toux, l'essoufflement. Sam devait rassurer l'inquiet. Consulter ? Oui, c'est une bonne idée. D'autant qu'il fumait, l'inquiet, alors que Sam n'avait jamais touché une cigarette de sa vie. Un médecin de confiance ? Tu as un stylo ?

Il y avait celui qui savait. Qui était passé par là, et prenait toute la place. Il comparait. Sa sœur s'en était tirée, ou pas. Elle avait souffert vers la fin.

— Tu n'as pas de pompe à morphine ? C'est dingue, ça ! De nos jours, il y en a partout !

Il mesurait la pièce, vérifiait le lit, surveillait en professionnel l'infirmière venue changer une perfusion. Il ne rassurait pas, ne compatissait en rien, il s'inscrivait brusquement dans le protocole.

Il y avait le touriste. Qui ignorait le lit. Qui effleurait le cancéreux. A peine entré, il filait à la fenêtre et admirait la vue.

— Eh ben mon salaud, tu ne t'emmerdes pas !

Il faisait ce qu'il pouvait, le touriste. Souriait. Clignait de l'œil. Hurlait de peur dans sa tête. Il s'était vu alité en entrant, et cette image l'avait hanté jusqu'au matin suivant.

— Et moi, je suis quel genre de visiteur ?

— Toi ? L'ami en retard. Et donc en colère.

Sam a souri. Il lui manquait des dents sur le côté. Sa peau était jaune, ses yeux profondément cernés, tachés de sang comme après un coup. Le dos de ses mains était piqueté de brun. Ses ongles étaient sombres, presque noirs. Mon Sam. Je ne l'ai pas reconnu lorsque je suis entré. J'ai retenu mes larmes. Il était flétri par tout ce temps manqué.

— Tu n'y es pour rien, tu sais ?

Je savais, bien sûr. Il a ouvert la main. J'y ai posé la mienne. Jamais je n'avais tenu mon ami autrement que par le regard.

— Qu'est-ce que je peux faire pour toi ?

Il a levé les yeux.

— Beaucoup. Tu peux faire beaucoup.

Je me suis rapproché. Il sentait l'aigre, l'éther, l'eucalyptus. Il avait une barbe de plusieurs jours. J'ai passé le dos de ma main sur sa joue.

— Sais-tu pourquoi je n'ai jamais eu ni barbe ni cheveux longs ?

J'ai secoué la tête. Non. Je ne savais pas. Jeune, je m'étais laissé pousser une moustache le jour où mon père avait dit que Frank Zappa ressemblait à un singe. J'aimais sa musique. Alors j'avais choisi ses traits.

— A Salonique, les nazis taillaient la barbe des vieux juifs, a soufflé Sam.

Ils le faisaient en pleine rue, pour les humilier. Ils obligeaient les fils à balayer le trottoir avec leurs casquettes, et coupaient la barbe de leurs pères.

Mon ami économisait son souffle. Il ne parlait pas, il expirait les mots.

— En juillet 1942, à Salonique, mon père a été arrêté par les Allemands. Il a été emmené Place de la Liberté, avec des dizaines de milliers d'autres. Ils ont été rassemblés au soleil, obligés à une gymnastique stupide. Debout, accroupis, debout, mains tendues et tête haute. Mon père portait la barbe et les péoth, les papillotes. Un SS les a coupées, puis l'a rasé d'un seul côté, écorché à la dague. La plupart des hommes ont été désignés pour les travaux publics. Mais lui avait du sang sur la chemise. Alors il nous a été rendu pour huit mois de sursis.

— Quand les colonels grecs ont interdit aux hommes la barbe et les cheveux longs, j'ai décidé de ne jamais leur offrir le droit de me dégrader. Alors j'ai porté les cheveux courts et bien peignés, les joues rasées et une veste de ville. Tout ce qui intriguait tes camarades lorsque nous nous sommes rencontrés.

Sam a fermé les yeux. Il était épuisé. Il voulait me parler de Beyrouth, d'*Antigone*. Il fallait que je revienne, vite. Il disait que la vie filait entre ses paupières. Demain ?

Le lendemain, j'ai repris ma place à la tête du lit. Sam dormait. J'ai attendu. Aurore a pleuré lorsqu'elle a appris qu'il était malade. Elle viendrait dans la semaine, avec deux anciennes copines de Jussieu. Sam les appelait les « Pétroleuses ». C'était de l'affection. Sur sa table de nuit, il avait posé l'*Antigone*, éditée en 1945, qu'il m'avait montrée des années plus tôt. Et aussi la kippa de son père. Il respirait mal. De son torse montaient des voix chuchotées, des plaintes mêlées à son souffle. J'ai pensé à l'enfer. A un tableau de Bosch. A des insectes d'hommes plongés dans la fournaise. J'ai calé ma respiration sur la sienne. Quand il retenait son souffle, j'empêchais le mien. Je regardais battre son cœur sur l'écran du moniteur cardiaque. Puis je fermais les yeux. Je comptais les pulsations. Je me suis endormi. Deux infirmières sont venues faire sa toilette. Il dormait toujours. J'ai effleuré ses doigts et je suis parti.

Je suis revenu deux jours plus tard. Sam était réveillé, la nuque calée par deux oreillers. Il m'attendait.

— *Antigone* va être jouée à Beyrouth.

J'ai hoché la tête. Je le savais. Sam avait trouvé ses acteurs, et même quelques doublures. Ils n'avaient pas encore répété mais tous s'étaient rencontrés une première fois, dans un local appartenant à l'ambassade de Grèce.

Antigone était palestinienne et sunnite. Hémon, son fiancé, un Druze du Chouf. Créon, roi de Thèbes et père d'Hémon, un maronite de Gemmayzé. Les trois chiites avaient d'abord refusé de jouer les « Gardes », personnages qu'ils trouvaient insignifiants. Pour équilibrer, l'un d'eux est aussi devenu le page de Créon, l'autre avait accepté d'être « Le Messager ». Au metteur en scène de se débrouiller. Une vieille chiite avait aussi été choisie pour la reine Eurydice, femme de Créon. « La Nourrice » était une Chaldéenne et Ismène, sœur d'Antigone, catholique arménienne.

Le casting avait duré deux ans. Tous ces jeunes avaient fait un peu de théâtre, sauf Eurydice, qui n'aurait qu'à tricoter pour les pauvres de Thèbes. Sam s'était d'abord présenté comme Grec. Lui serait « Le Chœur », voix essentielle dans le théâtre antique. Puis il s'est avoué juif. Alors il a fallu remplacer les chiites par trois autres. Et aussi la catholique, qui n'avait pas supporté cette révélation.

— Tu vas monter *Antigone*, Georges.

Je me suis rapproché.

— Pardon ?

— Non. C'est moi qui te demande pardon. Je n'ai plus ni le temps ni la force.

Il a fermé les yeux. Il était comme un très vieil homme.

— Le plus dur est fait. Tes personnages sont prêts. Ils t'attendent.

Mes personnages ?

Cette fois, c'est moi qui manquais d'air. Il chuchotait à peine. Sa voix sonnait le métal. Il expliquait que chaque acteur avait appris son texte, et qu'il suffisait de quelques répétitions. Il n'y aurait qu'une seule représentation, en octobre. Il faudrait une salle neutre, ni dans l'ouest de Beyrouth, ni dans l'est. Sur la ligne de démarcation. Une ancienne école, un entrepôt, n'importe quoi. Il voulait un lieu qui parle de guerre, labouré de balles et d'éclats. Quatre murs ou seulement trois. Pas de toit, peu lui importait. Il avait visité un cinéma délabré qui lui plaisait. Il imaginait les communautés entrer dans ce théâtre d'ombres par les deux côtés du front. Il les voyait avec des chaises pliantes, des coussins, des bouteilles d'eau, des pistaches. Tous ensemble, rassemblés. Deux heures d'une soirée d'automne. Avec les combattants, crosse en l'air le temps d'un acte.

— Tu vois ? m'a demandé Sam.

Non. Mais lui, voyait. Il m'a décrit la scène de gravats, les trois portes peintes sur un mur grêlé. Le visage des spectateurs. Le cercle de lumière blanche. Ses acteurs. Il est entré sur scène.

— Voilà. Ces personnages vont vous jouer l'histoire d'Antigone. Antigone, c'est la petite maigre qui est assise là-bas, et qui ne dit rien...

Il a levé le bras avec peine, désignant du doigt un coin de la pièce.

— Tu les vois, Georges ?

Il avait ouvert les yeux. Son regard revenait de la mort.

— Tu les vois, maintenant ?

— Oui, j'ai dit.

Je voyais Samuel Akounis qui luttait pour la vie. Bras percé de tuyaux, peau couverte d'ecchymoses brunes. Il a fermé ses paupières une fois encore, laissant une larme s'échapper vers la tempe. J'ai hésité. J'ai voulu effacer ce sillon de chagrin, mais je ne l'ai pas fait. Pétrifié par sa demande, par les draps gris, par son cœur malheureux serpentant l'écran vert. Samuel Akounis luttait pour la vie d'Antigone. Il combattait couché, rassemblant ce qui lui restait de courage.

— Prends mon carnet de travail, sur la table de nuit. Lis-le, complète-le, remplis-le. Ce sera ta feuille de route. Prends aussi la pochette de plastique, avec tout ce qu'il y a dedans. La prochaine fois, je te donnerai un disque et un cadeau pour l'actrice palestinienne.

J'ai regardé le carnet noir à tranche violette, fermé par un élastique. Il était posé sur la kippa du père. Sam m'observait. Il semblait déçu par mon silence.

— Dis oui, Georges.

— Oui.

Je n'ai pas regretté tout de suite. Ni dans le couloir de l'hôpital. Ni dans la rue, respirant l'hiver à pleine vie. Ni dans les escaliers, montant lentement vers la voix de ma fille. C'est face à Aurore que j'ai douté.

— Tu lui as promis quoi ?

Louise avait deux ans. Elle s'agrippait à ma jambe fragile. Elle ressemblait à sa mère, vraiment. Une Aurore minuscule. Les pommettes, les cheveux. Et un peu de moi dans le regard inquiet.

— Réponds, Georges. Tu lui as promis d'y aller ?

J'ai posé ma fille dans son petit fauteuil en osier tressé. C'était aussi celui de sa mère lorsqu'elle était enfant. Et celui de la mère de sa mère, la résistante de Douarnenez. Notre appartement était hanté de traces.

— Tu as pensé à nous ?

Franchement ? Non. C'est à la porte de notre appartement que ma famille m'est apparue. A l'hôpital, seul Samuel existait. Sa force, sa volonté. Lui et *Antigone*, son dernier combat. Nous étions en janvier 1982. Je me suis dit que trois voyages suffiraient. Une prise de contact avec les acteurs, quelques répétitions, une générale et la représentation en octobre, comme Sam le désirait. Deux à trois semaines chaque fois, étalées sur neuf mois. A l'Education nationale, je n'étais plus titulaire de rien. Je pouvais me débrouiller avec mes congés de pion, jouer sur mes formations, jongler avec les jours et les semaines.

Aurore a soulevé Louise. C'était l'heure du repas. Je l'ai suivie à la cuisine.

— Laisse, je m'en charge.

Elle m'a pris des mains le bavoir, l'assiette colorée. Elle ne voulait pas de ce cérémonial tranquille pour champ de bataille. Alors je suis sorti de la pièce.

— Vous avez bien manigancé votre coup, hein ?

La voix de ma femme, de l'autre côté de l'appartement.

— Quel coup ?

— C'était ça, les photos d'identité pour Sam ?

Je suis retourné à la cuisine.

— Quelles photos ?

Aurore chauffait un petit pot.

— Arrête, s'il te plaît ! Les photos, c'était pour ça ?

Je n'ai pas su quoi lui répondre.

Avant le baptême de Louise, Aurore m'avait demandé cinq photos d'identité. C'était une surprise de Sam. Pour mon anniversaire, il voulait faire un collage avec son visage, le mien et celui des copains. Il l'avait dit à ma femme. J'étais allé au photomaton de la gare de l'Est, tordant la bouche sur l'une, louchant presque sur l'autre. Aurore avait ri. Sam les avait trouvées parfaites. Et le temps avait passé. Sam n'avait plus jamais reparlé du cadeau.

Louise avait son air inquiet. Aurore m'a chassé d'un revers de main.

— Et puis, tu sais que tu n'as jamais quitté la France ?

Cette fois, elle avait raison. Deux voyages d'enfance dans la Forêt-Noire, un souvenir de Suisse, une image de Turin. Tant que Franco vivait, j'ai refusé

99

l'Espagne. Et la Grèce aussi, à cause des colonels. Franco était mort, les colonels défaits. Je n'avais plus d'excuse mais pas assez de temps. Ou d'envie. Voyager n'avait jamais été un plaisir. Faire mon sac, fermer la maison, partir, déserter l'habitude me glaçait. J'avais parcouru la France intimement. J'en connaissais les vergers, les montagnes, les côtes, les marches et les frontières. Ça ne suffisait pas à Aurore, mais cela me convenait.

— Et il y a la guerre là-bas. Tu te souviens ?

J'entendais la cuiller racler le pot de verre, le babil de Louise. Oui, la guerre. Je me souvenais. C'était justement pour imposer son contraire que Sam avait choisi le Liban. Aurore savait tout ça. Elle savait aussi que ma décision était prise. Elle gaspillait trois mots, mais n'espérait plus me convaincre.

Aurore avait couché Louise. Elle avait peur pour elle, pour notre enfant. Elle parlait. Cette fois, il ne s'agissait pas de réciter trois répliques de théâtre dans une Maison des Jeunes, mais de s'élever contre une guerre générale. C'était sublime. C'était impensable, impossible, grotesque. Aller dans un pays de mort avec un nez de clown, rassembler dix peuples sans savoir qui est qui. Retrancher un soldat dans chaque camp pour jouer à la paix. Faire monter cette armée sur scène. La diriger comme on mène un ballet. Demander à Créon, acteur chrétien, de condamner à mort Antigone, actrice palestinienne. Proposer à un chiite d'être le page d'un maronite. Tout cela n'avait aucun sens. Je lui ai dit qu'elle avait raison. Ses remarques étaient justes. La guerre était folie ? Sam disait que la paix devait l'être aussi. Il fallait justement proposer l'inconcevable. Monter *Antigone* sur une ligne de feu allait prendre les combats de court. Ce serait tellement beau que les fusils se baisseraient.

— Pour une heure, a ricané Aurore.

Elle était assise. Je me suis accroupi entre ses genoux.

— Une heure de paix ? Et tu voudrais que nous rations ça ?

Elle avait retrouvé son sourire. Elle voulait des garanties. Savoir qui m'attendrait à Beyrouth, qui me protégerait de cette ville et qui m'en délivrerait. Elle voulait une date de retour pour chaque voyage. Elle voulait connaître les noms des acteurs, tous. Elle voulait que tout soit prêt là-bas avant que j'y arrive. Que je n'aie plus aucun doute sur rien. Elle voulait qu'à la moindre incertitude, à la plus petite alerte, face à n'importe quel danger, je renonce.

— Jure !

— Je jure.

— Non ! Pas comme ça ! Dans mes yeux. Jure sur ta fille !

— Je le jure sur notre fille.

J'avais pris les mains d'Aurore, toujours à ses genoux. Elle m'a regardé, longtemps, soucieuse. Elle serrait mes doigts à faire mal. Louise a hurlé dans son sommeil.

— Tu vas lui manquer, a dit ma femme.

Et puis elle s'est levée pour aller voir sa fille.

9

Maurice Duruflé

J'ai lu *Antigone*. Je ne l'avais pas fait. En 1974, lorsque Sam m'avait offert le texte de Jean Anouilh, il était resté sur ma table de nuit. Puis il fut recouvert de journaux et de temps. Plus tard, je l'ai ouvert, quelques pages seulement. Mon cœur n'était pas à Thèbes. L'ail, le cuir et le vin rouge exhalés par les gardes de Créon ne m'ont pas retenu. J'ai rangé le livre dans ma bibliothèque, je l'ai oublié. C'était il y a huit ans.

J'ai lu *Antigone*. Bouleversé, notant des phrases pour les dire à voix haute.

*
* *

Antigone, donc. L'histoire de la petite maigre, fille d'Œdipe et de Jocaste, souverains de Thèbes. Après le suicide de la mère et l'exil du père, leurs deux fils luttent à mort pour le trône. A mort, vraiment. Aucun ne survivra. Créon, frère de la reine défunte, devient alors le roi. De ses neveux, il disait préférer Etéocle à Polynice. Il ordonne d'inhumer le premier avec les honneurs, refusant de porter le second en terre. Mieux encore, il publie un édit royal condamnant à mort quiconque osera honorer le corps, abandonné au soleil et aux charognards. Il veut laisser ce « renégat, ce révolté, ce voyou » sans pleurs ni sépulture. Polynice avait voulu faire assassiner Œdipe, et Créon le savait.

Un matin, l'un des gardes qui veillent le corps remarque que la terre a été grattée tout autour. Puis déposée sur le cadavre selon les rites, lui offrant un linceul de poussière. Créon est hors de lui. L'un de ses sujets vient de l'offenser. Un traître a offert au paria les honneurs funèbres. Dans un fourré, le garde trouve une pelle d'enfant, petite et rouillée. A midi, Antigone est prise. Elle était revenue achever le cérémonial, seule, de la terre sous les ongles, les genoux écorchés. Ismène ne l'a pas suivie. Sa sœur, tellement plus jolie qu'elle, a tout fait pour la faire renoncer.

Créon est ému par la terrible nouvelle. Antigone est sa nièce aimée, qui doit épouser Hémon, son propre fils. Alors le roi lui propose d'oublier, de garder le secret. Tout peut se régler avec une gifle et du pain sec, mais Antigone refuse. « Tu es l'orgueil d'Œdipe », gronde Créon. Elle répond ne pas croire au bonheur. Elle ne peut pactiser avec la vie. Elle souhaite la mort et l'attend.

Mortifié, Créon la livre aux gardes qui l'enterrent vivante. Mais au moment de sceller le tombeau, le roi apprend qu'Hémon, son fils, s'est laissé enfermer avec elle. Ils déblayent en hâte l'éboulis de roches. Trop tard. Antigone s'est pendue aux fils de sa ceinture, qui lui font comme un collier d'enfant. Hémon la tient dans ses bras. Il pleure. Voyant dans la pénombre les cheveux argent de son père, il se lève, une épée à la main. Créon recule. Son fils lui lâche un regard de mépris. Et plonge le glaive dans son propre ventre.

Créon a tout perdu. Reste Eurydice, sa reine, sa femme, qui tricote à l'infini pour les pauvres de Thèbes. Mais lorsqu'il la rejoint, le cœur délabré, il ne trouve qu'un corps. Après avoir terminé son rang de mailles, elle a posé ses aiguilles. Elle s'est couchée sur le lit de son enfant mort. Au milieu des peluches, elle s'est tranché la gorge. Elle souriait lorsque Créon est entré.

CRÉON

Elle aussi. Ils dorment tous. C'est bien. La journée a été rude. (*Un temps. Il dit sourdement.*) Cela doit être bon de dormir.

J'ai refermé le livre. J'étais prêt pour la petite maigre. Prêt à accueillir en moi cette victime choisie par le destin. Prêt aussi à me soumettre à ce devoir fraternel. Je ne connaissais d'elle que son refus de vivre. Je ne savais de moi que mon envie de vivre.

Je me souvenais de Sophocle. J'ai acheté son *Antigone*. Aussi celle de Brecht. Et la traduction de Friedrich Hölderlin, dont il s'était inspiré. Dans le carnet de Sam j'ai noté : « *Antigone, ici et maintenant.* » Née en Grèce, imaginée entre les mains du Reich ou jouée dans Paris occupé, Antigone était de tous les temps. De notre actualité.

« *Pas de costume de scène. Chaque acteur dans ses vêtements de ville* », avait écrit Samuel Akounis. *On doit avoir l'impression d'assister à une répétition. Surprendre par le décalage entre le texte et l'habit. Pour la première d'Anouilh, à l'Atelier (4/02/44), Antigone était en robe de soirée noire avec une croix au cou. Créon en habit, avec gilet, nœud papillon blanc et souliers vernis. Les gardes portaient gabardines et chapeaux mous (Gestapo ?). L'effet recherché n'était pas Thèbes, mais Paris occupé en hiver. La pièce doit parler au présent.* »

De page en page, Sam donnait une direction au spectacle. Ses remarques étaient anciennes. La première remontait à l'année précédente. Il savait qu'il passerait la main. Son écriture était fine, penchée, précise. Il avait écrit en français. Il avait écrit pour moi, j'en étais maintenant persuadé.

« *Ne pas confondre le Créon brutal de Sophocle et l'homme plein d'amertume dessiné par Anouilh. Chez*

Sophocle, Créon est le personnage tragique. Chez Anouilh, c'est Antigone qui porte la tragédie... »

Le nom de Duruflé revenait souvent. *Pie Jesu*, son requiem. Dans une marge, le nom de la cantatrice Pilar Lorengar, avec un point d'interrogation.

« Il y aura le violoncelle et une mezzo-soprano. Impératif ! Je veux l'entendre chanter : Pie Jesu Domine, dona eis requiem. Dona eis requiem sempiternam, au moment précis où les gardes emmènent Antigone. »

« Pieux Jésus et Maître, donne-leur le repos. Donne-leur le repos éternel », il avait recopié la phrase en français. De croquis en indication, de position des corps en proposition de décor, je tenais là le testament de Samuel Akounis. Il me l'avait remis sur son lit d'hôpital, avec la lettre d'Anouilh et la kippa de son père. Je l'avais refusée. Il avait insisté. Il voulait que « Le Chœur » la porte sur scène. Que la calotte de velours noir réponde au voile de l'une, au béret de l'autre, au keffieh qu'Antigone jetterait sur ses épaules.

— Tu seras « Le Chœur », Georges. Le porteur de kippa.

Il a souri faiblement.

— Tu seras le juif.

*
* *

Avec son carnet, ses notes, ses croquis, Sam m'avait donné les lettres de motivation des acteurs, leurs noms, leurs adresses. Tous lui avaient écrit en français. Certains, quelques mots seulement. D'autres racontaient leur vie, leur quartier, leur passion pour la scène. L'une avait même envoyé son CV. J'ai ressenti Beyrouth pour la première fois. Dans le papier froissé, les jeunes écritures. Tout cela existait. Antigone et Créon avaient joint une photo à leur courrier.

Imane était jeune, mince, le voile bleu tiré en arrière, sur des cheveux roux. Vingt ans à peine. Je l'ai trouvée violemment belle. Trop peut-être, pour la *« petite maigre »*. La peau blanche, le cheveu soyeux. *« Il va falloir appauvrir ce visage »*, avait écrit Sam au dos de la photo. En rouge, il avait aussi noté : *« Accord formel de Yassine, son frère, combattant du Fatah. »*

Charbel, lui, devait avoir 30 ans. Il lui en faudrait trente de plus. *« Maquillage, cheveux gris. Belle dureté »*. Le jeune homme avait un visage de granit et un regard inquiétant. Je ne savais s'il avait posé pour le rôle ou si c'était vraiment lui. J'ai mis les photos l'une à côté de l'autre. Antigone, Créon. Imane, Charbel, mon socle. Restaient sept fantômes à découvrir.

J'ai téléphoné à Imane un lundi de janvier. Une voix arabe, un enfant. Puis un homme, un autre, et Antigone enfin.

— Samuel ?

— Bonjour Imane, je m'appelle Georges.

Je parlais, Antigone écoutait. Elle respirait bruyamment. La communication, le téléphone, l'émotion. Je lui ai tout raconté. Elle savait pour le cancer, l'hôpital. Elle avait essayé d'appeler car les nouvelles n'étaient pas bonnes. Les chiites n'étaient pas venus au rendez-vous et le maronite...

— Charbel ?

— Oui, Charbel. Son frère ne veut pas qu'il passe la ligne de démarcation.

— Il y est obligé ?

Silence à l'autre bout.

— Comment ça, obligé ? A part lui, nous vivons tous à Beyrouth-ouest ou dans la banlieue sud. Même Nakad a quitté la montagne pour Hamra.

— Nakad ?

— Le Druze. Sa famille s'est installée en face de l'hôtel Cavalier. On ne va pas passer la ligne à huit pour rejoindre une seule personne !

— Comment va-t-on faire ?

— Aucune idée. Sa famille ne veut même pas me le passer au téléphone. Je crois que son frère refuse qu'il fréquente des musulmans. Vous voyez ?

Je voyais. Bien sûr. Mais je ne comprenais pas. Sam m'avait dit qu'une première rencontre avait eu lieu dans le centre-ville en son absence. Une lecture générale. Il me l'avait décrite comme Imane la lui avait racontée, avec les rires de tous et les odeurs de thé. Mais ce rendez-vous n'avait jamais existé. La Palestinienne me l'avouait. C'est elle qui avait inventé la grande répétition pour ne pas le meurtrir davantage. Depuis que le metteur en scène était hospitalisé, son actrice le ménageait. Elle lui cachait les mauvaises nouvelles et rendait plus belles les avancées minuscules. Elle connaissait l'Arménienne et la Chaldéenne. Elle avait aussi rencontré l'acteur druze, prétendant que tous les autres étaient venus aussi. Un autre soir, elle avait encore eu Ismène au téléphone. Cette conversation lointaine était devenue pour Sam un échange majeur. Il avait imaginé Antigone et sa sœur répétant leur texte en pleine rue, sous les applaudissements d'une vingtaine de gamins rieurs. Elle m'annonçait aussi que le chiite qui devait jouer le page s'était rendu compte du ridicule de son rôle. Quatre phrases à la fin. Onze mots seulement. Lui et ses frères remettaient tout en question. Ils représentaient la moitié des musulmans du Liban. Ils voulaient des garanties pour être de l'aventure. C'était tout ? Non. L'actrice qui jouait Ismène avait travaillé le texte de Sophocle, répété trois mois pour rien. Et depuis quelques semaines, personne n'avait plus de nouvelles de « La Nourrice ».

J'étais saisi. A part l'accord de principe donné à Sam par l'Organisation de Libération de la Palestine, rien n'existait. Rien n'avait jamais existé. Le rêve de Sam tenait sur trente pages de carnet. Le combiné du téléphone me blessait l'oreille. Imane respirait.

— Vous êtes toujours là ?

J'étais là, oui. Debout, puis assis avant d'être effondré.

— Et vous, Imane ? Où en êtes-vous ?

— Moi ? Je suis prête, a répondu Antigone.

Aurore est entrée avec Louise, juste après la crèche. Je raccrochais.

— C'était Beyrouth, j'ai dit.

— Et ?

— Ils sont prêts. Ils n'attendent plus que moi.

Je mentais bien.

— Finalement, je crois que je t'envie, a dit ma femme.

J'ai souri. Mon ventre était rempli de sable.

*
* *

— Tu as parlé à Imane ?

Sam fixait le plafond. Je tremblais de colère. A la réception, une infirmière m'avait demandé où j'allais. Je n'ai pas répondu. Dans le couloir, une autre a grondé que je n'avais rien à faire là. Que les heures de visite étaient terminées. J'ai continué. Elle s'est mise en travers. Je l'ai poussée. Ma main sur son épaule pour l'écarter. Un médecin est sorti de la salle de garde. Il était grand, jeune, les cheveux déjà gris.

— Ce monsieur n'a pas le droit d'être ici ! a lancé la blouse bleue.

J'ai fait face au médecin. Son regard était clair. Il ne me craignait pas.

— Vous êtes de la famille ?

J'ai explosé.

— Sa famille ? Vous voulez savoir où elle est, sa famille ? Morte, sa famille ! Exterminée à Auschwitz, sa famille ! Vous comprenez ce que je dis ?

— Calmez-vous.

Une infirmière sortait d'une chambre, doigt sur les lèvres. Trop de bruit.

— Je vous demande si vous êtes de sa famille, si vous avez une raison impérative de déranger un hôpital à cette heure-là.

Le médecin me regardait. J'étais face à lui. J'avais mis les mains dans mes poches pour les calmer. Ma colère était en train de fondre. Je regrettais mon visage, mes mots, ces menaces de nuit. Le couloir était paisible. Les femmes avaient peur, l'homme tenait bon. Je regrettais. J'étais sorti de chez moi en courant. Il fallait que Sam connaisse la vérité. Maintenant, tout de suite. Qu'il sache que son *Antigone* était en ruine. Que ses acteurs n'avaient jamais existé. Si j'allais à Beyrouth, c'était pour en finir. L'excuser, m'excuser, faire le tour des personnalités, des associations, des institutions pour dire que Samuel Akounis renonçait au projet. Imane avait menti. Il fallait qu'il l'apprenne. J'avais couru dans la rue, dans le métro, dans le hall de l'hôpital, dans le couloir, à perdre haleine. Je voulais les yeux de mon ami, ses mains dans les miennes, même ici, avec le bruit de son cœur, la succion des tuyaux, sa respiration lourde, les odeurs de détergent, de rance, de propre et d'agonie. Je lui devais la vérité.

— C'est moi sa famille. Il n'a plus que moi.

— De qui parlez-vous ? a demandé le médecin.

— De la chambre myosotis, a répondu l'infirmière.

Le médecin a regardé sa montre, à hauteur de son badge de poitrine.

« Docteur E. Cohen. »

Puis il m'a observé. J'avais baissé le front sur son nom.

— Je vous donne un quart d'heure, a souri le médecin.

— Tu as parlé à Imane ?

Je me suis assis, mains sous les cuisses. J'ai hoché la tête. J'étais bouleversé par ma sottise. Cœur en déroute, l'effroi des infirmières en moi.

— Elle t'a raconté la répétition ?

J'ai répondu vaguement, mécanique.

La répétition ? Oui, bien sûr. Mais pas tout. Une partie seulement. La communication avec le Liban était mauvaise. Et puis j'avais appelé un peu tard.

Sam a tourné la tête. Je n'avais pas allumé la lumière dans la chambre. Seule la veilleuse bleue. Ses yeux me demandaient. Alors j'ai répondu.

— Le chrétien a eu du mal à passer la ligne à cause de son frère, mais il l'a fait. Il est arrivé en retard, au milieu de la lecture.

Le regard de Samuel. Bouche ouverte, lèvres sèches.

— Et ?

— Imane m'a dit que ça avait été incroyable. Ils se sont levés, Hémon, Ismène, la Nourrice, Eurydice, les gardes, et tous ont serré Créon dans leurs bras.

Sam a souri. Sa voix de tombe.

— Tu vois, Georges. Le théâtre en paix, la guerre partout ailleurs.

J'ai hoché la tête. J'écrasais mes mains. Il a fermé les yeux.

— C'est possible. Je le savais.

Je lui ai dit aussi que les acteurs connaissaient leur texte, sauf Ismène, peut-être, qui récitait à l'antique, drapée dans des poses un peu ridicules. Les chiites avaient fini par accepter leurs petits rôles et jouaient le jeu. Eurydice tricotait une écharpe à n'en plus finir.

Sourire de Sam.

— Imane m'a dit que la Nourrice était bien, très douce, parfaitement à l'aise. Créon aussi était formidable.

— Et Antigone ?

— Elle est prête. C'est tout ce qu'elle m'a dit.

— Tu pars quand ?

— La semaine prochaine.

Je n'ai pas réfléchi.

Sam s'est retourné contre le mur, détourné lentement de moi.

— Prends l'enveloppe sur la table, avec le disque. Le sachet dans le sac est à partager entre Imane et Yassine, son frère. Je le leur avais promis.

Et il s'est endormi.

Le couloir était désert. Je suis passé devant la salle des infirmières. J'ai marché vers l'ascenseur. Le médecin en sortait, des dossiers à la main.

— Vous avez pu lui parler ?

J'ai répondu d'un hochement de tête. Je cherchais mes mots.

— Je voulais m'excuser.

— Pour ?

— Auschwitz.

Il m'a observé, visage fermé.

— Dites-le aux infirmières. Vous les avez blessées.

Je ne me sentais pas le courage de rebrousser ce chemin.

— Vous préférez qu'un Cohen le fasse à votre place ?

Je suis retourné à la porte. Elles sont restées assises. J'étais sur le seuil, tout encombré de moi. L'une d'elles a levé les yeux, l'autre a continué ses pages d'écriture. Je me suis excusé. J'ai voulu expliquer ma colère, ma peine, la peur de perdre mon ami, Antigone, Beyrouth, la guerre qui m'attendait. Mais je suis resté sans mots.

— Excusez-moi. C'était stupide et injuste.

La plus jeune a hoché la tête. L'autre m'a regardé.

— Pardon, j'ai murmuré.

Et je me suis enfui.

*
* *

Dans l'enveloppe de Sam, il y avait des adresses. L'ambassade de France à Beyrouth, la résidence de l'ambassadeur de Grèce, les lignes directes des consuls, les cercles culturels, les associations. Et des choses plus obscures, comme les noms des milices, avec leur contact direct, et aussi le moyen de joindre les autorités libanaises.

A cette liste, Sam avait joint cinq laissez-passer. Des cartes à mon nom qu'il avait plastifiées. L'une était en arabe et en français, avec le cèdre vert entouré d'un cercle rouge et la croix stylisée des Forces libanaises. Une autre était frappée d'une mappemonde recouverte par la pioche et le porteplume des socialistes druzes. Il y avait le passe de l'armée libanaise, le sauf-conduit d'Amal, la milice chiite, et celui du Fatah palestinien. Sur chaque document, je faisais une grimace. Un jeu de lèvres, un regard tombant. J'ai été stupéfait. Les photomatons. Aurore avait raison. Le coup avait été préparé de longue date.

J'ai voulu la réveiller pour le lui dire. Je n'ai pas pu. Elle dormait, paisible. Nous aurions tout le temps de maudire notre ami. Louise avait dû pleurer dans la nuit. Sa mère l'avait couchée à ma place. Je les ai regardées. Aurore dormait sur le côté, comme à son habitude, les deux mains calées sous sa joue. Ma fille reposait sur le dos, bouche ouverte. J'ai passé un doigt sur son front. Elle a eu un geste, comme pour chasser une mouche d'été. Puis elle s'est retournée, collée à sa mère. Le dos de ma fille, le dos de ma femme, le dos de mon ami. Comme s'ils me laissaient, me quittaient un à un. Je n'ai pas allumé la lampe. Sam m'avait offert des cierges d'église.

— L'ombre gagne, disait-il.

J'ai allumé deux chandelles ivoire. Sur l'électrophone, j'ai posé le disque de Sam. Le *Requiem*, opus 9 de Maurice Duruflé. Je ne connaissais pas ce compositeur. J'avais aimé Mozart, comme tout le monde. Fauré, comme certains. Jacques Mauduit, comme si peu, lui qui avait pourtant écrit une messe pour les funérailles de Ronsard. Sam m'avait fait frémir avec le Kaddish des endeuillés. Il m'avait aussi offert le *Requiem* de Dmitri Kabalevski, écrit « En mémoire de ceux qui ont péri dans la lutte contre le fascisme ». Mais, à part quelques notes dérobées lorsque mon ami me recevait, je n'avais jamais écouté la prière qu'il me réservait.

Le disque avait été enregistré en 1959. Hélène Bouvier chantait, Duruflé lui-même conduisait l'orchestre Lamoureux. Je me suis assis dans la pénombre. J'ai écouté le *Requiem*. L'*Introït*, en vagues de chœurs modernes. Le *Kyrie*, le *Sanctus*, le *Pie Jesu* que Sam offrait à Antigone. J'ai fait comme lui. Dix fois, j'ai reposé le diamant de la tête de lecture sur le cristal de la voix. Le vin, la fatigue, l'énervement de l'hôpital, le choc des photos, la peur de demain. J'ai laissé le sombre prendre toute la place. Vacillant avec la flamme des bougies, les yeux mi-clos, les poings fermés à m'en meurtrir les paumes. Puis j'ai ouvert *Antigone*. Je lisais à travers mes larmes.

ANTIGONE

Pauvre Créon ! Avec mes ongles cassés et pleins de terre et les bleus que tes gardes m'ont faits au bras, avec ma peur qui me tord le ventre, moi je suis reine.

J'écoutais le *Requiem*. Les voix d'hommes répondaient aux voix de femmes. J'avais gardé en poche le paquet à remettre à Imane et à son frère. Le cadeau de Sam tenait dans un petit sachet transparent, fermé

117

par un élastique noir. Vingt grammes de poussière brune, entre farine mal tamisée et graviers minuscules. J'ai voulu l'ouvrir, je n'ai pas osé. Samuel Akounis, juif rescapé de l'Holocauste et combattant grec m'avait remis cette poudre sans nom pour une jeune actrice de Chatila et un combattant palestinien. Je me devais d'honorer sa promesse sans poser de question.

10

Marwan

chauffeur
areoport

— Yorgos ?

L'homme avançait vers moi, bras ouverts. J'ai secoué la tête.

— Pardon, non. Je m'appelle Georges et je suis français.

Marwan a éclaté de rire.

— Comme George al-Hakim Habache, le terroriste palestinien ?

Il avait ma photo, l'a regardée brièvement, puis m'a tendu la main.

— J'ai mal noté ton nom. Désolé. Mais comme Samuel t'envoie, ahlan wa sahlan ! Tu as trouvé ici une famille et une terre.

Il écrasait mes doigts.

— Je suis Marwan, ton chauffeur.

Je devais avoir un drôle de regard. Bousculé, peut-être. Fatigué, inquiet, déjà pressé d'en finir. Durant tout le trajet, je me suis demandé ce que je faisais là.

— Savez-vous si le passage du musée est ouvert ? m'avait demandé ma voisine, dans l'avion.

Non, je ne savais pas.

— Et le Ring ? Il paraît qu'on pouvait traverser hier matin.

Le Ring ? Quel Ring ?

Elle était chrétienne d'Achrafieh, et se demandait comment passer la ligne.

— Je suis druze, a souri Marwan.

Il m'avait cueilli sur le tarmac, à ma descente d'avion. D'un geste, il m'a extrait de la file des passagers pour que je le suive. Nous sommes arrivés devant une porte gardée par un soldat. Ou un milicien. Je ne sais pas. L'homme avait un bandeau dans ses cheveux longs, une veste de treillis et un jean. Son fusil d'assaut était crosse en l'air, passé dans son dos. Marwan lui a serré la main. L'autre a ouvert la porte. Nous étions devant le tapis à bagages.

— Donne-moi ton passeport et occupe-toi de ton sac.

J'ai tendu mon passeport au Libanais. Confiance absolue. Et pas le choix non plus. Sam m'avait décrit son chauffeur comme un prince. La soixantaine, bel homme, grand, mince, le visage anguleux, cheveux gris, moustache et cicatrice ancienne, du coin de la bouche à la tempe droite. C'est elle que j'ai vue en premier. Puis sa main tendue. Son sourire. Et cet accent roulé, qui ourle les phrases en modulant la dernière voyelle. Il y a des hommes comme ça. Au premier regard, au premier contact de peau, quelque chose est scellé. Cela n'a pas encore de nom, pas de raison, pas d'existence. C'est l'instinct qui murmure de marcher dans ses pas.

Marwan m'a rendu mon passeport tamponné. Sa voiture était garée devant l'aéroport, sur un trottoir. Une Mercedes noire couverte de poussière ocre. La mer d'un côté, les immeubles dans la brume, les montagnes au loin. Une fraîcheur de printemps. Il s'est installé au volant. Il m'a observé.

— On fait route ensemble ?

J'ai dit oui. Bien sûr. J'étais là pour quinze jours et je n'avais que lui.

De sa ceinture, il a sorti un pistolet. Il a extrait le chargeur et me l'a tendu. J'ai hésité. Puis je l'ai pris. Il était vide.

— Ouvre l'autre main.

Dans ma paume, il a glissé huit cartouches.

— Tu sais charger ?

J'ai dit oui. Vaguement. Cela m'était arrivé deux fois chez un copain, quand nous pensions jouer à la guerre. J'ai regardé par la fenêtre. Il y avait des passants. J'ai recouvert mes mains avec mon blouson. Je tremblais.

— Tu fais ça à l'aveugle ? Un vrai professionnel, dis-moi !

Marwan a ri une fois encore. Une bonne humeur sonore, offerte, sans retenue.

Le ressort était dur. Il fallait toute ma force pour empiler les munitions. Une balle a crissé. Froissement de métal. Elle est ressortie vivement en me heurtant le pouce. Nous étions le 10 février 1982. Arrivé à Beyrouth une heure plus tôt pour sauver

Antigone, je chargeais le Tokarev d'un Druze qui rigolait.

Marwan m'avait installé pour quinze jours à l'hôtel Cavalier, dans le centre de Beyrouth. L'établissement était druze, tenu par des Druzes, et mon hôte vivait à une rue de mon lit. Le soir de mon arrivée, nous avons parlé argent. Il devait le faire, et ce serait fait. Sam s'était magnifiquement débrouillé. Ma chambre, mes repas, mes déplacements étaient pris en charge par une association d'action artistique, sous tutelle du ministère de la Culture et des Affaires étrangères. Tout comme les frais engagés pour les acteurs, repas, transport, hôtel en cas de fermeture de la ligne. Marwan était payé au mois et en secret, par un fonctionnaire de l'ambassade de Grèce, qui avait connu la prison des colonels.

— Mais Sam faisait parfois un petit geste en plus, a souri le chauffeur.

Une femme, quatre enfants, deux voitures à nourrir. La Mercedes 280 SL de gala, avec laquelle il était venu me chercher à l'aéroport, et une Toyota Corona rouge et blanc de 1972, qu'il rapiéçait de balles en balles depuis cinq ans.

Dans l'enveloppe, Sam avait glissé des livres libanaises et des dollars, l'autre monnaie du pays. Je pouvais appeler un nom au consulat de France. C'est grâce à ce contact que Sam avait été rapatrié sanitaire à Paris.

— L'argent ne sera pas ton problème, a dit Marwan.

Il m'a servi un café blanc, une tisane à la fleur d'oranger. J'étais dans son salon, sur le grand canapé. Lui avait pris le fauteuil. Nakad, son fils aîné, était assis sur l'accoudoir, et les autres sont restés sur le seuil. Il fumait. Dans un cadre doré, deux hommes lui ressemblaient. Son frère ? Son père ? Il a éclaté de rire, répétant ma question à sa femme qui entrait. Les enfants ont ri aussi.

— Lui c'est Kamal Joumblatt et lui c'est Walid Bey, son fils. Kamal, c'était notre père à tous. Il a été assassiné par les Syriens en 1977.

Tasse levée, Marwan leur a porté un toast.

— Et Walid ?

— Pas le même homme. Mais notre chef quand même.

— Le chef des Libanais ?

Rire de Marwan. Traduction. Eclats de joie des enfants rassemblés.

— Des Druzes ! Tu es avec les Druzes ici, il faudrait commencer à apprendre !

Ils étaient musulmans hétérodoxes, enfants d'Ismaël et du chiisme. Et aussi les seuls à avoir une âme, et un cœur qui battait. J'ai souri.

— Comment ça, les seuls. Et les autres ?

Il a fait la moue.

— Des bourreaux, des esclaves, des voleurs. Pas des êtres humains.

Nakad a hoché la tête, doigt levé. Le jeune parlait français avec élégance.

— Les Druzes sont fiers et justes, a dit le fils en souriant.

Sa mère nous avait apporté des galettes de pain, du houmous, du taboulé et du yaourt à l'ail. Elle a poussé les enfants dans le couloir. Et Nakad avec eux. Marwan s'est levé. Il a pris deux verres et une bouteille dans le buffet.

— Arak ?

Je connaissais l'ouzo. Sam m'avait fait goûter son cousin libanais, un alcool anisé qu'il fallait noyer d'eau.

— Les Druzes boivent de l'alcool ?

Il a ri.

— Non. Mais moi, je fume et je bois.

D'un geste lent, il a découpé une lanière de pita pour la plonger dans la purée de pois chiche.

— Disons que j'ai ma propre doctrine, encore plus secrète que celle qui encadre notre religion.

Une question me brûlait.

— Pourquoi as-tu dit que l'argent n'était pas le problème ? C'est quoi, le problème ?

Il a bu d'un coup, frappant son verre sur le bois de la table.

— J'ai eu cent fois cette conversation avec Samuel. Le Liban crève de tout. On doit se battre pour obtenir des cahiers d'école, pour l'électricité, l'eau, le pain, pour reboucher les routes défoncées. Vous, vous arrivez de France avec une pièce de théâtre et toutes les portes s'ouvrent. Vous n'avez qu'à claquer les doigts pour être reçus dans les ministères.

— Et ça te dérange ?

J'ai blêmi. Trop vite. Réfléchir avant de parler. Je n'étais pas dans un amphithéâtre entouré de copains.

Pas non plus en train de provoquer un adversaire de pacotille. J'étais à Beyrouth, sous le toit d'un Druze armé, qui m'offrait protection et assistance.

Marwan n'a pas relevé.

— Ça ne me dérange pas, non. Je crois simplement que Samuel et toi pensez plus à vous qu'à notre peuple. En fait, je n'ai toujours pas compris ce que votre théâtre venait faire dans notre pays. La paix ? Il en faut bien plus. Nous divertir une heure ? Alors merci bien, mais n'en rajoutez pas.

Il s'est resservi un verre.

— Sam est en train de mourir.

Je n'avais pas trouvé autre chose à répondre. Marwan m'a regardé. Il avait la tête penchée sur le côté, comme s'il lisait quelque chose en moi.

— Tu n'étais pas dans le projet au départ, c'est ça ?

— Oui. Il m'a demandé de le remplacer il y a un mois.

— Pourquoi toi ?

— Peut-être parce qu'il n'a que moi.

Une fillette est entrée, une assiette de gâteaux à la main.

— Alors tu fais ça pour lui ?

— Je fais ça pour lui.

D'un geste tendre, il a passé la main dans les cheveux de son enfant, qui ramassait nos assiettes.

— Tu es juif ?

J'ai cherché ses yeux. Il ne me regardait pas.

— Pourquoi ?

— Comme Samuel, je veux dire.

— Non.

Marwan a croqué une friandise.

— Alors pourquoi te fait-il confiance ?

— Nous avons milité ensemble, fait du théâtre ensemble. Il était mon témoin de mariage et il est le parrain de ma fille.

— C'est un frère ?

Frère. J'aimais ce mot plus que tout autre. J'ai hoché la tête sans le prononcer à nouveau. Frère, c'était ça. Mon frère venait de baisser les bras devant la tâche, et il me demandait de prendre sa suite.

— Il t'a expliqué la situation ?

Non. Un peu. Pas grand-chose. Il y avait des tirs sur la ligne de démarcation, des escarmouches dans le Sud, de la tension dans le Nord. Je savais aussi que les acteurs ne s'étaient jamais vus. L'un d'eux n'avait même pas osé passer à l'Ouest pour la répétition. Et les autres hésitaient à faire le premier pas.

Marwan approuvait.

— Tu comptes t'y prendre comment ?

J'avais beaucoup réfléchi. Pour ce premier séjour, je voulais voir les acteurs séparément et leur offrir un exemplaire d'*Antigone*. Sam avait tapé la pièce pour eux sur stencils, puis l'avait ronéotée comme nous le faisions de nos tracts. Mais je voulais qu'ils aient un livre en main. Avant de partir, j'avais acheté dix exemplaires d'une édition parue en 1975. Dans chaque ouvrage, j'avais glissé une photo de Jean Anouilh et une copie de sa lettre dédicacée.

— Tu commences par qui ?

Je voulais rencontrer Imane. Je lui avais parlé, elle se disait prête. Je sentais qu'elle serait un guide. Et puis, c'était elle, la petite maigre. Sans elle, rien ne pouvait se faire. Elle était à la fois le départ et le socle.

Ensuite, je voulais entendre Charbel. Lui demander s'il acceptait de jouer, vraiment, ou si tout cela n'était qu'un rêve de fièvre. Les réponses d'Antigone et Créon décideraient de la suite. S'ils acceptaient, je continuerais. J'irais voir les chiites, d'abord, essentiels dans la symbolique communautaire. Je comptais sur Marwan pour le Druze. Parler de paix à une catholique et de survie à une Arménienne ne me semblait pas insurmontable. J'avais décidé de les rencontrer en dernier.

Mon hôte réfléchissait. Il m'a demandé si j'avais des passes pour les milices. Si les acteurs savaient que j'étais arrivé. Si j'avais leurs noms, leurs adresses précises. Sam n'avait été qu'à Achrafieh, pour sonder le chrétien.

— Tu n'as vu personne d'autre ? La Palestinienne ? J'ai demandé.

— Une fois, mais ici. Pas à Chatila.

— Tu pourras m'emmener partout ?

— Oui. Je suis payé pour ça.

Il m'a raccompagné à mon hôtel. Juste une rue, un coin, quelques dizaines de mètres. Dans l'obscurité, des hommes remplissaient des sacs de sable. Tirs au loin. J'ai sursauté. Mes premiers bruits de guerre. Des craquements de bois, l'écho sec du métal à travers la ville.

— Qui tire ?

Marwan m'a tendu la main, dans le hall.

— C'est le Liban qui tire sur le Liban.

127

J'ai sorti le carnet de Sam pour lui écrire. J'ai eu du mal à m'endormir. J'étais un peu perdu. A l'aéroport, Marwan avait le rire fraternel. Ce soir, il était distant. Il allait m'aider du bout du cœur. J'en étais persuadé. Un chauffeur méfiant, rien de plus. Hostile, peut-être. Je comptais sur un homme qui ne m'attendait pas. Cette pièce de théâtre était notre rêve, pas le sien. Pour la première fois, je me suis vu rentrer à Paris tête basse. La guerre était trop forte pour nous. Dans la nuit, les salves claquaient.

Antigone était dos au mur, fusillée par la ville entière.

11

Imane

La rue était étroite, défoncée, inondée par endroits. Voitures, camionnettes, charrettes à bras, klaxons pour rien, étals de fruits, de cigarettes, de parfums frelatés, tout ici ressemblait à Beyrouth en plus pauvre, en plus triste, en plus désorienté. Marwan roulait silencieusement. Il n'aimait pas les Palestiniens. Il me l'avait dit crûment. Sur les murs de parpaings, des affiches fanées célébraient les martyrs. Des hommes, fusil en main, posant avant la mort sur un fond de soleil. Sur la plage arrière et contre le pare-brise de sa voiture, le Druze avait installé deux bandes découpées dans un keffieh. Il s'était arrêté à l'entrée du camp de Chatila pour les déposer bien en vue, négligemment, à l'image d'un homme qui s'était débarrassé de sa coiffe pour conduire. L'artifice ne trompait personne. C'était un gage de bienveillance. J'étais tendu, aux aguets. Mon chauffeur n'avait pas d'arme sur les genoux. Je n'ai jamais su si le cérémonial qu'il m'avait imposé à l'aéroport était l'illustration d'un danger réel, une manière de m'incorporer ou une cérémonie de bizutage.

J'ai eu le cœur serré. Pour la première fois de ma vie, je voyais un vrai drapeau palestinien. Une guenille lacérée, pendue au fer forgé d'un balcon. Je n'avais pas de mot pour cet endroit. Ni quartier, ni ville, ni bidonville, ni ghetto, mais quelque chose de tout cela. Un boyau monotone de petits immeubles gris, de maisons basses, d'impasses défoncées, de murs écorchés, de béton brut, de fenêtres borgnes, de tôle ondulée, de boutiques misérables au rideau de fer béant. Des fils électriques rayaient le ciel, des centaines, pendant d'une fenêtre à l'autre, d'un toit au suivant, parcourant les rues parfois à hauteur d'homme. Dans certaines impasses, le réseau de câbles était tel qu'il pesait comme la nuit. Sur les terrasses, des barbelés piquetés de lambeaux frémissants. Débris de papier, fragments de plastique, ballons crevés oubliés par le vent. Nous roulions fenêtres ouvertes. L'air était malsain, fétide, lourd comme un fruit corrompu. Partout, aux carrefours, des amas d'ordures finissaient de brûler. Aux odeurs fermentées, le feu ajoutait son écœurante fumée grise. Des enfants aux pieds nus pataugeaient dans ce jus. Ils couraient après notre voiture rouge et blanc en riant. Marwan les chassait de la main. Il était crispé. Il s'est raidi.

— Fedayin, a murmuré mon chauffeur.

Trois bidons d'essence barraient la rue. Ils avaient été gavés de ciment et disposés en chicane, décorés du portrait en couleur de Yasser Arafat. Assis sur l'un d'eux, un homme, fusil d'assaut entre les cuisses. Il s'est levé, actionnant la culasse. Deux autres étaient contre un mur, assis sur des chaises en plastique. Le premier a levé la main. Il avait un foulard. Il l'a remonté sur les yeux. Marwan a arrêté la voiture et coupé le contact. Il a souri au combattant, regard offert, tête passée par la fenêtre. Je connaissais ce sourire. Un geste de crainte, d'inquiétude, un sourire de mains levées. Le Palestinien nous a fait signe de descendre de voiture.

— Ton passe, m'a soufflé mon ami.

J'ai mis la main dans mon blouson. Il m'a empêché.

— Descends d'abord. Pas de geste brusque.

La rue était déserte. Le Druze a parlé. Le Palestinien ne répondait pas. Il lui a fait ouvrir son coffre, sa boîte à gants. Un combattant tournait autour de la voiture, un autre a fouillé Marwan, puis moi. Le Druze parlait toujours. Il occupait le silence des autres. Il riait d'un mot, me désignait du doigt.

— Ton passe. Donne-le !

J'ai sorti mes cinq laissez-passer, en éventail, comme un joueur de poker tient son jeu. Marwan a ouvert des yeux immenses. Il tremblait. Il a haussé les épaules, s'est excusé sans mot, mains ouvertes, implorant le pardon du Palestinien. L'homme au keffieh a baissé son foulard. Il a éclaté de rire. Il avait des lunettes rondes, une barbe de quelques jours. Il ressemblait à un étudiant, pas à un milicien. Son camarade a pris mon jeu. Toutes mes cartes. Il les a étalées une à une sur le capot de la voiture. Les autres l'avaient rejoint en riant. Le coupe-file de l'armée libanaise, celui du Parti socialiste progressiste druze, celui des milices chrétiennes, le laissez-passer chiite du mouvement Amal et celui du Fatah. Le combattant a pris celui-là, deux bras armés et grenade sur fond de Palestine. Il agitait le passe comme un hochet.

— You speak english ?

Un peu, j'ai répondu. Comme tout le monde. Marwan s'était placé à mon côté. Son regard désolé allait des uns aux autres. Il n'avait pris aucune distance avec moi. Je le sentais tout contre. Il faisait corps. Ce jour-là, j'ai été rassuré à jamais. Mon Druze n'approuvait pas la pièce de théâtre. Il m'avait reçu avec méfiance, mais tiendrait la parole donnée à Samuel Akounis. Il n'aimait pas Antigone, il la respectait.

Le fedayin m'a montré le sauf-conduit du Fatah. Il souriait toujours.

— This is the wildcard. The only one !

J'ai secoué la tête. Je ne comprenais pas.

— C'est le joker, a murmuré Marwan sans quitter le combattant des yeux.

— Joker ! Yes ! You understand joker ? Arafat is the joker !

Joker ? J'ai hoché la tête en souriant blanc. Oui, je comprenais. Bien sûr. La seule carte qui sauve. Un Palestinien avait ramassé toutes les autres. Il a fait mine de les déchirer. Mon Druze a repris la parole. Il parlait, parlait, montrait sa voiture, son passager, son cœur. Je l'ai entendu dire « *Antigone* ». Je crois. Le fedaï a interrogé son chef. L'autre a eu un regard indulgent. Il a hoché la tête. Celui qui avait les cartes me les a rendues.

— Ahlan wa sahlan ! a lancé le Palestinien en ajustant son keffieh.

La phrase prononcée par mon Druze à l'aéroport. J'avais une nouvelle famille et une terre en plus. L'un après l'autre, les combattants m'ont tendu une main. J'ai offert les deux miennes en retour. J'avais eu peur. Je m'en rendais compte maintenant que la vie revenait. Mon cœur qui chuchotait se remettait à battre. J'avais les lèvres sèches. Celle du bas s'est craquelée quand j'ai souri. Marwan était dans la voiture, je remerciais toujours les fedayin. J'ai failli leur dire qu'en France, nous les avions soutenus. Raconter nos manifestations, nos bagarres contre les sionistes, leur drapeau peint sur les trottoirs de Paris. Marwan a klaxonné. Il me rappelait. Il a bien fait. Ma joie ressemblait trop à de la panique. J'étais en train de l'humilier.

— Yallah chabab ! a lancé le Palestinien.

Allez-y. Roulez. Bienvenue à Chatila.

Nous avons continué sur la rue principale, puis tourné avant l'hôpital. Marwan était gris, bouche entrouverte. Ses mains tremblaient sur le volant. Il surveillait son rétroviseur. Devant un terrain vague, il s'est arrêté, soulevant un nuage de poussière grise. Il a ouvert son capot.

— Descends, Georges.

Protégé par un angle de mur, il a tendu la main.

— Donne-moi tes passes.

Il jetait des regards autour de nous.

— Quand tu arrives dans un camp, tous les autres sont des ennemis. Tu comprends, ça ?

Je comprenais.

— Si un milicien te demande un laissez-passer, c'est celui de son mouvement que tu sors. Et pas un autre. Compris ?

J'ai hoché la tête.

— Alors il ne faut pas que tu les gardes ensemble. Tu dois les disperser dans tes poches.

— Et je fais comment pour me souvenir ?

Un pick-up Toyota est passé bruyamment dans la rue. Marwan s'est jeté sous son capot, comme s'il inspectait le moteur. Il y avait trois combattants palestiniens armés sur la plate-forme arrière et une mitrailleuse lourde.

Le Druze s'est relevé.

— Ne mens pas. Tu soutiens qui ?

Je l'ai regardé sans comprendre.

— Oublie que je suis druze. Tu comprends qui dans cette guerre ?

J'ai bredouillé. Je ne savais pas. J'étais ici pour la paix, pas pour la guerre. J'ai parlé d'*Antigone*. Après le barrage palestinien, mon chauffeur me tendait une embuscade. Une nouvelle fois, j'étais perdu.

— Réponds, Georges. C'est important. Les phalangistes ? Les chrétiens ?

J'ai secoué la tête. Pas eux, non. En 1975, des rats noirs étaient partis d'Assas les rejoindre, pour combattre la gauche libanaise et les Palestiniens.

— Les Palestiniens, j'ai dit.

Marwan a haussé les épaules. Il a sorti la carte Fatah de mon jeu.

— Arafat ? Alors tu le mets sur ton cœur. Comme ça, tu te souviendras.

Il a glissé le carton dans la poche gauche de ma chemise.

Il m'a montré la carte druze.

— Tu me payes ? Alors mets Joumblatt côté portefeuille.

Je retrouvais ses sourires du début.

— L'armée libanaise ? Dans ton passeport. C'est un document officiel. Tu peux le sortir partout, personne ne te le reprochera.

Restaient les chiites d'Amal et les milices chrétiennes.

— Eux, tu t'assieds dessus, d'accord ?

Une rafale au loin. Deux autres rapprochées. Je me suis figé. Pas lui.

— Pour toi, les chrétiens libanais sont des fascistes ? Fesse d'extrême droite.

— Amal fesse gauche ?

Marwan m'a tendu le dernier laissez-passer en riant.

— Yallah ! Tu fais attendre ton Antigone.

*

* *

Imane a relevé son foulard blanc, laissant échapper une mèche fauve. Je l'observais sans bruit lorsqu'elle a capturé mon regard. J'ai détourné les yeux. Elle a souri de ma gêne.

Nous étions une cinquantaine dans l'obscurité, assis sur des parpaings, entre deux immeubles délabrés. Un terrain vague transformé pour une heure en scène de théâtre. Pas d'estrade. Un portique bricolé dans la poussière. La Palestinienne était assise de côté. Sa main cachait ses lèvres. Elle me traduisait le poète Mahmoud Darwich, attendant que le récitant finisse sa phrase pour la répéter.

— *Inscris ! Je suis arabe. Je travaille à la carrière avec mes compagnons de peine. Et j'ai huit bambins...*

Les acteurs étaient des enfants. Cinq étaient venus de Sabra, les autres vivaient à Chatila.

— Je suis leur institutrice, m'avait dit Imane.

Je l'ai trouvée belle pour la deuxième fois. Trop belle pour ne pas y penser. Plus grande que je ne l'imaginais, plus jeune aussi. Elle portait une robe noire de fête, à broderies rouges et vertes. Son accent était différent des autres, prononcé et chantant. Elle avait choisi ce texte en septembre et l'avait mis en scène avec les écoliers. Ils avaient répété plusieurs mois avant de le jouer. Dans la petite assemblée, il y avait des parents et des amis. Beaucoup avaient une lampe, qu'ils braquaient sur la scène en projecteurs de poche. Marwan était reparti. Nous étions convenus d'une heure de retour. A notre arrivée, la Palestinienne a regardé le Druze sans lui tendre la main. Lui a effleuré son cœur du bout des doigts.

Quand Imane ne traduisait pas, elle suivait les enfants du bout des lèvres.

— *Mon grand-père était paysan. Etre sans valeur ni ascendance. Ma maison, une hutte de gardien...*

— Elle habite juste en face de chez Pierre le dentiste, m'avait dit Sam.

A la porte de Chatila, il suffisait de demander son cabinet puis de suivre les doigts tendus. J'avais prévenu de ma visite. Imane avait préparé un plateau de thé. Nous l'avons bu dehors, debout dans la ruelle. Elle ne m'a pas fait entrer chez elle. Une maison basse fermée par des barreaux. Tout était fatigué. Un toit de tôle ondulée renforcée de bâches en plastique, deux vitres en carton. Les murs avaient la gale. Je n'ai pas vu sa mère. Son père n'est pas sorti. Je l'ai aperçu dans l'ombre de la pièce. Deux fillettes riaient sur le seuil.

— Yassine, s'est présenté un jeune homme, arrivé derrière moi.

C'était le Palestinien aux lunettes rondes, qui riait tout à l'heure au barrage, mon jeu de passes en main. Le grand frère d'Imane avait un visage très doux et le regard tranquille.

— Alors c'était vous ? Le Français du théâtre ?

Oui, j'étais ce Français-là. Il m'a regardé. Il parlait un mauvais anglais.

— Et vous êtes venu faire la paix au Liban ?

Il ne se moquait pas. Il voulait m'entendre. J'ai souri.

— Je veux juste donner à des adversaires une chance de se parler.

— A des ennemis.

— Si vous voulez.

— Se parler en récitant un texte qui n'est pas d'eux, c'est ça ?

— En travaillant ensemble autour d'un projet commun.

Il a rectifié la bretelle de son fusil d'assaut.

— C'est une forme de répit, alors ?

J'aimais bien le mot. J'ai dit oui. Le théâtre était un répit.

Après le thé, Imane m'a donné une lampe-torche. Nous avons traversé les ruelles dans sa clarté. Je dérobais son ombre gracieuse. Elle avait voulu que je vienne ce soir-là, pour entendre *Identité*, écrit par Darwich en 1964. Nous parlerions d'Antigone une autre fois. Elle désirait me voir avant de m'écouter.

Dans la nuit, je frissonnais. Deux brasiers avaient été allumés de chaque côté de la scène dessinée par les sacs à dos des écoliers. Parfois, un tir lointain abîmait le texte. J'étais le seul à sursauter. Les enfants jouaient, Imane traduisait. J'observais les visages à la lumière du feu. Les femmes, les hommes, les anciens à barbe blanche. Trois combattants étaient adossés au mur, leur fusil posé sur le sol. Plus tôt, accompagné de Yassine, un responsable palestinien était venu me saluer. Main dans la mienne, il m'a dit que cette pièce de théâtre était une belle idée. J'ai été soulagé. Un homme, au moins, savait ce que je venais faire dans ce pays. Ce soir-là, je n'étais pas au Liban, pas à Beyrouth, pas même à Chatila. J'étais en terre d'exil. Une parcelle sans air entre deux murs gris. Un ciel bas, strié de fils électriques. J'ai ouvert le carnet de Sam. J'ai tout noté pour lui. Quelques mots sur la majesté des visages. Sur la dureté de certains regards. Sur les cheveux d'Imane, ses mains pâles, sa beauté stupéfiante. A son premier sourire, j'ai su qu'elle serait Antigone.

— *Inscris ! En tête du premier feuillet. Que je n'ai pas...*

La fillette ne se souvenait plus.

— *Pas de haine pour les hommes*, a soufflé Imane en arabe.

La gamine jetait des sourires désolés à l'assistance. Elle cherchait sa mère, Imane, des mots à son secours.

— *Pas de haine pour les hommes,* a répété Imane.

— *Pas de haine pour...*, a bredouillé la petite.

L'institutrice s'est levée. Son élève lui a tendu les bras. Huit ans, peut-être, prête à se réfugier. Imane s'est assise avec elle dans les gravats.

— *Que je n'assaille personne,* a récité la Palestinienne.

Elle a glissé deux mots à l'oreille de l'enfant.

— *Mais si j'ai faim, je mange la chair de mon usurpateur,* a répété l'écolière.

Imane s'est levée, jetant les bras au ciel. Tous les enfants se sont dressés, poings sur les hanches.

— *Gare ! Gare !*

Puis ils se sont regroupés autour de leur maîtresse.

— *Gare à ma fureur !* a hurlé Antigone. Avant de saluer.

Je me suis levé, au milieu des applaudissements et du youyou des femmes. Les enfants piochaient du riz dans leur poche et nous le jetaient. Des fenêtres en face, de quelques terrasses, des ombres saluaient cette liesse. Et puis tout le monde s'est séparé brusquement.

— Problème de sécurité, m'a expliqué Imane.

Les fedayin vidaient la place à grands gestes. Yassine frappait dans ses mains. Un peuple redevenu familles se dispersait à travers le camp.

Marwan était de l'autre côté de la rue, dans sa voiture, phares éteints.

— Peut-on se voir demain ?

Imane a hoché la tête.

— Je crois que oui, m'a-t-elle répondu.

J'étais cœur battant. C'était un rendez-vous de travail. J'avais l'impression de lui voler un baiser. Nous nous retrouverions hors du camp, dans un café du centre-ville. Elle ne voulait ni du regard de son frère ni du rire de ses sœurs. Je lui ai tendu une main tremblante. Des hommes passaient. Elle s'est détournée.

*
* *

— La première chose, c'est de passer à l'est. Vous devez convaincre le frère de Charbel comme Sam a réussi à convaincre le mien.

Je buvais une bière, Imane ne touchait pas à son soda.

— Sur la ligne de démarcation, juste en face de la maison jaune, il y a un cinéma en ruine. C'est là qu'il voulait jouer *Antigone*.

Je regardais Imane en secret. Avec son verre, elle balayait les ronds humides sur le bois de la table. Depuis le début de notre rencontre, elle baissait la tête.

— C'est quoi la maison jaune ?

Cette fois, la Palestinienne a relevé les yeux. Elle semblait surprise.

— L'immeuble Barakat, si tu veux.

Je ne voulais rien. Juste comprendre. Et elle expliquait posément.

— Une fois passé le Ring, la voie rapide, tu arrives au carrefour de Sodeco, qui marque l'entrée d'Achrafieh, le secteur chrétien. La maison jaune est là. C'est un avant-poste stratégique. De ses trois étages, les phalangistes contrôlent tout le secteur. Il y a des tireurs à chaque fenêtre. Si tu arrives sans prévenir, tu meurs.

— Et le cinéma ?

— De l'autre côté, rue de Damas. Ni à l'ouest ni à l'est, au milieu.

— Sam m'en a parlé.

— Il voulait contacter les milices pour une trêve de trois heures. Comme il y avait un acteur dans chaque camp, il disait que c'était possible.

— Tu l'as cru ?

— Non, a répondu Imane.

Puis elle a eu un geste.

— Mais si les chrétiens acceptent, c'est gagné.

— Et les Druzes ? Les chiites ? Les Palestiniens ?

— Le Fatah avait donné son accord. Les Druzes suivront.

— Et les chiites ?

— Il faut les convaincre. Ce sont des menteurs, mais Sam avait bon espoir.

J'ai souri.

— Les chiites sont des menteurs ?

Elle a eu un geste d'évidence.

— Leur dogme le permet.

— C'est la Palestinienne qui parle ?

— C'est la sunnite.

J'ai bu ma bière d'un coup. Elle était amère. J'ai eu le vertige. Une gamine de 20 ans m'expliquait que pour monter sur scène, je devais pactiser avec les forces en guerre. Sam avait déminé le terrain avec les autorités et les Palestiniens, pas avec les autres combattants. Après les tampons, restait à baisser les fusils.

— Je peux avoir un engagement écrit du Fatah ?

Elle a souri.

— L'autorisation palestinienne est la seule chose que Sam a réussi à arracher.

— Mais je n'ai pas de trace écrite.

— Ma parole suffit ou tu veux déranger Arafat ?

J'étais tendu. Je me suis excusé. Par la vitre de la cafétéria, je voyais la voiture de Marwan. Son visage tourné vers nous.

— Les Palestiniens sont des serpents, m'avait-il dit. N'approche pas la main. Ils mordent.

Cette fois pourtant, Imane l'a prise lorsque je la lui ai tendue, avec le sachet transparent fermé en papillote. Elle a gardé ma main dans la sienne, et le cadeau de Sam avec, indifférente aux inconnus qui hantaient le trottoir.

— Il y a pensé, a murmuré Antigone.

Elle a souri. Elle a baissé les yeux.

— C'est de la terre de Jaffa, a chuchoté Imane.

Elle a refermé le poing sur le petit paquet.

— Un peu de Palestine à partager entre mon frère et moi.

Il me restait dix jours. Nous avons décidé de nous revoir la veille de mon départ. J'avais déjà le cœur serré.

12

Joseph-Boutros

— Pendant le trajet, je te demande le silence, a dit Marwan.

Il m'a expliqué que nous serions à découvert pendant huit minutes. En danger de mort. Que nous passerions dans l'œilleton de tous les snipers de la ville. D'abord, des chiites et des nassériens qui occupaient la tour Mirr. Un immeuble en construction de quarante étages que la guerre avait abandonné aux combattants. Ensuite, les fusils nous suivraient tout le long du Sérail et de la place des Canons. On ne sait jamais ce que va faire un doigt sur la détente. En arrivant au carrefour de Sodeco, nous risquions d'être pris pour cible par les tireurs chrétiens. Ceux embusqués dans la tour Rizk, qui surplombe Achrafieh, et ceux qui protègent la maison jaune. Marwan a posé la main sur mon épaule.

— Qu'a dit le Kataëb, exactement ?

— Le frère de Charbel ?

— Oui. Il a dit quoi ?

— Il a dit qu'il ne contrôlait pas tout.

— C'est lui qui t'a dit ça au téléphone ?

— Oui.

— Mais il ne t'a pas interdit de venir ?

— Non. Il m'a même dit d'arriver à Sodeco avant 8 heures.

D'un coup de pied, Marwan a sondé la roue avant de sa voiture. Il a accroché un morceau de drap blanc à l'antenne de son autoradio, et aux poignées des portières. Il respirait fort. Parlait arabe pour lui-même. Avait des gestes de colère pour rien.

— Je n'ai plus l'âge, a dit Marwan en m'ouvrant la porte.

Il a bu une bouteille d'eau au goulot, m'a demandé encore une fois de me taire pendant le trajet. Lui parlerait, c'est tout.

— Je ne veux pas que tu respires. Je suis seul dans la voiture, tu m'entends.

— Pourquoi ?

Il m'a regardé.

— Je ne veux pas me souvenir que tu es là. Risquer sa propre vie est bien suffisant pour un homme.

Il s'est assis à l'avant, m'a ordonné de me coucher derrière, sur le tapis de sol, entre le devant de mon siège et le dossier du sien.

— Mais pourquoi maintenant ?

Il a frappé son volant à deux mains.

— Astaghfirou Allah ! Pardon, mon Dieu.

Il est sorti brutalement. Il a claqué la portière et m'a tourné le dos à grands pas.

— Marwan !

J'ai crié. Je m'en suis voulu. Il s'est arrêté au milieu de la rue. Puis s'est retourné sans un mot. Il est revenu. Sans attendre, je me suis couché comme il le voulait. Il s'est assis. Il ne démarrait pas. Lui, moi, le silence. Et puis il a prié doucement. Quelques mots, main agrippée au chapelet en bois qui pendait à son rétroviseur. Il l'a enlevé, rangé dans la boîte à gants. Ensuite, il s'est affaissé, protégé par le tableau de bord, le visage à peine plus haut que le volant.

La rue était déserte. Le jour se levait. Nous avons roulé doucement. Plus vite, jusqu'au pont autoroutier. Entrée sur le Ring, notre voiture s'est emballée. J'ai eu la sensation d'un avion au décollage. J'ai fermé les yeux. Nous roulions en cercueil rouge, offerts à toutes les balles de la ville. J'ai paniqué. Mon ami aurait dû repeindre sa voiture en guerre, en bitume, en rien.

— Tour Murr, a soufflé le Druze.

J'ai ouvert les yeux, me suis soulevé légèrement. Le bâtiment était sur la droite, rectiligne, immense dans le ciel. Ses fenêtres de mort nous épiaient. J'ai fermé les poings. J'ai attendu. Pas un tir. Seul le bruit du moteur.

— On est passés, a murmuré Marwan.

Une rafale brusque. Loin, tout près. Je ne sais pas. D'autres. Des tirs espacés.

— Mourabitoun ! a grondé le Druze.

Des nassériens. Ils nous prenaient pour cible.

Quatre coups violents. La carrosserie frappée à la masse. La voiture a tangué.

— Que Dieu nous protège !

Marwan conduisait en lacets serrés. D'autres chocs. Un sifflement. Un bruit de cinéma, la guêpe brûlante dont parlent les livres. La vitre arrière a éclaté. Pluie de verre. J'ai arraché deux coussins au siège pour me recouvrir la tête.

— On est dans la ligne de la tour Rizk.

J'attendais une nouvelle salve. Mais rien. Le moteur hurlait. Nous sommes sortis du Ring tandis que deux voitures y entraient, klaxon enfoncé. Et aussi une ambulance qui hurlait. Marwan a ralenti.

— Carrefour Sodeco.

Il a arrêté la voiture. S'est garé sur un trottoir gagné par les herbes, tête jetée en arrière. Deux chauffeurs de taxis étaient là, assis sur leurs talons.

— Tu peux descendre, Georges.

Puis il a tourné autour de la voiture en secouant la tête. Il a fait la moue. Un collègue l'a rejoint. Trois balles avaient percé le coffre arrière. Deux autres, labouré le capot. Un impact contre ma porte. La guêpe était entrée par la gauche, ressortie par la vitre. Elle avait traversé l'habitacle juste au-dessus de moi. Marwan a inspecté les pneus, les phares, le moteur.

— Je t'attends jusqu'à demain matin 8 heures.

— Tu ne viens pas ?

Le Druze m'a regardé en souriant.

— Tu veux ma mort ?

Il a allumé la cigarette tendue par un chauffeur.

— Je fais comment pour continuer ?

— Prends ce taxi.

146

L'autre m'a demandé de le payer d'avance. Des dollars. Marwan me tournait le dos. Il ouvrait un sachet de pain. Il tremblait. Je claquais des dents. Nous avions fait un bout de chemin avec la mort.

Je suis sorti du taxi mains levées, sac à bout de bras, retenu par sa lanière. Deux phalangistes étaient embusqués derrière des blocs de béton, protégés par la carcasse d'un bus calciné. L'un d'eux a hurlé au taxi de libérer le carrefour. Puis m'a fait signe d'approcher. Arrivé à dix mètres, il m'a ordonné de m'agenouiller. De croiser les mains derrière la nuque. Il s'est approché lourdement, fusil d'assaut braqué. Sur son bras de chemise, un cèdre entouré de deux sabres. Son camarade me tenait en joue, accoudé à un sac de sable. Un ordre au loin. Un cri. Des tirs en rafales.

— Chou baddik ?

— Français ! French !

Le chrétien s'est approché. Il a levé la main en agitant ses doigts.

— Passeport !

Il était jeune, une bombe de cavalier sur la tête, le visage barbouillé de vert et de brun. Instinctivement, j'ai fouillé ma poche de chemise et sorti le sauf-conduit palestinien. J'ai l'ai vu au bout de mes doigts. Un cauchemar. Les deux poings armés, la grenade, le drapeau. J'ai été sidéré. Vidé d'un coup. J'allais mourir la bouche grande ouverte. J'ai lâché le document. Le phalangiste a armé son M16 en appelant à l'aide. J'ai déchiré la poche arrière de mon pantalon. Je lui ai tendu le bon passe. Il m'a donné une gifle, arraché le document, écrasant l'autre avec sa ranger. Il a scruté ma photo, mon nom. Puis il a brutalement ramassé la carte du Fatah et me l'a jetée au visage.

— Mange !

Il parlait français. Je l'ai regardé. Lui, la croix dorée qui pendait à son cou. J'ai ouvert les mains. Je ne comprenais pas. Le Libanais s'est jeté sur moi, il m'a empoigné par les cheveux, m'a tiré en arrière, le canon de son arme frappé sur ma tempe.

— Mange ta merde !

Il m'a rejeté en avant. Je suis tombé. J'étais à quatre pattes. Je n'avais rien en tête. Rien. Plus un mot. Pas une image. Pas une pensée. J'étais un homme vide. J'entendais mais ne fonctionnais plus. J'avais laissé mes craintes du côté de la paix. Les menaces, les angoisses, les effrois d'avant guerre se sont apaisés avec cet ordre absurde. Manger du papier serait ma mort à moi. Je ne sentais pas mes doigts. Mon mal de genou était resté à Paris. Mon cœur sommeillait. J'ai ramassé le passe. Je l'ai déchiré en deux, puis en quatre, puis en huit. Je gagnais du temps. Sur la photo, je louchais en riant. J'ai mis le premier morceau dans ma bouche, roulé en cigarette. Ne pas mâcher. Ne pas manger. Avaler vite et cru. Le deuxième a été plus difficile. J'aurais dû avoir peur, ou honte, ou honte d'avoir peur. Rien. Je me suis imaginé me relevant en force, debout, faisant front comme Joseph Boczov, arrachant le cœur de cet homme avec mes dents. Mais je mangeais ma pâtée indigne, les genoux dans la poussière, comme un chien. Le carton ne passait pas. Il collait au palais, à la langue, il s'effritait, il refusait mon corps. La poussière de gravier rayait ma gorge. J'ai toussé. Il restait encore deux morceaux de Palestine à trahir.

Le milicien a craché par terre.

— Allez ! Bas, khalas !

Je me suis levé, mains sur la tête. Le chrétien a sorti un émetteur de son sac. Il a donné mon nom. J'ai compris le mot « français ». Nous avons marché vers la ligne verte. La végétation s'était emparée du quartier désert. Profitant de l'absence des hommes, l'herbe folle avait tout envahi. Elle s'était saisie des rues éventrées, des remblais de terre, du sable. Des ronces coulaient des balcons lacérés. Un pin né du bitume s'adossait à un mur. Des arbustes, des épineux, des fougères géantes, des ficus occupaient le milieu du carrefour. Les trottoirs semblaient des collines tourmentées. Le long des murs, des écriteaux à tête de mort rappelaient que tout était miné. Sur le trottoir en face, une superbe maison jaune de trois étages. L'immeuble Barakat en dentelles de guerre. Dans les rues alentour, deux Jeeps des Forces libanaises, une mitrailleuse installée sur une camionnette. Pour traverser la place, encombrée de douilles et de débris, nous avons couru. Eux devant, moi derrière. J'avais cessé de les divertir. Un homme m'attendait sur le seuil criblé, derrière les chicanes de béton. Veste de treillis, lunettes de soleil, béret noir, pistolet passé dans la ceinture. Il m'a souri largement, en descendant les marches éventrées. Cette maison n'était pas une ruine de guerre. Elle était la guerre. De la terrasse au sol, les combats l'avaient martelée comme un plateau de cuivre. Pas un pouce intact. Partout sur ses colonnes fragiles, ses balcons, ses fenêtres romanes les pointillés des rafales, les impacts des tirs de précision, les écorchures de grenades, les déchirures de roquettes, les cicatrices ouvertes par les mortiers. Dans le soleil levant, les décombres d'une arène antique.

L'homme a regardé sa montre.

— 8 h 10. Mes hommes vous ont retardé, j'en suis désolé.

— Ils m'ont humilié.

La vie revenait. Elle labourait mon corps.

— Ce sont des taureaux et vous avez agité le chiffon rouge.

— Vous saviez que je viendrais. Je vous avais fait confiance.

Toujours son sourire.

— Mais vous avez eu raison. Et vous êtes toujours en vie.

Il m'a tendu la main.

— Joseph-Boutros, frère de Charbel.

Je l'ai suivi sous le porche. Puis dans la cour intérieure. C'était un labyrinthe de pièces vides, immenses, accablées d'impacts. Un palais majestueux. Lorsqu'ils passaient devant les fenêtres béantes, les combattants baissaient la tête. Ils avaient empilé des sacs de sable jusqu'au plafond.

— Tu as la permission de minuit ?

Le frère m'a parlé sans se retourner. Il traversait les salles, se glissait dans les trous des murs.

— Je dois être dehors à 8 heures demain.

150

Il s'est arrêté, m'a fait face.

— C'est qui ?

— Qui, quoi ?

— Ton chauffeur, c'est qui ?

J'ai hésité. A quoi bon.

— Un Druze.

Le chrétien a repris sa marche.

— Il y a une sale odeur depuis que tu es arrivé.

Il a ri. Les miliciens étaient silencieux. Certains assis contre le mur, d'autres couchés sur des matelas. Un mélange de treillis militaires, de pantalons camouflés, de blousons de cuir. Un homme est passé, en duffle-coat vert. Un autre portait un casque de l'armée libanaise. Nous avons longé des barrières en fer forgé, monté des marches. J'ai passé la main sur une mosaïque écaillée.

— Art déco, a dit le milicien. C'est incroyable, non ? Il reste des carrelages des années 30, des peintures, des arcades en bois, des morceaux de colonnes en marbre. C'est l'un des plus beaux immeubles de Beyrouth. Il a été construit en 1924, terminé en 1932 et détruit en deux mois.

Il a ouvert une porte lacérée, pour me laisser passer. C'était une pièce sombre. Les fenêtres avaient été murées par des parpaings. Les fils électriques étaient arrachés des murs, laissant partout des tranchées béantes. Il s'est assis dans le fauteuil, m'indiquant le canapé défoncé. Avec précaution, il a posé son pistolet sur la table basse. Un Colt 45 de l'armée américaine, nickelé comme pour la parade. Il avait décoré sa crosse d'ivoirine brillante, quadrillée, frappée du cèdre des Phalanges. Dans cette pièce, comme partout, le sol était jonché de gravats, de papiers, de reliefs de table. Des journaux couvraient les murs.

La porte s'est ouverte. Un jeune homme a passé la tête.

— Thé ? Café ? m'a demandé mon hôte.

Joseph-Boutros a allumé une cigarette.

— Ou de l'alcool, si tu veux. On n'est pas chez tes copains muslims, ici.

J'avais soif. J'ai demandé de l'eau. Ma lèvre saignait depuis le Ring.

— D'ailleurs, tiens. Avant toute chose, j'ai une question.

Il a glissé son arme sous le coussin du fauteuil.

— Tu es chrétien ?

J'ai eu un geste vague.

— Baptisé.

Le maronite a secoué la tête. Ma réponse ne lui convenait pas.

— Pourquoi les chrétiens occidentaux s'en prennent-ils aux chrétiens du Liban ?

— Je ne comprends pas.

— Peux-tu me dire ce que vous avez contre nous ?

— Qui, vous ?

— Toi, les baptisés de France et d'ailleurs. Qu'est-ce qu'on vous a fait ?

J'ai bu. Il me regardait sans dureté. Il voulait savoir.

— C'est bien vous qui avez inventé les « palestino-progressistes » et toutes ces conneries, non ? Vous croyez quoi, à Paris ? Que c'est une bagarre entre la droite et la gauche ici, comme à ta fac ? Tu es à la fac, non ?

— Je vais être professeur d'histoire.

Le phalangiste a ri.

— Etudiant à ton âge ? Ça tombe bien. Je suis ton élève et tu vas me faire la leçon, d'accord ? Alors, tu crois vraiment que les Palestiniens, les chiites et les autres sont des démocrates ? Et nous, on est quoi ? Des nazis ? C'est ça l'histoire, professeur ?

Il a bu son café d'un trait, reposant sèchement le verre sur le sol.

— Tu sais ce qu'il s'est passé à Damour en 1976 ? Des centaines de chrétiens ont été assassinés et démembrés par tes amis progressistes. Tu sais ça ?

— Et à la Quarantaine ? Et à Tell el Zaatar ? Combien de Palestiniens ont été tués par les chrétiens ?

J'ai terminé ma bouteille.

— Je suis ici pour parler de votre frère, pas de votre guerre.

Le phalangiste m'a observé.

— Tu as des enfants ?

— Louise, une fille.

— Alors écoute bien ce que je vais te dire, monsieur l'intellectuel. Ici, nous nous battons pour des valeurs qui sont les vôtres...

— Je ne crois pas.

Il a levé une main.

— Laisse-moi parler. Nous sommes au front de l'Occident. En première ligne. Et tu vois, chaque fois que je retourne là-haut à mon poste, chaque fois que j'ouvre le feu, c'est Louise que je défends.

— Vous ne pouvez pas dire ça.

— Tu crois quoi ? Quand ils brûlent nos églises et massacrent nos villages, il y a plein de Louise en sang sur les trottoirs.

— Vous massacrez aussi !

— Pour que les massacres cessent !

Il s'est levé brusquement. J'ai craint qu'il ne quitte la pièce. Il m'a tourné le dos, mains contre le mur et jambes écartées. Il faisait des exercices. Des mouvements de tête, en ramenant ses genoux sous son menton, l'un après l'autre.

— Entre La Mecque, Moscou et Arafat, elle a un bel avenir, ta Louise.

Je me suis tu. Des odeurs de cuisine montaient par l'escalier. Je me suis dit que je devais partir. Rien n'avançait. Ce type s'amusait avec un Français avant de retourner à la boucherie. J'étais sa distraction. Je me suis levé.

— Parle-moi d'*Antigone*.

Voix tranquille. Il m'étudiait, dos au mur, étirant ses bras au plus haut. J'ai ouvert mon sac.

— *Antigone* a été écrit par...

— Arrête, je sais ça. Parle-moi de ton projet.

J'ai inspiré en grand. Ça y était. C'était là, maintenant. Tout ce que j'avais construit en tête, en ventre. Tout ce que j'avais écrit, répété, préparé pour les acteurs, c'était le moment. Je pensais que le phalangiste serait le dernier à m'entendre. Il était le premier à m'écouter. Alors je lui ai raconté Anouilh. Je lui ai avoué Samuel. J'ai expliqué que mon ami avait eu l'idée de voler deux heures à la guerre, en prélevant un cœur dans chaque camp. Il écoutait, je crois. Il s'étirait sur le sol, me regardait parfois.

— Pourquoi le Liban ?

— Pour Damour et la Quarantaine, justement.

— Renvoyés dos à dos ?

— Souffrance à souffrance.

Un soldat maronite est entré, un plateau à la main. Du pain, une purée de fève et un bol de taboulé. Il y avait deux assiettes. J'étais son invité. Nous avons mangé sans un mot, dans ce réduit sans air. Nous étions face à face, assis sur le sol. Un bruit de radio, derrière la porte. Des pas dans l'escalier. Deux tirs sous la terrasse. Quelques rires. Une caserne au milieu d'un théâtre romain.

Joseph-Boutros s'est levé.

— Pour Charbel, tu auras ma réponse avant demain. Je sais qu'il est fou de ce projet. Mais il n'est pas tout seul à décider du sort de la ligne verte.

Je me suis levé à mon tour.

— Comment me préviendrez-vous ?

— Je te le dirai en face. Tu restes.

Il s'est dirigé vers la porte. J'ai interrogé son dos.

— Je fais quoi ?

— Je te garde. Cette nuit tu veilles, alors repose-toi cet après-midi.

*
* *

— Abou Amar ? Allez ! Yallah !

Je dormais. Un soldat m'avait recouvert d'une couverture pendant mon sommeil. Il faisait froid.

Les premiers jours, les tirs me réveillaient. Puis ils m'ont rassuré. Je n'aimais pas l'hypocrisie du silence.

— Yallah !

Un phalangiste me secouait en riant. Il m'avait appelé Abou Amar, le nom de guerre de Yasser Arafat. L'histoire du document palestinien avalé avait amusé les combattants. En sursaut, j'ai ouvert mon sac. Je vérifiais. Passeport, dollars.

Nous sommes passés de l'autre côté de la maison jaune, derrière le puits de lumière qu'avait imaginé l'architecte. Après deux volées d'escaliers détruits, je suis entré dans le bastion des snipers. Pas un mur de l'immeuble Barakat n'avait résisté à la guerre mais là, dans cette pièce fortifiée par les miliciens, aucune trace. Pas d'impact, de griffure, rien. Jusqu'au plafond, ils avaient élevé une muraille, un rempart de moellons bruts. Ils avaient eu la main lourde. Les blocs n'étaient pas alignés. Ils vomissaient leur mortier jusqu'au sol. Dans cette fortification, épaisse d'un mètre quatre-vingts, les architectes guerriers avaient creusé trois meurtrières rectangulaires, permettant de poser l'arme et les munitions. Le fusil était glissé dans cette archère, qui s'ouvrait sur une fenêtre ancienne, ou un trou dans le mur entouré de sacs de sable. De la rue, personne ne pouvait soupçonner qu'un tueur était là.

Quand je suis arrivé, Joseph-Boutros rechargeait sa carabine. Il avait le visage passé au noir de suie.

— Ahlan wa sahlan ! a souri le phalangiste en me voyant entrer.

J'avais une nouvelle terre, et une nouvelle famille.

Lui tenait le mur qui permettait de tirer par sept

ouvertures différentes. Sa position balayait la rue de Damas. Deux failles dans les portes, deux fenêtres et deux axes aussi près des colonnades du balcon. Il s'est baissé pour venir à ma rencontre. Il était changé. Souriant, élégant, presque. Accoudé au mur d'en face, la tête contre le rebord de la meurtrière, deux autres snipers.

— Je te présente Kim et Robert.

J'ai serré les mains.

— Demain, Tarzan et Katol prendront leurs postes. Et Begin le mien.

— Begin ? Comme l'Israélien ?

« Je veux dire la vérité, mon âme s'envole dans une minute », avait écrit Begin sur le mur du couloir.

— Oui. Et Tarzan comme le singe, a rigolé Robert.

Dans la pièce protégée, ils n'étaient que trois, bouteilles d'eau au pied et Thermos de café. Dehors, le crépuscule hésitait. C'était l'heure cruelle.

— La France a du bon, tu sais ? Ça vient de chez toi, ça...

Le chrétien me montrait son fusil de bois blond, avec lunette de visée.

— Je te présente mon ami le FR-F1. Bipied, poignée, mire de nuit, tout le confort moderne. Et puis c'est précis à 800 mètres. De quoi voir venir.

Il est retourné à son embrasure. Les deux autres guettaient la nuit.

— Alors, tu vas bien m'écouter, Georges. Georges, c'est ça ?

J'ai hoché la tête.

Il a tapé sa cuisse d'une main, comme pour appeler un chien.

— Ta place, elle est là. A mes pieds. Tu restes assis, dos au mur. D'accord ?

— J'ai le choix ?

Bruit de ressort. Cartouches glissées dans le chargeur.

— Pas vraiment, non. Mais je t'explique. Je veux ton bras et ton épaule contre ma jambe. Je veux les sentir tout le temps. Tu comprends ?

— Pourquoi ?

— C'est un truc à moi. Je veux la vie à mes côtés.

— C'est souvent ma place, a lâché Kim sans se retourner.

Bruit de culasse. Il m'a tendu du coton pour les oreilles.

— Autre chose. Je tire, tu te tais. Tu ne me demandes rien. Ni à moi ni aux autres. Et surtout pas si le type est au tapis.

— Je me mets à droite ou à gauche ?

— Si tu veux bouffer de la douille brûlante, à droite.

Je me suis assis lourdement à sa gauche. Le chrétien s'est rapproché de moi. Il m'a serré. Je sentais sa chaleur.

— Tu as tout ? De l'eau, de la patience ?

— J'ai tout.

Dans un coin de la pièce, une torche au verre peint en bleu. La lumière baissait. Je regardais les dos des combattants immobiles, jambes écartées. Je m'appuyais sur le frère de Charbel. Il s'appuyait sur moi. Je respirais doucement. Je pensais à Marwan, qui dormait dans sa voiture. A Imane, qui rêvait derrière ses barreaux. Au cœur de Sam, qui bipait dans la chambre. A Louise, qui occupait ma place dans le lit. A Aurore. J'étais à Beyrouth. Au profond de la guerre. C'était à la fois terrible et vertigineux. Je n'étais pas là pour ça. Ce n'était pas le mandat que Sam m'avait confié. Le pistolet d'un Druze, le fusil d'un chrétien. Je fréquentais le métal, pas le cœur humain.

Robert et Kim ont tiré presque ensemble. Le choc a été violent. La pièce faisait chambre d'écho, la meurtrière renvoyait le feu, la fumée, la poudre. Tintement des douilles sur le carrelage. L'une d'elles a roulé près de ma chaussure. Elle fumait. Je n'avais jamais vu la bataille d'aussi près. La bagarre, la violence, la colère, mais pas la mort des hommes. J'ai senti la jambe du chrétien se raidir. Puis trembler. Mon Dieu. Il tremblait. Son frémissement parcourait mon corps. Je le maintenais de toutes mes forces. Je le contenais. Après avoir applaudi à la Palestine, je rejoignais le camp d'en face.

Il a tiré trois coups. D'une violence folle. L'impact a frappé son épaule, son torse, ses jambes, mon cou, mon épaule, mon bras. Le cuivre des étuis a cogné le mur. Je n'avais pas mis le coton. Mes oreilles sifflaient. Je grimaçais. L'air était irrespirable de poudre acide. La jambe du sniper se calmait. Redevenait solide. Joseph-Boutros s'est détaché de moi. Je lui ai laissé décider de l'espace. Tout était retombé. L'obscurité, le silence. Dehors, d'autres tiraient. Je devinais notre façade dans leur lunette. La nuit gagnait. Nous n'étions plus que des ombres, caressées par le bleu de la lampe aveugle. Je me demandais ce que mes tireurs voyaient. Un phare de

voiture ? Le rideau mal fermé qui trahit le salon ?
Une cigarette imprudente passée de main en main ?

C'était effrayant. C'était bouleversant. Un instant,
je me suis dit que j'avais plus vécu en cinq jours que
durant ma vie entière. Et qu'aucun baiser de Louise
ne vaudrait jamais la petite Palestinienne, retrouvant
les mots d'un poète en levant le poing. J'ai secoué
la tête. Vraiment. Secoué pour chasser ce qu'elle
contenait. J'ai eu honte. Je pouvais rentrer demain,
laisser tomber, revenir en paix, vite. Un sourire de
Louise et une caresse d'Aurore étaient les choses au
monde qui me faisaient vivant. Et je me le répétais.
Et je n'en n'étais plus très sûr. Alors j'ai eu peur,
vraiment, pour la première fois depuis mon arrivée.
Ni peur des hommes qui tuaient, ni peur de ceux
qui mourraient. Peur de moi.

— Georges ?

J'ai relevé la tête.

— Connais-tu Victor Hugo ?

J'ai ouvert la bouche en grand. Le phalangiste a
ajusté son arme, regard perdu dans le jour tombé.
Contre la crosse, il avait collé une Vierge de missel.
Voile bleu, mains jointes, entre souffrance et allé-
gresse.

— Tu connais ?

J'ai appuyé légèrement mon coude sur sa cuisse
pour dire oui.

« Demain, dès l'aube, à l'heure où blanchit la
campagne,

Je partirai. Vois-tu, je sais que tu m'attends... »,
a récité le tueur.

J'ai tremblé à mon tour. Mon corps, sans retenue. J'ai pleuré. Tant pis. J'ai senti cette fois sa jambe venir en aide. Je savais que mes frissons l'irradiaient. Que mes larmes secrètes remontaient à son bras, à sa main, à son doigt, posé sur le pontet de détente.

J'irai par la forêt, j'irai par la montagne.
Je ne puis demeurer loin de toi plus longtemps.
Je marcherai les yeux fixés sur mes pensées,
Sans rien voir au-dehors, sans entendre aucun bruit,
Seul, inconnu, le dos courbé, les mains croisées,
Triste, et le jour pour moi sera comme la nuit...

Et puis il a tiré. Deux coups. Un troisième, juste après. Cette fois sans trembler, sans que je sente rien venir. Son corps était raide de guerre. Mes larmes n'y ont rien fait. Ni la beauté d'Aurore, ni la fragilité de Louise, ni mon effroi. Il a tiré sur la ville, sur le souffle du vent. Il a tiré sur les lueurs d'espoir, sur la tristesse des hommes. Il a tiré sur moi, sur nous tous. Il a tiré sur l'or du soir qui tombe, le bouquet de houx vert et les bruyères en fleur.

13

Nabil, Nimer, Hussein et Khadijah

Le lendemain, Marwan m'avait installé en majesté
à son côté, sur le siège avant. Et nous avons pris la
Mercedes, signe que la promenade serait tranquille.
Il roulait vitre ouverte, avec les chansons de Farid
al-Atrache au bord des lèvres. Nous étions partis en
fin de nuit, pour traverser Saïda au petit jour.
Marwan n'aimait pas le Sud-Liban, mais il le respectait. Quand Beyrouth se déchaînait, Druzes et
chiites se retrouvaient souvent au coude à coude.
L'alliance pouvait changer localement dans la nuit
pour une place de parking ou un regard de travers,
mais les dirigeants tenaient leurs troupes. A la sortie
de Saïda, nous avons pris la route de Nabatieh, au
cœur du royaume chiite. Les gardes de Créon
vivaient là, et aussi Eurydice. Nous étions encore au
Liban, et un peu en Iran. Plus religieux que le mouvement Amal, qu'il disait corrompu, Amal islamique
voulait instaurer une république des mollahs au pays

du cèdre. Marwan racontait cela, en frappant sa tempe de son index. Le père de nos trois acteurs était le dignitaire de ce mouvement à Nabatieh. Sans son accord, les jeunes gens ne pouvaient rien entreprendre. Et encore moins paraître dans une pièce de théâtre. Cela faisait des mois qu'un exemplaire d'*Antigone* était entre les mains des religieux. Ils l'avaient étudié. Et souhaitaient nous donner leur réponse en face. Marwan ne croyait pas à leur bénédiction. Il disait que cette excursion serait probablement la dernière. Et que leur refus sonnerait l'heure de mon départ.

C'est aussi ce qu'il avait pensé pour les phalangistes. Lorsque je suis retourné sur la ligne, en sortant de la maison jaune, il m'a accueilli avec l'air désolé de celui qui avait prédit la défaite. Il est resté bras tombés, bouche ouverte : Joseph-Boutros avait accepté en riant.

— Tu offres à mon petit frère d'enterrer vivante une Palestinienne ?

Les Forces libanaises consentaient à baisser la garde. Quatre heures cette semaine pour une prise de contact entre les acteurs et trois heures le vendredi 1er octobre 1982, jour de l'unique représentation. C'était la fête de sainte Thérèse de l'Enfant-Jésus. Et les chrétiens prenaient ce choix pour eux. Le cessez-le-feu resterait local, centré autour de l'immeuble Barakat. Ce n'était ni une trêve militaire, ni un acte politique, seulement un geste d'humanité.

— Comme permettre aux brancardiers de passer après la bataille, m'avait expliqué Joseph-Boutros.

Le chrétien ne pouvait empêcher deux heures de grâce. Il avait lu *Antigone*, trouvait que l'obstination à mourir de la jeune femme était risible, vaine, sans but ni raison. Il disait que son entêtement aveugle était érigé contre le sens commun. Il appréciait que son jeune frère incarne Créon le puissant. Celui qui dirigeait la cité, qui était craint par son peuple, qui œuvrait pour l'intérêt de tous, qui gardait la tête haute, qui échappait au déshonneur.

— C'est un peu plus compliqué que cela, j'avais répondu.

Le milicien m'a regardé en souriant.

— Cette lecture me va. Et j'aimerais qu'elle te convienne aussi.

En retournant à l'ouest, Marwan ne cessait de marmonner en arabe. Aucun tir n'avait salué notre départ ni accueilli notre retour. La voiture rouge était un drapeau blanc, comme si tous les tueurs de la ligne s'étaient donné le mot.

Au soir, le Druze semblait mécontent. La plaisanterie continuait. Mieux, elle prenait forme. Palestiniens, chrétiens. Je crois qu'il comptait sur les chiites pour qu'*Antigone* reprenne le premier avion.

Je n'avais vu du Liban que la ville. Brusquement, au pied des collines sèches, des oliviers, des pinèdes à perte de vue, j'ai pensé que nous aurions dû quitter Beyrouth pour jouer *Antigone*. Offrir à la rebelle autre chose qu'un cinéma détruit. La beauté de ce sol, le tourment de ce ciel. Jouer sous les étoiles d'automne plutôt que pour des hommes en ruine.

— C'est beau, n'est-ce pas ? a demandé Marwan.

Il lisait mon silence. Il m'a dit que le Chouf était plus bouleversant encore. Les cascades, les montagnes, les cèdres, les femmes et les hommes d'Aley, cœurs de pierre et de miel. Je me suis laissé aller contre la vitre. Nous avions abandonné la guerre de l'autre côté. J'ai imaginé Aurore et Louise dévalant cette colline en riant. Je les aurais voulues ici, avec moi dans la voiture. Un instant seulement. Le temps du petit lac, de l'enfant sur son âne qui a levé la main. Le temps du vieillard assis en bord de route. Le temps de l'aigle royal.

Nous sommes arrivés à Nabatieh avec le soleil d'hiver. Des hommes d'Amal islamique nous ont guidés dans la ville jusqu'aux faubourgs de l'est. Une maison basse, couverte de sacs de sable. Une fois encore, il avait été convenu que Marwan resterait près de la voiture. Je m'inquiétais souvent de sa solitude. Mais il répondait préférer le silence à certaines rencontres. Dès que j'allais à mes rendez-vous, il s'installait au volant et lisait, dormait, écoutait la radio des heures. Sa voiture était une autre maison. Il emportait de l'eau, du pain, du café. Il pouvait tenir un siège sans quitter son volant des mains.

— Tu vas être reçu par le cheikh Mamâar al-Sadeq, le père de tes acteurs. L'oncle sera là aussi, m'a expliqué Marwan.

Il m'a demandé de me déchausser sur le seuil, de ne pas tendre la main le premier, de ne pas le regarder dans les yeux, de ne pas poser de question mais de répondre aux siennes. J'étais haram, impur. Je ne devais pas le souiller. Une fois encore, j'avais la crainte en gorge. Il me fallait répéter, me rassurer.

Je délivrais un message qui n'était pas le mien. Je défendais un projet que je n'avais pas initié mais j'exécutais les dernières volontés d'un mourant. Et pour lui, cet homme, cet ami, ce frère, j'étais prêt à prendre tous les risques.

J'ai enlevé mes chaussures. A la porte, deux hommes barbus armés de fusils d'assaut. Longs kamis blancs, bonnets de pieux, visages sombres. L'un d'eux m'a fouillé. Sous les bras, les manches, la ceinture, le dos, le ventre, le sexe, les fesses, les jambes une à une, les chevilles, le dessous des pieds. Je tournais le dos à la maison, mains levées. Dans sa voiture, Marwan s'étirait, bras écartés. J'ai eu envie de sourire. Il n'avait pas un regard pour moi.

La pièce était petite, couverte de tapis et de coussins. Ni table, ni chaise. Une fenêtre obstruée par un rideau vert. Au mur, avec une sourate encadrée d'or et une tapisserie de La Mecque, une photo du mausolée irakien de l'Imam Ali, à Nadjaf. Un garde est entré avec un fauteuil de jardin. Il l'a posé face à la fenêtre borgne. Et puis j'ai attendu. Une heure, deux. Je ne sais pas. J'étais assis en tailleur, puis presque allongé à cause de mon genou qui élançait. Quand le cheikh est entré, le barbu m'a fait lever d'un geste. Trois autres sont arrivés à sa suite. Deux jeunes au regard noir et un gros homme qui s'est assis sur le sol, dans un angle de mur. Le religieux a pris place dans le fauteuil. Un très vieil homme, aidé d'une canne. Il me tournait le dos.

— Vous êtes ici parce que je l'ai souhaité.

J'ai frissonné. Il parlait un anglais difficile. Et s'adressait au mur.

— Avec Hassan, mon frère – que Dieu l'agrée –
nous avons longtemps parlé de votre pièce.

J'ai observé le gros homme. Il a hoché la tête.

— Lui est contre ce projet. Il estime qu'un acteur
fait acte de ressemblance avec les mécréants. Jouer
un rôle est mentir. C'est lié au péché. Il estime que
celui qui imite un groupe sera considéré comme
faisant partie de ce groupe.

Hassan m'observait. Rien ne marquait son visage.
Il entendait les paroles de son frère et écoutait mon
regard. Il cherchait une réplique au fond de moi.

— Je n'ai pas lu votre pièce mais Nabil, mon aîné,
l'a fait pour moi. Il m'a dit, au contraire, qu'elle était
exempte de médisance. Qu'elle ne représentait ni le
Prophète – prière et salut de Dieu sur lui – ni ses
messagers. Qu'elle ne manquait pas de respect à ses
grands compagnons. Et aussi qu'elle n'insultait pas
l'islam. Qu'elle ne cachait ni nudité, ni insulte, ni
autre souillure.

Le cheikh a sorti un mouchoir de sa manche, s'est
essuyé les yeux.

— Mes fils m'ont dit que leur rôle de gardes
serait d'entourer leur chef, de le protéger comme
un père et de faire respecter son autorité. Ils m'ont
expliqué qu'une jeune femme le défiait. Qu'à travers
lui, elle narguait la loi divine et que ce calife bien
guidé mettait un terme à cette arrogance.

Le vieil homme s'est tu. Il s'est retourné légèrement, regardant le sol.

— C'est cela, n'est-ce pas ?

J'ai observé Hassan, les gardes. Aucun ne m'aidait.

— N'est-ce pas ?

Le frère m'a encouragé de la tête. Mon filet de voix.

— C'est exactement cela, Cheikh Mamâar al-Sadeq.

Silence. Il s'est retourné contre le mur. *Antigone*, dérobée par les uns, par les autres, et moi qui hochais la tête sans courage.

— Et le rôle de la vieille, quel est-il ? Pourquoi tricote-t-elle ?

Faire vite. Me rassembler.

— C'est la femme du Calife. Elle est très pieuse et passe sa vie à faire des vêtements chauds pour les pauvres de la ville.

Silence, encore.

— C'est la zakât. L'aumône aux indigents, a murmuré le religieux.

Nouveau silence.

— Radiya Allahou 'anha. Que Dieu soit satisfait d'elle.

Au début de la conversation, j'avais envie de rire. Cet homme parlant au rideau, les autres qui me reniflaient comme une meute un chevreuil. Et puis l'acier des armes, la voix douce, les mots choisis avec soin. J'étais presque paisible, mains cachées sous mes cuisses. Après Anouilh revisité par les chrétiens, Anouilh était transfiguré par les chiites. Créon, vieillard fatigué par la guerre, qui ne veut que la paix pour son peuple. Créon qui tente jusqu'au bout de sauver sa nièce. Créon qui fait le sale travail pour que force reste à la loi. Créon devient un chef phalangiste d'un côté de la ligne, un calife éclairé de l'autre. J'avais une drôle de musique en tête. Quelque chose entre le piège et la trahison. Les gardes ne me quittaient pas des yeux. Ils étaient debout contre le mur. Hassan priait, ou passait son temps, égrenant un chapelet de pierres noires. J'ai pensé à Charles Maurras. Là, dans cette pièce lourde de foi. Sam m'avait prêté un texte de lui, qui voyait Antigone comme une gamine soumise, obéissant aux lois concordantes de Dieu, des hommes et de la cité. « Qui viole ces lois, qui les défie toutes ? Créon ! » avait écrit Maurras en 1948. Pour lui, l'arrêté de Créon n'était pas légal car non promulgué par Zeus. Sous sa plume, Antigone n'était autre qu'une « Vierge-mère de l'ordre ». Et Créon ? « L'anarchiste, c'est lui ! Ce n'est que lui ! »

Sam riait de ce texte. Il l'énervait aussi. Maurras élevait une statue à Sophocle, Akounis dressait un autel à Anouilh.

— Ce sont de telles dissemblances qui fécondent la gauche et la droite, disait mon ami.

Il trouvait qu'à côté des lectures multiples que suscitait ce drame, la politique ou l'économie disaient peu de nos différences. Et voilà qu'assis sur un tapis de prière, à l'autre bout du monde, avec un trou gênant à ma chaussette, je hochais religieusement la tête à l'idée d'une Antigone hystérique heureusement contrée par un sage souverain.

Le cheikh a frappé sa canne. Son frère l'a relevé. Il ne m'a pas regardé.

— Avoir choisi le vendredi pour votre représentation est une bonne chose.

Puis il a quitté la pièce, traînant la jambe comme moi. Je me suis retrouvé seul, debout, des fourmis douloureuses des pieds jusqu'au bassin. Le couloir était désert. La porte d'entrée ouverte en grand. Dans le jardin, trois jeunes hommes attendaient, assis sur le muret, et aussi une vieille femme, voilée de noir. Le plus âgé des garçons m'a souri. Un sourire magnifique, bouleversant. La joie du vainqueur. Il s'est avancé vers moi, les deux mains tendues.

– Bonjour Georges, je suis Nabil. Le garde et le messager.

J'ai hésité. J'ai failli me jeter dans ses bras. C'était un beau gamin, 25 ans, peut-être, en jean et maillot de corps. Il a pris son frère par la main.

— Et voici Nimer, qui sera aussi le page.

Le troisième s'est avancé, mains tendues comme les autres.

— Hussein. Moi, je ne suis que garde, mais je suis là quand même.

Il était le plus jeune. C'est lui qui l'a fait. Il m'a enlacé. Il riait. Ses frères aussi. Nous avons fait une ronde joyeuse aux portes du mausolée sinistre.

— Ahlan wa sahlan !

C'était vertigineux. J'avais une nouvelle terre et une nouvelle famille. Jour après jour, des hommes m'offraient un fragment du pays.

Marwan était sorti de sa voiture. Adossé à la porte, il souriait. Le maudit Français avait convaincu un dignitaire chiite. Il ne se doutait pas que c'était moi qui avais fait le chemin à l'envers.

— Khadijah, a murmuré Nabil, en présentant la femme.

J'allais tendre la main. Un peu plus, je l'embrassais aussi. Hussein a arrêté mon geste. De l'autre côté de la rue, Marwan prenait sa tête dans ses mains.

Nous étions le 18 février 1982. J'avais fixé la rencontre au 24, veille de mon départ. Les Phalangistes, les Palestiniens et les chiites avaient accepté qu'elle ait lieu de 8 heures à midi, au cinéma Beaufort, sur la ligne.

Je suis allé à la voiture en courant presque, me retournant trois fois pour saluer mes hôtes, bras levés. La vieille me regardait. D'une main, elle tenait son foulard sous ses yeux. Au premier étage, une silhouette observait mon départ.

— Il ne reste plus qu'à convaincre l'acteur druze, j'ai dit, en prenant place dans la voiture glacée.

— L'acteur druze ? a répété Marwan.

— Tu sais où on peut le trouver ?

Il a démarré sa voiture en souriant.

— Mon fils ? A la maison, j'espère.

14

Hémon

J'observais Marwan. En secret, de profil comme chaque fois qu'il conduisait. Mais cette fois, il ne craignait ni les balles ni les bombes. Il n'était pas sur une route mortelle ou dans un boyau hostile. Il était chez lui, prince druze. Il fumait, cigarette coincée entre son majeur et son annulaire. Sa femme était là. Je ne connaissais pas son prénom. Il me l'a présentée en disant :

— Ma femme.

Elle allait et venait avec des pâtisseries, du thé et du café blanc.

Mon hôte avait invité quelques amis, une dizaine. Ils étaient assis en rond dans le salon, sur le canapé, quelques chaises, les coussins installés sur le tapis de sol. La plupart étaient habillés de noir, bonnet blanc sur la tête. L'islam considérait ces hommes comme des apostats. Ils refusaient de reconnaître le

Prophète, la charia. Leur religion ne connaissait ni liturgie ni lieu de culte.

Marwan m'avait laissé son fauteuil. Il a attendu que les invités soient là, embrassés les uns après les autres sur le seuil, et puis il s'est levé. Il a parlé en arabe. Quelques mots graves, les yeux froncés. Il ne posait pas de question. Il n'attendait pas de réponse. Il avait l'autorité de ce qui doit être dit.

Druze →

Ensuite, il s'est assis. Et Nakad est entré. Fragile et élégant.

Il portait un sarouel traditionnel gris, avec le fond de culotte aux cuisses, et un tarbouche enroulé d'un turban blanc. Il s'est avancé au milieu de la pièce. Il nous a regardés, étonné, comme s'il découvrait notre présence. Il s'est placé face à son père, s'est incliné, ses yeux allant de lui à moi.

— Hémon, a dit Nakad.

Le Druze allait dire les premières répliques de son texte. Il a baissé la tête, l'a relevée. Il a toussé. Il a inspiré.

— Tu sais bien que je t'ai pardonné, à peine tu avais claqué la porte. Ton parfum était encore là et je t'avais déjà pardonné. A qui l'avais-tu volé, ce parfum ?

Je me suis levé brusquement.

— A Ismène, j'ai répondu.

Le jeune homme a été surpris. Et puis il a souri. Il a enchaîné.

— Et le rouge à lèvres, la poudre, la belle robe ?

— Aussi.

— En quel honneur t'étais-tu faite si belle ?

J'étais face à lui. Il devait enlacer Antigone. M'enlacer, donc. Je l'ai guidé. Il a ouvert ses bras, je m'y suis réfugié. Murmures dans la pièce. Marwan a dit quelque chose en arabe. Nakad s'est figé.

— Mon père explique aux autres que vous jouez le rôle de la femme.

Je lui ai fait un signe de tête.

— Ne t'occupe pas de ça. Reprends ton texte.

Il a inspiré.

— En quel honneur t'étais-tu faite si belle ?

— Je te le dirai. Oh ! mon chéri, comme j'ai été bête ! Tout un soir gaspillé. Un beau soir...

Marwan traduisait pour ses invités. Il était mal à l'aise. Son fils enlaçait un homme, un étranger sous son toit.

— Nous aurons d'autres soirs, Antigone.

— Peut-être pas.

Je me suis dégagé lentement. Nakad est resté bras ouverts. Et moi, j'ai applaudi. J'ai fait le tour de la pièce, frappant dans mes mains, regardant un à un les invités de Marwan. Et tous se sont levés. Lui, d'abord, encourageant les autres. Et puis ses compagnons. Et sa femme, restée derrière la porte, et les enfants cachés. Nakad disait mal son texte, mais il le connaissait. Je lui ai serré la main, une façon de faire oublier notre étreinte.

— Tu as appris ton rôle par cœur ?

Il a reculé de trois pas.

— Antigone ! Antigone ! Au secours !

Puis il a enlevé sa coiffe.

— C'est bien ma dernière réplique, non ?

J'ai hoché la tête. Après mon Antigone, mon Hémon existait.

Marwan ne comprenait pas l'intérêt de cette pièce mais il lui avait fait don de son fils. J'étais bouleversé par cette révélation. Mon ami était de dos. Il expliquait à ses invités qu'une femme jouerait mon rôle. Que ce baiser serait donc naturel. Et aussi que le personnage de son fils était un amoureux, un courageux, un noble, qui préférait mourir avec sa promise plutôt que de vivre sans elle. Hémon était un combattant, un résistant opposé au tyran qui opprimait son peuple. Il expliquait que Nakad avait le plus beau rôle, le plus grand de tous. Qu'il incarnait l'exemple, l'espoir, la vie. Que dans cette pièce, il mourrait par amour de la liberté et de la justice. Et aussi par amour d'une femme, belle comme celles de leurs montagnes. Il a dit que son fils jouait le Druze. Le seul de tous qui avait une âme et un cœur qui battait.

J'ai posé la main sur son épaule.

15

Simone

Je suis arrivé le premier au théâtre, mercredi 24 février 1982, à 7 heures du matin. J'avais soixante minutes d'avance sur le cessez-le-feu. Le Ring était désert, les tueurs dormaient. Marwan avait conduit sans un mot. Il était en colère. Il m'avait supplié de ne pas jouer avec le pacte. Il jurait que les fusils ne s'endormiraient pas avant l'heure convenue. Mais j'avais besoin de cette aube clandestine. Il me fallait entrer seul dans la salle, marcher seul sur sa scène, faire seul des essais de voix. Alors il a accepté de me conduire.

A une centaine de mètres du carrefour de Sodeco, le Druze m'a demandé de descendre de voiture. Et il m'a laissé là, en bout de ligne. Une rue déserte au temps des gravats. A perte de vue, des immeubles gris détruits par la mitraille, des poutrelles tordues, des collines de béton assaillies par les herbes. Il m'a abandonné mains levées, un linge blanc noué en brassard autour du bras.

Après trois pas, je me suis figé. Un cri brusque dans mon dos. Un autre, droit devant. Des voix d'hommes en écho. Une menace dans le silence des pierres. Le jour se levait. J'étais dans la mire de Joseph-Boutros. Dans l'œilleton du milicien de la tour Risk. Dans la lunette du chiite de la rue de Damas. Je savais que des doigts hésitaient, caressant l'acier recourbé de la détente. Jamais, de ma vie entière, je ne me suis senti aussi mortel. Tête haute, bouche ouverte, j'ai marché comme on se rend. Je trébuchais sur la guerre. Je guettais les fenêtres. J'ai enjambé les reliefs meurtris par les copeaux d'acier. J'avançais pas à pas dans le verre brisé. Je ne respirais plus. Je regardais la façade lunaire du cinéma Beaufort, de l'autre côté de la rue. Je peinais. Je ne montrais ni peur ni hostilité. J'étais de ces ombres fragiles dont les fusils se lassent.

Je suis entré dans le bâtiment par l'ouest de la ligne. Tout était saccagé et superbe. Pas de porte. Un trou dans la façade, enfoncée par un tir de roquette. L'enseigne pendait au-dessus du sol, retenue par des fils électriques. Trois murs seulement. Le quatrième avait été soufflé. Une explosion avait arraché le toit. C'était une arène de plein ciel, un théâtre ouvert aux lions. Les balles pouvaient se frayer un chemin jusqu'au cœur des acteurs. Quatre rangées de fauteuils avaient été épargnées par le feu. Ils étaient de velours et de poussière grise. Les autres sièges étaient écrasés sous les poutres. L'écran avait été lacéré, mais le décor était là, comme promis par Sam, debout dans un angle mort de la scène.

— Quand tu le verras, tu seras bouleversé, m'avait-il dit.

Il ne m'avait pas menti. J'ai manqué d'air. Ma jambe m'a quitté. Je me suis assis sur un éboulis pour le contempler. Trois colonnes corinthiennes, debout sur leur piédestal, surmontées d'un chapiteau sculpté de feuilles d'acanthe. Elles étaient en plâtre, teintes en rose vieilli pour imiter le porphyre. Le décorateur les avait cannelées avec soin. Il avait sculpté une frise végétale sur la corniche et délabré le fronton comme l'aurait fait le temps.

— Tu verras, c'est le temple de Zeus, avait souri le Grec.

Une quatrième colonne était à terre, brisée exprès, couchée en travers de la volée de marches qui menait à une porte en trompe l'œil.

Sam avait passé une heure dans le cinéma, assis presque à ma place, sans autorisation des milices, à contempler ce brouillon de péristyle. Marwan lui avait expliqué. Aux premiers jours de la guerre civile, une troupe chypriote répétait *Lysistrata* d'Aristophane. L'histoire de la belle Athénienne, qui propose à ses sœurs et aux femmes de Sparte de refuser l'amour à leurs époux tant qu'ils se feront la guerre. Lorsque les premières balles traçantes se sont croisées au-dessus du bâtiment, les ouvriers installaient le décor. La scène entière devait être entourée de colonnes, mais les combats ont empêché le spectacle. Les acteurs, le décorateur et ses hommes ont fui le cinéma sous les tirs. Comme le capitaine d'un navire, le metteur en scène ne voulait pas quitter les lieux. Il a fallu que des soldats libanais le sortent du bâtiment par la force. La presse a expliqué qu'il était devenu à moitié fou. Qu'il se débattait, qu'il pleurait de colère, de détresse, qu'il hurlait dans la rue les mots de Lysistrata : « Pour arrêter la guerre, refusez-vous à vos maris ! » Le reporter de *L'Orient-Le jour* a fidèlement recopié cette phrase. C'est tout ce que les Beyrouthins ont entendu de la pièce.

Le cinéma n'avait pas de fenêtres. Les obus s'étaient chargés d'en dessiner partout, ouvrant aussi des portes et creusant des terrasses. Mais le décor avait été épargné. Des balles de tous calibres avaient frappé le mur derrière. Quelques-unes avaient picoré les marches de stuc gris, deux colonnes étaient écorchées. Je me suis levé. J'ai effleuré la première, à peine mouchetée d'éclats. Main posée sur les rainures glacées, j'ai su que Lysistrata offrait cette fierté à Créon. Ces colonnes, ces trois marches seraient son palais d'orgueil.

J'ai pris le carnet de Sam, mon stylo. Il m'avait demandé de ne pas l'appeler, jamais. Il voulait que je lui écrive. Que je note tout. Mes impressions, mes craintes, les belles choses comme les plus laides. Il ne voulait pas d'une voix lointaine au téléphone. Alors j'écrivais.

Pour habiller ce décor, il me faudrait une tenture rouge. Une voile qui draperait tout l'arrière, des tympans jusqu'aux socles. Qui recouvrirait une partie de la scène et s'en viendrait mourir aux pieds des récitants. Ce lieu serait celui du pouvoir. Créon,

Antigone, Hémon, Ismène, Eurydice, les gardes, tous y auraient leur place, assis sur les marches, immobiles au lever de rideau, quand la lumière viendrait éblouir les décombres.

Dans un angle de scène, un obus avait tout labouré. Arraché la moquette, le parquet, le béton, creusant le sol jusqu'à la terre rouge. Cette avancée, coulant jusqu'aux premiers fauteuils, cet amas sinistre, ce terrain de sable seraient le lieu du forfait d'Antigone. C'est là, aux pieds des spectateurs, qu'elle creuserait sa tombe, en offrant une sépulture à son frère maudit.

Le jour m'épiait. J'ai levé les yeux vers le ciel. Il était presque 8 heures. J'étais transi de froid. Je suis monté sur scène par l'escalier détruit. J'ai regardé la salle, les fauteuils salis. Le plafond échoué sur le sol.

— Il faudra quand même donner un coup de balai, m'avait dit Sam.

J'étais contre. Je voulais conserver les débris de ce monde. J'imaginais Antigone couverte de poussière. Et Créon dans son palais de vent.

J'ai mis la kippa de Sam sur ma tête. Il voulait que le Chœur soit joué tête couverte, au nom de tous les siens. Lui, moi, peu lui importait. La calotte de son père devait se mêler au keffieh, au turban, au fez, à la croix et au croissant. Pour que Salonique soit là aussi, dans ce lieu, ce même soir, devant tous.

— Tu seras le juif, m'avait-il dit.

Je lui avais répondu ne pas en avoir le courage. On ne devient pas juif par la grâce d'un bonnet de velours.

— Tu te poses trop de questions. Un personnage est un personnage. C'est comme ça que je vois le Chœur et c'est toi qui dois l'incarner.

— Le Chœur, c'est un peu celui qui observe. Tu n'as pas peur d'être perçu comme le juif qui commente le complot du dehors ? lui avait demandé Imane.

— Tu préfères qu'il l'orchestre du dedans ?

Je n'ai jamais su ce qu'il s'était passé entre elle et lui. Mais il s'était passé quelque chose. Il parlait d'elle avec émotion, elle l'évoquait avec tristesse. Sur une photo, elle regardait l'appareil, il l'observait avec ferveur. Cette image était rare, prise à l'intérieur d'une habitation. Imane lui donnait le bras en riant. Elle ne portait pas de voile.

— Monsieur Samuel ?

Une femme aux cheveux blancs est entrée dans la salle par une fracture de pierre, les mains chargées de sacs. Elle portait un brassard blanc.

J'ai enlevé la kippa brusquement, la gardant serrée dans ma main.

— Je suis Simone, monsieur Samuel.

— Je m'appelle Georges, madame.

Elle m'a regardé avec méfiance.

— Vous n'êtes donc pas Samuel.

J'ai dit non. Expliqué qu'il était malade. Elle m'a tendu la main.

— Vous n'avez pas à avoir honte de votre religion, vous savez ?

J'ai mis la kippa dans ma poche.

— C'est un accessoire de théâtre, rien de plus.

Elle m'a observé en souriant. Puis jeté un regard autour d'elle.

— J'étais l'ouvreuse de ce cinéma en 1975.

Elle portait une croix d'or et un manteau gris.

— C'est Joseph-Boutros qui m'envoie, m'a-t-elle dit.

J'ai hoché la tête.

— Il m'a assuré que le jour du spectacle, je ne serais pas de trop.

Une ouvreuse. J'ai pensé à Victor Hugo récité par un assassin. A l'absurdité de la guerre. Nous allions jouer Anouilh écrasés par les ruines, avec une ouvreuse qui prendrait soin de nous. Qui accueillerait le spectateur à la porte. Le conduirait à sa place entre les pierres meurtries, les douilles et le verre brisé.

— Vous serez à l'entrée Est ? J'ai demandé.

— A la porte Sodeco, oui.

Elle m'a expliqué qu'il faudrait quelqu'un à l'entrée Ouest, pour saluer les gens venus de l'autre camp. Qu'elle ne pouvait pas s'en charger. Ensuite, elle a posé ses sacs de toile dans un coin de la pièce. Elle est allée jusqu'au premier fauteuil, l'a recouvert d'un morceau de tissu et s'y est installée sans un mot, protégeant ses jambes d'une couverture légère.

Le public ne pouvait assister à cette réunion, c'était convenu avec les combattants. Seuls les acteurs et moi avions le droit d'entrer dans le cinéma. A mon regard, Simone a eu un geste amusé. Elle a levé le bras et agité la main, montrant son brassard blanc, signe de ralliement imposé par les deux camps.

— Ne vous inquiétez pas, ils savent que je suis là.

Et puis elle a ouvert son sac et bu une bouteille d'eau au goulot.

Sa présence me dérangeait et me rassurait à la fois. Cette femme était chez elle. Elle se comportait comme le propriétaire du lieu. Alors j'ai décidé d'être son hôte. Je me suis assis dans le fauteuil à côté d'elle, face à la scène désolée. Elle avait sorti une broderie étrange aux reflets bleus, des aiguilles et du fil. On y devinait deux égarées dans un brouillard de givre. L'une nous tournait le dos, la seconde nous regardait. Son visage était une tache blanche.

— Vous connaissez Elie Kanaan ? m'a demandé Simone.

Non. Je ne le connaissais pas.

— C'est l'un des plus grands peintres de notre pays, m'a-t-elle expliqué sans quitter son ouvrage.

Elle travaillait au point lancé, offrant à la laine la grâce du lavis.

— Je me suis inspirée de l'une de ses toiles. Deux femmes qui attendent. Mais qui attendent je ne sais quoi.

— Selon vous ?

Elle piquait et repiquait serré, remontant parfois ses lunettes qui glissaient.

— Ce qu'elles attendent ? A part la mort, je ne vois pas.

Simone aurait fait une très belle Eurydice, courbée sur sa tapisserie, sans un regard en dehors de son cadre.

184

— Pourquoi la mort ?

— Parce qu'on ne quitte pas la vie autrement.

Elle cousait. Je relisais les répliques du Chœur.

— La mort m'a pris mon petit-fils. Il était à Damour en février 1976.

Elle a levé les yeux.

— Vous connaissez Damour ?

J'ai hoché la tête.

— Mais pas Elie Kanaan ?

— Mais pas Elie Kanaan.

— Un instant, j'ai cru que vous ne saviez rien de nous.

— Je sais ce qui s'est passé à Damour.

— Non. Ne dites pas ça. Vous ne savez pas. Personne ne sait ce qu'est un massacre. On ne raconte que le sang des morts, jamais le rire des assassins. On ne voit pas leurs yeux au moment de tuer. On ne les entend pas chanter victoire sur le chemin du retour. On ne parle pas de leurs femmes, qui brandissent leurs chemises sanglantes de terrasse en terrasse comme autant de drapeaux.

Simone travaillait les bleus avec patience. Elle s'attaquait au bord supérieur droit, une nuit profonde, lentement dégradée vers l'outremer, puis l'azur, puis le roi, puis le pâle, puis le blanc.

— Il s'appelait Maroun. C'était notre ange. Il a été égorgé.

Je regardais l'aiguille, la laine. Je me suis demandé si les autres viendraient.

— Il était dans les Forces libanaises ?

Simone a levé son aiguille et secoué la tête.

— Il avait dix-huit mois, monsieur Georges.

Un jeune homme est entré dans le théâtre à cet instant précis, me sauvant du naufrage et des mots en trop. Il venait de l'est. Deux phalangistes armés l'accompagnaient. Ils sont restés sur le seuil.

— Midi, leur a glissé le chrétien avant qu'ils ne repartent.

En me levant pour l'accueillir, j'ai posé un baiser sur l'épaule de Simone. Elle a été surprise. Je n'avais pas d'autre geste pour dire la compassion.

Créon était le premier de ma troupe. Il s'est avancé vers moi sans sourire.

— Charbel.

Il m'a serré la main en homme qui ne craint rien. Il était comme le murmurait sa photo. Grand, dur et inquiétant, mais son regard était d'enfance. Il faudrait du talc pour ses cheveux, des cernes crayonnés, une pâleur de souverain.

— Merci pour ce que vous avez fait.

— Ce que j'ai fait ?

— Venir jusqu'à la maison Barakat pour convaincre mon frère.

Il avait gardé ma main dans la sienne.

— Vous avez été courageux.

Puis il a inspecté la salle sans un mot, mains dans les poches, tournant lentement sur lui-même.

— Vous étiez déjà venu ?

Il a craché par terre.

— Personne n'est entré ici depuis sept ans.

Il est allé jusqu'aux fauteuils, il a longé les murs, trébuché sur une poutre. Il est monté sur scène comme un coureur repère un tracé, marchant à grands pas d'un bord à l'autre. D'instinct, il a reconnu son palais. Les marches, les colonnades, le parquet déchiré.

— On pourrait mettre une tenture ici, a lâché Créon, montrant le mur criblé.

— C'est prévu, j'ai répondu.

Il m'a regardé. Il a souri pour la première fois. Il s'est assis en bord de planches, pieds dans le vide. Il a consulté sa montre.

— Les progressistes sont en retard, a plaisanté Charbel.

Simone a ri. Le jeune homme l'a saluée main levée, comme un acteur rend grâces à son public. Puis il a sorti un exemplaire d'*Antigone* de son blouson kaki, et il s'est mis à lire pour lui-même.

Imane est arrivée par l'ouest, foulard blanc sur le front. Avec mon Antigone, Ismène et la Nourrice sont entrées dans la ruine. La Palestinienne connaissait la Chaldéenne et l'Arménienne. J'avais fait d'elle ma messagère. Deux heures avaient suffi pour qu'elles acceptent de monter sur scène. A peine entrée, Imane a enlevé son brassard. Elle était tendue. Charbel a remarqué le geste et ôté le sien. A mon tour, j'ai glissé la bande de tissu dans ma poche. Et les deux actrices nous ont imités. Nous laissions leur guerre à la porte de notre théâtre.

A l'entrée des trois femmes, Simone s'est levée. L'ouvreuse les accueillait.

Le chrétien est descendu de scène, essuyant sa main sur son pantalon. En le saluant, j'avais senti la sueur qui glaçait sa paume. Comme son frère, une moiteur d'émotion. Imane et Charbel étaient face à face. D'instinct, l'un avait reconnu Antigone, l'autre avait deviné Créon. Sans que je les présente, les deux acteurs savaient.

— Charbel, a murmuré le chrétien, main posée sur le cœur.

— Imane, a répondu la Palestinienne, en lui tendant la sienne.

Le jeune homme a secoué la tête en souriant. Il a serré la main offerte.

— Pardon. Je ne pensais pas qu'une sunnite serrait la main d'un homme.

— Je ne savais pas qu'un phalangiste implorait le pardon, a répliqué Imane.

— Je suis maronite, pas phalangiste.

Imane m'a présenté Yevkinée l'Arménienne et Madeleine la Chaldéenne.

— Tu peux leur serrer la main, a-t-elle dit à Charbel.

— Tu es l'orgueil d'Œdipe, a jeté le garçon.

Imane a souri. Puis elle a inspiré, tendue, poings le long du corps. Elle a baissé la tête, cherchant tout au fond d'elle un autre regard que le sien. Charbel a compris ce que faisait la jeune femme. Il l'a imitée. J'ai cessé de respirer. La fille a relevé la tête. Le garçon a ouvert d'autres yeux. L'instant fut magnifique. Deux acteurs se mesuraient. Ni chrétien, ni sunnite, ni Libanais, ni Palestinienne. Deux personnages de théâtre. Antigone et Créon. Elle le narguait. Il la défiait. Elle irait jusqu'à mourir. Il irait jusqu'à la tuer. Ils sont restés immobiles une minute, corps penché en avant, tendus l'un vers l'autre, se prenant par les yeux sans un mot. Simone a plaqué sa main sur la bouche. Les autres femmes étaient figées. Soudain, Imane a éclaté de rire.

— Ça promet, a souri le chrétien.

— Vous avez commencé sans moi ?

Nakad était passé par une faille de l'ouest, brisant la magie. Le fils de Marwan était habillé en jeune homme de son temps. Vexant un peu son père, je lui avais expliqué qu'Hémon ne pouvait jouer le fiancé d'Antigone en sarouel.

— Personne ne saura qu'il est druze alors ?

J'ai pactisé. D'accord pour le tarbouche recouvert du turban.

Juste après lui, les chiites sont entrés dans le cinéma par la rue de Damas. Cette fois, Imane n'a pas tendu la main. Ils se sont présentés timidement, les uns après les autres. Et aussi la vieille femme restée en arrière.

— Nous avons des bouteilles d'eau et des couvertures, leur a lancé Simone.

J'ai frotté mes mains l'une contre l'autre. Je ne pensais pas qu'il ferait aussi froid. Le jour était levé. Un soleil pâle encourageait le ciel. J'ai regardé ma troupe. Tous étaient là. Et tous me regardaient.

— Je vous propose de rejoindre la scène. Et on se tutoie.

De mon sac, j'ai sorti une grande photo de la générale d'*Antigone*, au théâtre de l'Atelier à Paris, le

4 février 1944. Cette image était mon plan de scène. J'ai assis Antigone seule, côté jardin, à l'extrême gauche de la scène. Créon s'est installé au milieu, dans un fauteuil arraché à son rang. A côté de lui, le page a pris sa place. Hémon, Ismène et la Nourrice se sont installés chacun sur une marche, de bas en haut. J'avais trouvé une chaise confortable pour la vieille Eurydice, les deux gardes restant en fond de scène, sous les colonnes. J'ai fait passer la photo de main en main, pendant que Simone offrait une couverture à tous.

— Cadeau des chrétiens du Mont-Liban, a lâché Charbel.

— Très touchant, a répondu Nakad.

A part deux chiites, tous mes acteurs parlaient un français courant. Nimer et Hussein avaient du mal, convoquant l'arabe quand le mot hésitait. Mais Nabil, leur demi-frère, avait passé une partie de son enfance en Belgique.

— Il y a beaucoup de similitudes entre cette générale et notre rendez-vous.

Ma voix tremblait. Mes mains aussi. J'étais ému. Imane m'aidait du regard.

— Nous sommes le 24 février, cette photo a été prise le 4 de ce même mois, à 38 ans d'intervalle.

La vieille chiite disparaissait sous la couverture phalangiste.

— Vous avez froid ? Ils avaient froid aussi. Ce soir-là, les acteurs étaient en habit et les femmes en robe de soirée, mais ils avaient caché des pulls, des pantalons de ski sous leurs costumes. Jean Davy, qui jouait Créon, avait mis sa redingote de ville pour jouer. Les spectateurs grelottaient. Et vous savez pourquoi ?

— Parce que c'était l'hiver, a répondu Nakad.

— Parce que c'était la guerre.

J'ai regardé mes acteurs les uns après les autres.

— Cela fait deux points communs.

Je leur ai raconté. Le théâtre non chauffé, l'éclairage bricolé avec un jeu de miroirs pour capturer la lumière du jour. Les alertes, le public descendant deux, trois, quatre fois aux abris pendant la représentation.

— Anouilh n'avait pas réussi à négocier de trêve ? a lancé Nakad.

— Mon frère n'était pas là pour l'aider, lui a répondu Charbel en souriant.

— Ma khalas ! Ça suffit ! a coupé sèchement Imane.

Nakad a roulé des yeux méprisants. Charbel a levé une main. Deux écoliers.

J'ai sorti un papier plié de ma poche. Pendant des jours, sans trop y croire, j'avais scénarisé cette journée à la question près. Il me fallait revenir à l'emploi du temps. Ne pas laisser les jeunes l'emporter sur les acteurs. Entre ces murs, je ne voulais plus d'Imane, de Charbel ou de Nakad. Seuls Antigone, Créon et Hémon avaient le droit de respirer.

— Avant toute chose, je voulais vous adresser le salut fraternel de Samuel Akounis, mon ami et mon frère. Certains le connaissent bien, d'autres non. Peu importe. Vous savez tous qui il est.

191

Les acteurs me regardaient, protégés par leur couverture. Seule Imane l'avait délaissée, pliée à côté d'elle.

— Cette pièce, c'est lui. C'est son idée. C'est sa vie. Il vous a choisis tous, il m'a choisi, moi. Souvenez-vous toujours qu'il est à nos côtés. Même du fond de son lit d'hôpital, il est votre metteur en scène. Cette pièce sera dédiée à votre pays, à la paix et à Samuel Akounis.

— Es-tu juif aussi ?

J'attendais cette question, mais pas d'Imane. Simone m'observait.

— Non.

— Es-tu chrétien ? a enchaîné Charbel.

— Je suis français.

— Peux-tu dire : non, je ne suis que français ?

— Je suis aussi français.

Charbel a croisé les bras, comme satisfait de lui.

— Pourquoi cet interrogatoire ?

C'est Madeleine, la Nourrice, qui a posé la question. Elle a continué.

— En arrivant ici, nous avons enlevé nos brassards. Je propose d'oublier aussi nos religions, nos noms, notre camp. Nous sommes des acteurs.

La femme s'est levée. Elle était plus âgée que les autres.

— Je suis la Nourrice. Je m'occupe d'Ismène et d'Antigone depuis qu'elles sont enfants. Je les aime autant l'une que l'autre. C'est tout.

Ismène a applaudi la première, puis Antigone.

— Je m'appelle Ismène, a commencé l'Arménienne à sa suite. Je suis jolie, futile, je n'ai ni le courage de ma sœur, ni la force, ni la foi. Et j'aime la vie.

Applaudissements de tous les autres.

Je me suis assis sur une marche. Je les ai laissés faire. J'étais fébrile.

— Je suis Hémon. Et je ne suis pas druze, a souri Nakad.

Il a posé le fez blanc sur sa tête, l'enroulant lentement du turban.

Un sifflet d'admiration, quelques rires.

— Je suis donc le fils de Créon et j'aime Antigone. Nous allons nous marier bientôt. Je suis prêt à mourir pour elle. D'ailleurs, je vais mourir pour elle.

Applaudissements.

Nabil s'est levé à son tour. Il a parlé pour ses frères, poings serrés devant lui.

— Nous sommes les gardes de Créon. Nous protégeons sa loi. Les questions que se posent les hommes ne sont pas les nôtres. Nous exécutons les ordres pour monter en grade. S'il faut tuer pour cela, alors nous tuerons.

Un instant de silence gêné, puis une claque timide. Le regard de Nabil, sa voix, son geste nous avaient parlé d'autre chose que de Thèbes.

Simone passait entre nous, avec des gobelets d'eau et des sandwiches. J'écrivais sur le carnet de Sam. Je me donnais une contenance. Il fallait que rien de tout cela ne se perde.

Khadijah a eu un geste, main levée pour prendre la parole. Elle a dit quelques mots, l'autre main sur son voile. Regard gêné de Nabil.

— Ma tante dit qu'elle est là parce que le cheikh Mamâar al-Sadeq le lui a demandé.

— Mais a-t-elle compris qu'elle jouait dans une pièce de théâtre ?

Le jeune homme lui a traduit ma question. Elle a répondu faiblement. Et tous les acteurs ont éclaté de rire. J'ai interrogé Nabil du regard.

— Elle sait qu'elle doit nous tricoter des pulls.

— Traduis pour moi, veux-tu ?

Le garde s'est rapproché d'Eurydice. Et j'ai parlé.

— Vous êtes la femme du roi Créon. Pendant toute la pièce, vous tricotez des tricots pour les pauvres de Thèbes. Comme votre fils meurt à cause de votre mari, vous allez vous donner la mort.

Rires, encore. La vieille chiite a dit qu'elle n'avait pas envie de mourir. Elle a dit que personne n'avait le droit de se donner la mort. Que je n'avais pas osé raconter tout ça lorsque j'étais venu plaider auprès des autorités religieuses.

Elle a enlevé la couverture de ses jambes. Elle s'est levée en geignant.

Les trois frères se sont levés à leur tour.

— Elle veut partir, a lâché Nabil.

Je me suis approché d'elle. Mon cœur ne battait plus. Un chauffeur venait les chercher après cette rencontre pour les raccompagner à Nabatieh. J'avais payé le voyage. Il n'y avait personne dehors pour les attendre. Privée de quatre acteurs, la pièce ne tenait plus. Nabil traduisait toujours, à voix basse et grave. J'ai expliqué qu'on ne voyait pas la mort d'Eurydice. Qu'elle ne se tuait pas devant nous. C'était le Chœur, c'était moi qui prévenais Créon.

Elle n'aurait qu'à tricoter. Rien de plus. Je parlais, elle répondait. Elle disait que jouer une femme qui se suicide, c'était devenir cette femme. C'était tromper les autres en prenant une apparence qui n'était pas sienne. C'était insulter Dieu.

J'ai inspiré tout l'air autour de moi. J'ai fermé les yeux.

— Eurydice ne mourra pas. Traduis !

J'ai lancé ça comme ça, surpris par ma phrase. Nabil m'a regardé.

— Je lui dis ça ?

— Eurydice ne mourra pas, dis-lui.

— Et Antigone s'en sort aussi ? a plaisanté Charbel.

J'ai eu un geste brusque.

— Chaque chose en son temps.

— Ma tante veut votre parole, a lâché le chiite.

— Elle l'a.

— Non. Il faut le lui dire en face.

La vieille femme me regardait avec crainte. Je me suis incliné, ne la quittant pas des yeux. Elle a relevé son voile.

— Madame, je vous donne ma parole d'honneur qu'Eurydice, femme de Créon et mère d'Hémon ne mettra pas fin à ses jours.

Pendant que son neveu traduisait, elle observait mes lèvres sans comprendre mes mots. Lorsque je me suis incliné une seconde fois, elle a hoché la tête et s'est assise de nouveau sur sa chaise, aidée par ses neveux.

Je n'osais affronter le regard amusé d'Imane, mais je le sentais sur moi. J'ai consulté ma feuille de route, comme un égaré lit une carte à l'envers. Je venais de trahir Anouilh pour ne pas déplaire à une fervente d'Ali, cousin et gendre du Prophète. Il ne fallait pas que le silence s'installe. J'ai appelé Imane à l'aide. Mais c'est Charbel qui est venu à mon secours.

— Je m'appelle Créon. Je suis le roi de Thèbes. J'avais deux neveux, Etéocle et Polynice, morts pour rien dans une bataille absurde. Les deux étaient des voyous, des damnés qui avaient essayé tour à tour d'assassiner Œdipe, leur père. Pour préserver l'honneur de ma famille, j'ai menti à mon peuple. J'ai fait de Polynice un vaurien et d'Etéocle un bon garçon. Au second, j'ai organisé des funérailles nationales. Au premier, j'ai refusé une sépulture, menaçant de mort quiconque l'enterrerait.

J'ai applaudi Charbel. J'étais touché par le frère de Joseph-Boutros. Il avait lu la pièce. Il en avait compris les enjeux. Et surtout, il laissait à Imane le soin de se mettre en scène à son tour.

— Je m'appelle Imane, je suis palestinienne. Mes ancêtres vivaient à Jaffa. Je vais jouer le rôle d'Antigone, celle qui dit non. Qui refuse les ordres, les consignes, les conseils. Celle qui ne met pas sa couverture comme les autres. Qui ne répond pas aux questions comme les autres. Qui veut que son frère soit enterré dans sa terre et non laissé aux chiens. Qui va gratter le sol avec ses ongles pour recouvrir son corps selon les rites. Qui va dire au roi, à son oncle, à Créon cet homme faible, qu'elle n'a pas peur de lui. Qui va refuser qu'on cache cette histoire au peuple de Thèbes. Qui va hurler que c'est elle, Antigone, Imane la Palestinienne, qui a voulu enterrer son frère dans sa terre natale. Elle qui va refuser le bonheur avec Hémon. La vie avec tous les autres. Et qui va choisir la mort pour ne pas se trahir.

Rien, cette fois. Pas un bruit dans la pièce blessée. Imane est restée debout. Tête haute, sourcils froncés, bouche entrouverte, elle grelottait. C'est alors que Charbel s'est avancé vers elle. Il a ramassé la couverture restée à terre et lui a couvert les épaules de ce cadeau dont elle ne voulait pas.

— Je ne suis pas phalangiste, lui a répété le jeune chrétien.

Elle a serré le plaid contre elle. Elle me souriait, alors je l'ai applaudie. Je me suis levé de la dernière marche, et j'ai félicité mes acteurs. Tous. Les uns après les autres. J'ai acclamé leur témérité. Aucun guerrier caché derrière la crosse de son fusil, nulle part dans la ville, n'aurait jamais leur courage. Je les ai aimés comme si le rideau venait brusquement de chuter, cachant la salle qui nous faisait triomphe.

*
* *

En février 1944, au soir de la générale, un silence de mort a répondu aux derniers mots du Chœur. « Une minute, peut-être deux », ont raconté les acteurs. Une éternité sans aucun bruit en salle, sans une toux, sans un grincement de fauteuil. Accablés, regroupés derrière le rideau, les comédiens chuchotaient. Certaines avaient les larmes aux yeux. Personne n'avait cru en cette pièce.

— Vingt représentations, ce sera le bout du monde, avait dit Anouilh.

— Et encore, si on les fait, avait répliqué son metteur en scène.

Après guerre, le dramaturge a raconté que l'idée d'adapter *Antigone* lui était venue à l'été 1941, découvrant les affichettes rouges placardées par les nazis sur les murs de Paris. Le 27 août, à Versailles, l'ouvrier Paul Collette, 21 ans, avait ouvert le feu sur Pierre Laval et Marcel Déat, suppôts de la collaboration nationale. Le même jour, en représailles, cinq otages arrêtés pour participation à une manifestation communiste étaient fusillés au mont Valérien. Roger-Henry Nogarède, Alfred Ottino, André Sigonney, Raymond Justice et Jean-Louis Rapinat. Le plus jeune avait 20 ans, le plus âgé, seulement 34. Et c'est en voyant l'avis de leur exécution, le mot « *Bekanntmachung* » en lettres noires sur sang, que Jean Anouilh se serait souvenu de la petite rebelle, morte pour avoir jeté un grain de poussière sur une loi d'airain. Comme elle, Collette avait agi seul. Absolument et de sa propre initiative. Torturé rue des Saussaies par la Gestapo, il n'a rien avoué d'autre que son propre nom.

L'écrivain avait alors modernisé le drame de Sophocle, au risque de tous les coups. Lorsque la censure allemande lui a donné son feu vert, la presse clandestine s'est déchaînée contre une pièce encourageant la collaboration. Pour elle, Créon opposé à

Antigone, c'était Montoire contre la Résistance. La révolte écrasée par la loi. A l'inverse, et pour une multitude, Antigone était une incarnation du refus. Offrant sa vie, elle condamnait Créon à la solitude des hommes perdus. Sa mort à elle serait sa chute à lui. Elle faisait de son royaume le lit de la colère. Elle décimait la famille du bourreau, le laissait seul, avec trois gardes qui le tueraient bientôt, après avoir acclamé la première poigne venue.

Dissimulé par les cintres, chacun a pensé la même chose. Cette pièce n'aurait jamais dû être jouée. L'impression terrible qu'un mur les séparait désormais du parterre. Le quatrième mur. Voilà qu'il existait vraiment. De béton, d'acier, étouffant le moindre souffle de vie. Ne laissant rien passer du dehors. Les laissant seuls sur scène, abandonnés. Comme si le théâtre s'était brusquement refermé sur eux. Un plafond, quatre remparts. Une minute entière, ils se sont crus emmurés.

Et puis la salle a hurlé longuement. Une joie immense, faite de pleurs et de vivats. Le rideau s'est ouvert. Tout était bouleversé. Les gens étaient montés sur leurs fauteuils, bras levés, pour applaudir plus grand Antigone la rebelle.

Au moment de l'ovation au théâtre de l'Atelier, cela faisait presque trois mois que les vingt-deux hommes de l'Affiche rouge, l'autre, celle de Missak Manouchian, Joseph Boczov et ses camarades étrangers, étaient détenus par les nazis. Dix-sept jours plus tard, le 21 février 1944, ils sont tombés sous leurs balles. « Je ne sais plus pourquoi je meurs », a murmuré Antigone. « Je meurs en soldat régulier de l'Armée française de la libération », lui a répondu Manouchian.

*
* *

C'est alors qu'Hussein a pris la parole à son tour. Lentement, en arabe. Le page a posé son regard sur moi seul. Khadijah, la vieille chiite, hochait la tête et battait lentement des mains, comme on encourage un spectacle d'enfants.

— Hussein dit qu'il n'est pas d'accord. Que la Palestinienne vient de rompre notre pacte.

Nabil traduisait. Imane le fixait durement.

— Mon frère dit qu'il est venu parce que cette femme est Antigone et rien de plus. Il a bien compris qu'elle nous avait joué la grande scène du rejet des lois mais ici, cela n'est pas possible. Ou alors, il reprend sa véritable identité.

Le page parlait. Je n'avais pas deviné la dureté sous son masque d'enfant.

— Je m'appelle Hussein Al-Sadeq, dit son frère. Mon existence est menacée par les wahhabites palestiniens, qui ont fait de la terre de mes ancêtres leur « Fatah-land ». Ils se comportent en pays conquis, menacent nos pères, quittent nos restaurants sans payer, ignorent nos files d'attente, dérobent nos voitures et notre pain. Si Arafat accuse Israël de lui avoir volé la Palestine, j'accuse les Palestiniens de s'être installés dans un pays qui n'était pas à eux.

La vieille chiite rythmait toujours la parole de son petit neveu.

— Alors on arrête ça, s'il vous plaît. J'ai dit que j'étais le page de Créon, pas le fils d'un peuple humilié. Imane est seulement Antigone. Si elle est ici, c'est parce qu'elle s'est réfugiée dans le théâtre, pas parce qu'elle vit dans un camp de réfugiés. C'est pour ça que mes frères et moi sommes venus. Nous portons des masques de tragédie. Ils nous permettent d'être ensemble. Si nous les enlevons, nous remettons aussi nos brassards, et c'est la guerre.

Tout s'est figé. Silence absolu. Nous venions de rejoindre les ruines.

— Imane ?

La Palestinienne m'a regardé. Elle a haussé ses épaules d'enfant.

— Je suis Antigone. C'est Antigone qui est là aujourd'hui.

Je l'ai saluée de la tête. Je respirais.

— Merci à tous les deux.

Puis j'ai tapé dans mes mains, comme un maître d'école, déclenchant le brouhaha des fins de cours. Les miliciens chrétiens étaient à la porte. Marwan nous épiait à travers le mur. La vieille chiite caressait le front de son neveu. Simone m'a embrassé les mains. Imane rassemblait ses affaires, isolée et tendue. Tout cela était tellement fragile. J'ai eu le vertige. Un mot de côté, un geste en moins, un regard en trop et tous repartiraient au combat.

J'ai fait passer mon carnet, pour que ceux qui avaient le téléphone inscrivent leur numéro et je leur ai donné le mien. Ils pouvaient me joindre à tout moment.

— Fin des présentations. Première répétition vendredi 4 juin, dans un lieu plus facile d'accès. C'est dans quatre mois. C'est demain, donc. Alors apprenez votre texte. Merci à tous. Chokrane. Et bonne chance d'ici là...

16

Echkol Cohen

Aurore et Louise m'attendaient derrière les grilles, après la porte coulissante de l'aéroport. Ce n'était ni ma femme ni ma fille que je retrouvais, c'était ma vie d'avant tout entière. Je le savais. Je l'avais senti en embarquant à bord de l'avion qui me ramenait à leur paix. Survolant Beyrouth, front contre le hublot, j'ai laissé le chagrin me prendre. Je ne comprenais plus pourquoi je rentrais. Pourquoi je ne restais pas là, à faire répéter les uns et les autres. A leur montrer les gestes, les regards. A passer la ligne pour Charbel, à courir le pays pour Nabil, à corriger Nakad qui déclame en geignant, à me réfugier sans bruit dans le sourire d'Imane. Je m'accordais une trêve pour rien. Je perdais du temps. Alors je me suis dit que je revenais pour Sam. Pour lui raconter le miracle qu'il avait accompli.

J'ai eu le ventre broyé pendant tout le voyage. J'ai regardé la photo qui ne me quittait jamais. Aurore et moi, notre fille au creux de nous. J'ai aimé le sourire de ces gens. Le père, la mère, l'enfant. Ils m'étaient à la fois proches et étrangers. Le père, surtout. Il était là, pétillant de bonheur, ses deux femmes pour l'éternité. Son monde s'arrêtait aux frontières de leurs peaux. Il revenait de loin, certainement. Il avait vécu le cuir de l'existence, sa dureté, ses passions vulnérables, et puis il avait baissé les bras. Ces deux sourires suffisaient désormais amplement au sien. Une famille, un travail, un appartement, une voiture, de l'amour à donner, à prendre, la douceur des grandes ombres au soir de l'été. Après avoir longtemps lutté en compagnie des autres, après avoir espéré avec eux, souffert avec eux, il avait quitté le combat sans un mot. Il ne se doutait pas que le monde continuait sans lui. Il avait oublié sa propre colère. Son poing était devenu main ouverte. J'ai passé le doigt sur mon visage de père, sur les yeux de ma femme, sur les cheveux de mon enfant. J'avais découpé la photo en ovale, pour qu'elle tienne dans mon portefeuille. Et voilà qu'elle ressemblait déjà à un souvenir. Dans ma main, ces trois-là ressemblaient aux portraits écaillés oubliés sur les tombes. Aux sourires éternels qui masquent les défunts.

Aurore portait la robe rouge que j'aimais. Louise avait un papillon peint sur la joue. Dans la voiture, elles ont chantonné.

— Maman, papa, maman, babillait Louise en remuant les pieds.

— Papa est rentré, lui fredonnait sa mère, une main sur le volant, l'autre posée sur ma cuisse.

Doigt levé, je battais la mesure en souriant. Je ne disais rien.

— Tu me racontes Beyrouth, avait demandé Aurore.

— C'est dur. Mais on va y arriver. Parlons d'autre chose, veux-tu ?

Sac sur le dos, je n'avais dit que ça. Aurore m'avait regardé. Non. Elle ne voulait pas parler d'autre chose. C'était la première fois que la vie nous séparait. Elle avait eu peur pour elle, pour Louise, pour moi, le premier jour et tous les jours suivants. Elle se demandait dans quel état la guerre allait me rendre. Alors elle exigeait de tout savoir. Tout entendre. Elle voulait que je raconte les acteurs et la ville. Elle voulait Antigone, le théâtre, la ligne verte, la couleur du ciel. Pour me reprendre, elle avait besoin de savoir ce que j'avais quitté. Elle désirait Imane, Charbel et tous les autres. Elle voulait se nourrir de moi. Depuis que j'étais parti, elle avait donné ses cours, protégé notre enfant, veillé sur ses nuits difficiles. Elle avait fait le marché, acheté le lait, l'eau minérale. Elle avait cherché les activités du dimanche sous le soleil d'hiver. Elle avait vu sa mère, quelques amies. Elle avait regardé ma guerre à la télévision. Elle avait traqué le nom de Beyrouth dans les titres des journaux. Elle m'avait attendu tout ce temps, vraiment. Elle avait compté les heures, les jours, mal dormi. Elle avait été saccagée par l'anxiété. Un pityriasis rosé griffait sa peau inquiète, de la base du cou jusqu'à sa taille, sur sa poitrine et dans son dos. Elle m'avait vu mort. D'autres fois, la tromper. Partir pour une autre, une combattante sans enfant, sans trajet de bus, sans demi-baguette bien cuite à acheter le soir normal venu. Elle me voyait aimer cette étrangère à nous, comme je l'avais aimée au soir du premier jour. Ma féministe, ma guerrière, ma Bretonne. Elle se réveillait transie, me haïssant d'être tombé. Sur la terre bras en croix ou dans d'autres bras que les siens. Peu lui importait. Au matin, j'étais perdu pour elle.

— Papa est rentré, fredonnait ma femme.

Elle m'observait du coin de l'œil. Quelque chose n'allait pas. Elle le devinait. Je cherchais les mains de Marwan sur son volant. Le chapelet druze manquait sous le rétroviseur. Et la musique, la tension, le Ring, la ligne qui s'approche. Même les tirs au loin. Imane me manquait aussi. J'ai baissé ma fenêtre pour respirer l'hiver périphérique. Voix sèche de ma femme.

— Tu as un enfant à l'arrière, tu te souviens ?

Je me souvenais. J'ai remonté la vitre et fermé les yeux.

*
* *

Lorsque le docteur Cohen m'a vu dans le couloir, il est venu à ma rencontre, la main comme un sourire.

— Voilà donc l'homme qui va mettre fin à la guerre du Liban ?

Sam lui avait raconté. *Antigone*, jouée à mains nues dans une ville où d'autres mains étranglent. Je suis passé avec lui devant la salle des infirmières, baissant la tête encore une fois. Avant d'ouvrir la porte de la chambre, le médecin m'a regardé. Ma pâleur, mon inquiétude.

— Samuel a beaucoup perdu, mais il se bat.

Il dormait. Je l'ai vu mort. Son visage était jaune. Le bout de son nez, son menton, certains de ses doigts presque noirs. Il respirait avec un bruit de forge. Tout son corps était intubé. Ma jambe tremblait. J'étais glacé.

Le médecin était debout derrière moi.

— Il m'entend ?

— Oui, bien sûr. Vous allez pouvoir lui parler.

Je me suis penché.

— Sam ?

L'homme a posé une main sur mon épaule.

— Attendez qu'il se réveille.

Il m'a avancé une chaise, et puis il a quitté la chambre, refermant doucement la porte derrière lui. Alors je me suis assis, les genoux contre le montant du lit. Mon ami avait maigri. Un arceau avait été posé au-dessus de sa poitrine, empêchant la couverture et le drap de peser. Sur sa table de chevet, *Libération* racontait que des roquettes libanaises avaient frappé Israël. Un komboloï aux perles d'ambre avait été posé sur le journal. Un chapelet grec pour mon ami juif. Encore un visiteur qui avait fait ce qu'il avait pu. J'ai souri. Sam rêvait. Il geignait doucement, à chaque respiration, comme si l'air le blessait. Il a eu une toux grasse. Le moniteur cardiaque s'est emballé, les pulsations. Il a inspiré violemment, comme un presque noyé. Il a bougé la main, son doigt prisonnier du capteur de pouls. Et puis il a ouvert les yeux, lentement. Sans bouger la tête, il a observé le plafond, le mur, la fenêtre. Arrivant à moi, il a hésité. Il était perdu. Il a posé son regard sur le mien, sans entrer. J'ai levé une main, comme sur un quai de gare.

— Ahlan wa sahlan, Sam.

Il a souri. Puis fermé les paupières. Lorsqu'il est revenu, j'ai retrouvé sa trace. Mon Sam, mon Grec, mon frère. Je me suis penché. Dans ses yeux, il y avait de la tristesse et du silence. Il contemplait autre chose que cette chambre. Il observait la mort en train de s'affairer.

— Raconte.

Ce n'était pas une voix, à peine un soupir.

Il me fixait, absent.

Alors j'ai raconté. J'ai sorti son carnet de ma poche et j'ai lu, j'ai mimé, j'ai rapporté chaque geste, chaque couleur, chaque odeur. Une infirmière est venue lui arranger ses oreillers. Il n'était pas assis, plus tout à fait couché. Il me regardait. Il souriait. Ouvrait la bouche pour une question qui ne venait pas. Je lui ai raconté Marwan, le passage de la ligne, Nabathieh et les frères chiites, la forteresse de Joseph-Boutros, le tueur au carrefour Sodeco. Je lui ai décrit le cinéma, notre théâtre. Je lui ai présenté Simone, son enfant égorgé, les fantômes de Damour. J'ai imité le cheikh Mamâar al-Sadeq, me retournant soudain pour ne parler qu'au mur. Je lui ai joué l'effroi de Khadijah, confrontée au suicide d'Eurydice. J'ai déclamé Hémon avec la voix de Nakad, jouant le rôle de sa vie. Et lui me regardait comme un enfant s'amuse. Ses yeux riaient, frisaient, s'amusaient de tout.

— Et Imane ?

Ce même souffle de voix.

J'ai parlé de Chatila, de Mahmoud Darwich, des enfants récitant la beauté au milieu des ordures.

— Mais Imane ? Imane, tu l'as vue ?

Je crois que j'ai rougi. J'ai bredouillé dix mots. Elle serait une très belle Antigone. Elle était plus fine que les autres, plus intelligente, prête à la vie.

Sam est resté comme ça, regard posé sur moi. Je ne parlais plus. Il attendait. Et puis il a eu un geste des épaules. Une lassitude.

— Aurore sait ?

— Aurore ?

J'ai répondu trop précipité, trop brouillon. Aurore ? Elle n'a rien à savoir, Aurore. Il n'y a rien à savoir d'ailleurs. Après notre répétition, j'avais raccompagné Imane à Chatila. Et quoi ? Quel mal y avait-il à lui avoir pris la main dans l'obscurité ? Je lui ai simplement dit qu'elle était émouvante.

— Les Français sont sensibles à l'émotion ? m'avait-elle demandé.

Oui, j'ai répondu. Pas tous, mais certains.

— Et c'est quoi, être émouvante ? Explique-moi.

Je lui ai dit ce que je savais d'elle. Son élégance au milieu des enfants, au milieu des acteurs. Je lui ai dit que son visage était triste et beau. Son regard. Je lui ai dit qu'elle avait des mains si blanches.

— Es-tu marié ?

Oui. Avec une femme adorable. Et aussi que j'avais une enfant. Une petite fille qui riait aux éclats.

— Alors tu ne dois pas parler de mon visage, de mon regard ou de mes mains, m'avait répondu Imane.

J'ai retiré la mienne, restée entre ses doigts.

— Ne joue pas avec elle, ni avec aucun d'eux, a murmuré Sam.

Il était épuisé. Il a fermé les yeux.

— C'est avec Antigone que je t'ai donné rendez-vous, pas avec Imane.

J'étais furieux contre lui. Je n'avais rien à me reprocher. Il ne s'était rien passé. J'étais aussi furieux contre moi. Le visage de la Palestinienne était penché sur le mien jour et nuit. Elle hantait mes heures. J'avais l'impression de trahir.

— Jure-moi, a dit Samuel, les yeux clos.

Je me suis rapproché encore, ma bouche à un souffle de ses lèvres.

— Jure-moi de jouer Antigone coûte que coûte.

J'ai posé mon front contre le sien, fermé les yeux comme lui. J'ai tenu son visage entre mes mains.

— Je te le jure, Samuel.

Il dormait. Je suis sorti. Je me suis adossé au mur, dans le couloir. Le médecin attendait, près de l'ascenseur. Il s'est détaché lentement de la porte.

— Un café ?

Nous sommes sortis de l'hôpital. Il finissait son service par une astreinte à domicile. Il m'a conduit en face, une brasserie sans importance. Je l'ai suivi. Je ne sais pas pourquoi. J'avais promis à Aurore de rentrer vite, à cause de Louise et de sa toux d'hiver. Mais j'expiais. J'avais été obscène avec ce médecin sur Auschwitz, avec les infirmières. Je n'étais pas fier et j'en payais le prix. Nous nous sommes installés contre la vitre, sans que je sache s'il allait parler ou si je devais le faire.

— Nous ne sommes pas là pour nous mentir, n'est-ce pas ?

J'ai hoché la tête en commandant une bière. Il a pris un thé vert.

— Le foie de votre ami est atteint, les os aussi. En plus des poumons, de la tête, du ventre, il souffre des côtes et des vertèbres. Son squelette est devenu un ennemi. Nous faisons ce que nous pouvons pour le soulager, mais la morphine ne résout pas tout.

— Avez-vous une date ?

Le médecin a levé les yeux.

— Une date de délivrance ?

J'ai hoché la tête. Délivrance. Je n'aurais jamais trouvé ce mot.

— Je ne sais pas. Avant la fin de l'année.

Je l'ai regardé. Il buvait son thé en observant l'hôpital.

— Pourquoi m'entraîner dans un bar pour me dire ça ?

Le docteur Cohen a souri.

— Parce qu'il n'y a pas que ça.

Sam et lui avaient beaucoup parlé. Le Grec et le Tunisien. Avant de sombrer, mon ami lui avait raconté sa vie. Salonique, la résistance aux colonels, ses espoirs pour la Palestine, comme un agonisant soulage sa mémoire. De semaine en semaine, il était

211

devenu son confident. Et le médecin, son confesseur.

Le docteur Cohen aussi s'était beaucoup livré. Jeune sioniste, il avait rejoint les rangs du Betar. Et gardait de cet engagement une blessure particulière. Sam en était responsable, moi aussi. Les deux hommes l'avaient découvert par hasard. C'est pour me dire cela qu'il m'avait entraîné de l'autre côté de la rue.

Un soir d'avril 1974, étudiant en médecine, il avait participé à une manifestation de soutien à Tsahal, au palais de la mutualité, à Paris. Sur le trottoir, devant les portes, des gauchistes avaient peint un grand drapeau palestinien. Il était à peine sec lorsque lui et ses camarades étaient arrivés pour sécuriser les environs. Les seaux de peintures avaient été abandonnés contre une grille d'arbre, avec les pinceaux et les gants. C'était il y a huit ans, et le médecin en a gardé le dégoût au ventre. La veille, neuf enfants avaient été assassinés à Kiryat Shmona, par un commando palestinien.

— Je suis resté longtemps assis sur le trottoir, à regarder ce drapeau. J'ai trempé mes doigts dans les quatre couleurs. Le noir, le vert, le blanc, le rouge.

Je regardais le médecin. Il évitait mes yeux.

— Je me demandais comment c'était possible. Comment des hommes avaient pu recouvrir de peinture le sang de ces gamins. Je n'étais pas en colère. Je n'avais pas de haine non plus. Je ne comprenais simplement pas.

J'ai revu Samuel, seul au milieu de nous, implorer notre conscience.

— J'ai essayé d'imaginer le visage de ces gens, leur voix, leur vie. Je me suis demandé comment ils se sentaient après ce sacrilège.

J'ai cherché mes mots.

— Nous avons fait ça pour rappeler la souffrance d'un peuple.

Il m'a regardé.

— Le jour où l'autre peuple se mourait ?

Je crois avoir haussé les épaules. Un geste de mépris que je déteste.

— Nous n'avons pas réfléchi comme ça.

— Lorsque vous peigniez le drapeau, Samuel serrait la kippa de son père.

— La Palestine n'a rien à voir avec la destruction des juifs de Salonique.

Le médecin a penché la tête.

— Je le sais. Mais vous aviez à voir avec la destruction de neuf enfants.

J'ai voulu me lever. Le docteur Cohen a posé sa main sur mon bras.

— C'est bien ce que vous faites à Beyrouth. Associer les communautés dans un même rêve de paix, c'est juste et c'est bien. Je voulais vous le dire.

J'ai eu l'impression qu'il entrait par effraction dans notre secret.

— Et puis aussi, vous dire que je suis soulagé. Je sais maintenant que ceux qui ont peint ce drapeau sont capables d'entendre la douleur des autres.

Il s'est levé, posant un billet entre nos verres.

— Vous avez une fille ? Louise, c'est ça ?

J'ai hoché la tête.

— Dieu vous en préserve, mais si la guerre jette un enfant mort sur votre route, pleurez-le. Et honorez aussi les martyrs de Kiryat Shmona, s'il vous plaît.

Le médecin a souri. Il m'a tendu la main. Je me suis levé pour la prendre. J'avais Louise en plein cœur, et ses rires de vie bleue. J'y protégeais Maroun, petit-fils de Simone égorgé à Damour. Et aussi les écoliers de Chatila qui récitaient l'exil. Il y avait encore tellement de place à prendre.

— Vous me le promettez ?

— Je vous le promets, docteur.

— Et moi, je prierai pour votre fillette.

Lentement, le médecin a remis son manteau d'hiver. Il était différent, apaisé. Plus grand qu'à l'hôpital, plus majestueux, plus beau aussi. Il n'avait pas pardonné mais il avait entendu. Et une lumière dorée accompagnait ses gestes.

17

Le Chœur

Le 4 juin 1982, à midi, mes acteurs avaient pris place autour d'une table ovale recouverte d'une nappe blanche de papier gaufré. Contre une publicité dans le programme et son logo sur les affiches à venir, le Centre culturel grec nous avait ouvert une grande salle pour le week-end, dans un immeuble délabré du quartier de Bir Hassan. Sur un mur, une affiche du temple de Zeus murmurait aux personnages d'Antigone qu'ils étaient les bienvenus. L'eau était revenue hier dans l'ouest de la ville, après une coupure de plusieurs jours. Et aussi l'électricité. Imane était ici chez elle. Pour venir à la répétition ce vendredi matin, elle n'avait eu qu'à traverser la route de l'aéroport.

Les acteurs chiites étaient arrivés la veille. Ils avaient passé la nuit chez des parents à Jnah, tout près de la cité sportive. Marwan m'avait emmené avec Nakad, qui avait répété ses scènes à voix haute pendant tout le trajet. Yevkinée et Madeleine sont arrivées ensemble, comme à leur habitude. Ismène la coquette avait relevé ses cheveux, laissant échapper quelques mèches sur le devant du front. La Nourrice, elle, s'était contentée de passer une blouse fleurie. J'avais demandé à chaque acteur de monter sur scène avec un accessoire. Le Druze avait emporté son fez dans un sac plastique. Imane dissimulait ses cheveux roux sous un keffieh noir et blanc. Voyant arriver la Palestinienne déguisée en fedaï, Charbel s'assombrit. La veille, un commando palestinien avait tenté d'assassiner l'ambassadeur d'Israël à Londres.

— C'est pour fêter ça ? a grogné le jeune homme.

— Ce n'est pas un drapeau, c'est un foulard, lui a répondu Imane.

— J'aurais dû mettre le treillis de mon frère, on aurait été à égalité.

Le chrétien était de mauvaise humeur. Il avait pris des risques, traversant seul la ligne au passage du musée. J'ai repris les commandes.

— Tu es venu avec quel objet, Charbel ?

Le jeune homme avait enveloppé une canne à pommeau d'argent dans du papier journal. C'était aussi une épée.

— La faiblesse et la toute-puissance de Créon, a répondu Charbel, s'appuyant dessus en vieil homme harassé.

Les gardes étaient venus sans rien, mais chacun s'était laissé pousser une moustache. La même, exactement, rejoignant un bouc bien taillé.

— C'est plus discret qu'un uniforme et cela

donne une cohérence aux trois gardes, a expliqué Nabil en souriant. Mais ce n'est pas pour faire chiite.

Imane lui a jeté un regard noir. L'incident n'était pas clos.

Avant de commencer, je leur ai demandé de prendre note. Après ces trois jours de lecture, nous nous retrouverions au même endroit les 17, 18 et 19 septembre. Du vendredi au dimanche, pour profiter des jours fériés des uns et des autres. Puis les 24 et 25 du même mois. Le 26, ce serait la générale, à huis clos, ici même. Et nous donnerions notre unique représentation le 1er octobre comme convenu. Nous ne pourrions pas répéter au cinéma Beaufort avant cette date. Nous serions sans filet. Par chance, la pièce dans laquelle nous nous trouvions correspondait à la taille de la scène. Nous répéterions donc dans des conditions presque réelles. Nous avions peu de temps. J'avais conscience que, dans une autre vie, il aurait fallu multiplier nos rendez-vous par dix, mais la guerre ne nous offrait que cette chance. Et il ne fallait pas la gâcher.

Tous les acteurs notaient. Sauf Imane. Elle avait juste inscrit les dates dans sa paume de main.

— Des questions ?

Yevkinée l'Arménienne a levé la main.

— Je n'ai jamais osé le demander, mais pourquoi *Antigone* ?

Je triais mes fiches. Je me suis arrêté.

— Pourquoi *Antigone* ? C'est-à-dire ?

— Le Liban est un pays en guerre et nous ne sommes pas réunis autour d'un texte qui parle de paix. Personne ne tend la main à personne et tout le monde meurt à la fin, non ?

Imane a applaudi en riant.

— C'est une pièce qui parle de dignité, a répondu Charbel.

— Dignité de Créon ou d'Antigone ?

Nabil posait la question.

J'étais à la fois heureux de cet échange et vaguement mécontent. Je pensais que cette conversation avait eu lieu avec Sam, que le sujet du pourquoi était clos. Imane voyait dans ce texte un appel à la rébellion. Nakad trouvait que c'était une preuve d'amour. Nabil et Nimer estimaient qu'*Antigone* était emblématique des cités désertées par Dieu. Pour Madeleine, Anouilh racontait la solitude absolue du pouvoir et la fragilité de l'adolescence.

— Antigone est une gamine sans autre cause qu'elle-même, a lancé Hussein en arabe.

Imane s'est insurgée. Et aussi Nakad, son amoureux de scène. Tous parlaient à la fois. Alors j'ai levé les bras.

— Samuel aime ce texte parce qu'il a été écrit aux heures les plus noires de notre histoire. Lorsque tout était perdu. Chacun de vous peut y puiser des forces.

La Nourrice hochait la tête. Imane aussi, en convenait. J'ai parlé.

— Et moi, j'aime la leçon de tragédie que donne cette pièce, cette distance prise avec la banalité du drame. Souvenez-vous de ce que le Chœur nous apprend de la tragédie. Il dit que la tragédie, c'est propre, c'est reposant, c'est commode. Dans le drame, avec ces innocents, ces traîtres, ces vengeurs, cela devient épouvantablement compliqué de mourir. On se débat parce qu'on espère s'en sortir, c'est utilitaire, c'est ignoble. Et si l'on ne s'en sort pas, c'est presque un accident. Tandis que la tragédie, c'est gratuit. C'est sans espoir. Ce sale espoir qui gâche tout. Enfin, il n'y a plus rien à tenter. C'est pour les rois, la tragédie.

Nabil a souri. Nimer traduisait à Hussein, qui avait du mal à suivre. Les chiites étaient venus sans Khadijah, qui pensait inutile de répéter une maille à l'endroit une maille à l'envers trois jours durant.

Charbel a ouvert son livre. Imane l'a imité, puis Nakad et les autres. J'ai remarqué que tous avaient souligné des lignes, coché des paragraphes, corné des pages. Ils avaient travaillé. Moi aussi. J'ai lu une brève introduction.

— Et donc, je suis le Chœur. Je viens de Grèce antique. Je suis ce qu'Anouilh a conservé de Sophocle. Je suis en marge. Je suis le narrateur. Je présente les personnages, je raconte, j'anticipe. Je suis à la fois le messager de mort et la voix de la raison. Je vais tournoyer au milieu de vous mais vous n'y prêterez aucune attention. Vous parlez aux autres personnages alors que je m'adresse au public. Je suis le seul à briser le quatrième mur. Le seul à accepter le caractère fictionnel de mon rôle. Le seul à rompre l'illusion. Le spectateur me voit, l'acteur m'ignore. Je suis sur scène, mais je suis en marge. Ne me regardez pas lorsque je récite. Parlez quand viendra votre tour puis figez-vous. Samuel a travaillé avec deux techniciens, qui viendront de France pour régler une poursuite lumière. Le personnage qui parle est dans le projecteur, dès qu'il a terminé il est statue de sel. Il reste debout, ou s'assied dans l'ombre. Au lever de rideau vous êtes tous là. Et à la fin, vous serez là. Le public doit penser à des pièces d'échecs. Elles sont immobiles puis se mettent en mouvement, de case en case, poussées par le Chœur et le destin.

Nakad me regardait en remuant ses lèvres. Son cœur lui répétait sans cesse qu'il devait être Hémon. Imane regardait le ciel. Charbel écrivait.

— Allez. On fait un rapide tour de table.

A chacun, j'ai demandé de me parler brièvement de son expérience théâtrale. Et de lire une ligne de texte qui dessinait le mieux son personnage.

Madeleine a commencé. Chrétienne d'Orient, 40 ans. Pendant dix ans, elle a encadré le cours de théâtre des Filles chaldéennes de Marie. Son répertoire écolier était essentiellement biblique. Une fois, une seule, elle a trahi les Saintes Ecritures en jouant la Dorine de Tartuffe. Elle était jeune. Elle en parle en rougissant encore.

— Nous t'écoutons, Madeleine.

— Alors. C'est au début, lorsque la Nourrice surprend Antigone, pieds nus dans le matin. La petite a découché. Elle vient de rendre hommage au cadavre de son frère, mais la Nourrice croit qu'elle a vu un garçon en secret.

Madeleine nous a observés. Elle était la première, à la fois gênée et fière. Elle a ouvert son livret. Elle suivait les lignes avec le doigt.

LA NOURRICE

Fais la folle ! Fais la folle ! Je la connais, la chanson. J'ai été fille avant toi. Et pas commode non plus, mais la tête dure comme toi, non. D'où viens-tu, mauvaise ?

Nabil avait 28 ans. Avec Nimer il avait joué dans une troupe reprenant les rites iraniens du théâtre Ta'zieh, consacré au martyre de l'imam Hussein, petit-fils de Mahomet, assassiné en 680 avec 72 membres de sa famille. Les deux frères incarnaient des compagnons d'Hussein, et mouraient inlassablement à ses côtés. Ils jouaient dans le cercle familial et dans des assemblées de village au moment de l'Achoura, la fête sanglante qui commémore le massacre.

— Nabil ? Tu as choisi quel passage ?

— C'est lorsque le garde apprend à Créon que le corps de Polynice a été remué pendant la nuit. Il a très peur du roi. Il prend des précautions, se couvre.

LE GARDE

Le cadavre, chef. Quelqu'un l'avait recouvert. Oh ! pas grand-chose. Ils n'avaient pas eu le temps avec nous autres à côté. Seulement un peu de terre... Mais assez tout de même pour le cacher aux vautours.

Ismène voulait être psychologue. Les troubles comportementaux de guerre l'intéressaient. Elle avait remarqué que les miliciens redoutaient le cessez-le-feu, pas les combats. La jeune femme avait fait du théâtre classique à l'école, puis à l'université. Il y a deux ans, pour le Noël du Centre culturel français, elle avait incarné la fille de Minos, roi de Crète, dans le *Léocadia* d'Anouilh. Ismène a récité l'instant où elle veut rejoindre Antigone dans le supplice. Et se fait remettre à sa place par sa sœur.

Nakad, lui, n'avait jamais fait de théâtre. Il a rejoint la troupe par la grâce de Marwan, après la défection d'un acteur druze du Chouf. Hémon n'a récité aucune réplique. Il a préféré jouer sa mort avec emphase, mimant les paroles du Messager l'annonçant au public. Il s'est enfoncé un glaive imaginaire dans le ventre, avec des ardeurs de cinéma muet. A deux mains et les yeux blancs.

Charbel avait toujours rêvé d'être acteur de cinéma. Ses héros s'appelaient James Coburn et Clint Eastwood. Il s'est souvent imaginé aux côtés de l'un ou de l'autre, dans la grande rue déserte d'une ville de l'Ouest américain, la main sur la crosse nacrée d'un Colt. Enfant, dans la glace, il a joué avec son regard, imitant les gros plans du cinéma italien. Et puis il a continué. C'était la première fois que le jeune chrétien parlait vraiment de lui. Il l'a fait sans tricher, acceptant même le rire des autres. Et puis il a récité son moment préféré, lorsque le roi tente d'offrir à Antigone le bonheur, plutôt que la mort. Le bonheur, ce pauvre mot. Et une fois encore, Charbel a laissé la porte ouverte à Imane. Alors elle s'est levée. Elle a enlevé son keffieh, déroulant ses cheveux à la stupeur de tous. Nabil a détourné la tête. Hussein et Nimer n'ont pas baissé les yeux.

222

— Je n'ai jamais vraiment fait de théâtre. Mais j'ai beaucoup encadré les enfants pour adapter des poésies palestiniennes en petits spectacles, à la fois parlés, chantés et joués. Dans notre pièce, j'aime le tête-à-tête entre Créon et Antigone. Il prétend tout faire pour la sauver mais il n'en fera rien. Ils sont en guerre, vraiment. Il lui demande de comprendre le rôle d'un roi. Elle lui répond.

ANTIGONE

Je ne veux pas comprendre. C'est bon pour vous. Moi je suis là pour autre chose que pour comprendre. Je suis là pour vous dire non et pour mourir.

Imane s'est assise. Charbel faisait la moue.
Et il m'a semblé que Sam avait souri.
J'aurais voulu qu'il soit là, avec nous.
— Il y a très peu d'indications scéniques dans le texte d'Anouilh. C'est vertigineux. Il vous laisse le choix du geste et du regard. C'est une chance. Il faut vous en emparer.
Madeleine a levé la main. Elle mordillait son crayon.
— Moi, je serais quand même plus à l'aise avec quelques pistes. Je ne sais pas ce que les autres en pensent, mais un indice pour définir nos personnages ne me semble pas de trop.
— Le garde, par exemple, il ne me semble pas sérieux du tout. Il est totalement décalé par rapport à l'intrigue. Il est idiot ou quoi ?
J'ai regardé Nabil, Madeleine, Imane qui hochait la tête.

— D'accord. Juste un mot à chacun.

J'ai repris mes notes.

— Nabil, justement. Tu as raison et tort à la fois. Le garde n'est pas idiot, juste totalement investi dans sa fonction. Lorsqu'il sort sa grande tirade à Antigone qui va mourir, qu'il lui parle de son avancement, de son salaire, des avantages qu'il y a à être garde du roi plutôt que sergent d'active, il plonge cette scène dans l'absurdité. C'est le théâtre de boulevard qui cogne contre la tragédie. Ce décalage a un grand effet comique. Comporte-toi comme un fonctionnaire, qui attend les vacances, qui fait son boulot à peu près, et qui regarde sa montre en se demandant ce que maman a préparé pour le dîner.

Beau sourire de Nabil. Il notait tout.

— La force de ton personnage, c'est que rien ne l'atteint. Boulot-boulot. Il est un peu veule, un peu trouillard, un peu tout ce que tu dois détester, non ?

— Un rôle de composition comme on dit, a lancé Imane en riant.

— Justement, parlons de ton Antigone. Elle est jeune, exaltée, ébouriffée. Souvent, les actrices la jouent presque fofolle, crispante, tapant du pied comme une enfant. Il y a de ça, bien sûr, mais ce n'est pas tout. Antigone n'est pas folle, elle est forte. C'est celle qui dit non. Son refus du bonheur doit être à la fois incompréhensible et séduisant. Elle veut tout, tout de suite ou rien, jamais plus. Antigone, c'est à la fois notre courage, notre obstination et notre perte.

Cette fois, Imane écrivait. A l'aveugle, sans regarder sa page ni me quitter des yeux. Et plus elle me fixait plus je savais qu'elle comprenait chaque mot.

— Et Créon ? Salaud comme le croit Imane ou héros ? a demandé Charbel.

Je lui ai dit que je ne savais pas. Personne n'avait jamais su. Chacun se débrouillait avec le Créon qui régnait à sa porte. Je lui ai dit que lui, Charbel, pouvait habiter le roi comme il voulait.

Alors il a répondu tout faire pour sauver Antigone. Il l'aime. Il la protège. Il veut la comprendre mais elle refuse la main tendue. Il trouve que sa mort n'a strictement aucun intérêt. Il déteste ce pathétique personnel. Il déteste l'orgueil de cette petite Œdipe. Il va aller au plus loin pour lui éviter de mourir. En vain. Elle ne mourra pas à cause de lui, mais malgré lui.

Imane était perplexe. C'est à Antigone que Charbel avait parlé.

— Tu as le beau rôle ! a-t-elle lancé, au moment où passait le premier avion.

Deux fenêtres étaient ouvertes. Il était 15 h 11. Un hurlement terrible. La stupeur. Tous se sont figés, avant de se jeter brusquement sous la table sans un mot. Ils avaient retrouvé les gestes de l'abri. J'étais le seul assis sur ma chaise, à regarder le plafond. J'ai failli me lever. Nabil m'a tiré par le pantalon en hurlant. Un deuxième avion, un troisième. Je suis tombé de ma chaise au moment où les vitres explosaient.

— Les juifs ! a hurlé Nakad.

Nabil et Hussein ont renversé la table pour en faire un bouclier. Madeleine s'est cognée. Elle saignait du nez.

— Il faut sortir ! Je veux sortir d'ici !

Charbel la ceinturait, accroupi à côté d'elle.

— Calme-toi. On ne sait pas ce qui se passe. On reste ensemble.

Hussein entassait les chaises.

— Ne regarde pas ! Ferme les yeux ! m'a crié Imane en français.

Les autres avaient renoncé à ma langue. Ils hurlaient en arabe. J'étais allongé sur le sol, les mains sur la tête. Yevkinée était blottie contre moi. Elle sanglotait, les cheveux d'Ismène tombés sur son visage de poupée. Madeleine pleurait aussi, tenant son nez à deux mains. Dos tourné à la fenêtre, mains offertes au ciel, Nabil priait à genoux. Beyrouth était attaqué. Je répétais cette phrase dans ma tête pour en saisir le sens. Des avions se jetaient sur la ville. Ils bombardaient la capitale du Liban. C'était incroyable, dégueulasse et immense. J'étais en guerre. Cette fois, vraiment. J'avais fermé les yeux. Je tremblais. Ni la peur, ni la surprise, ni la rage, ni la haine de rien. Juste le choc terrible, répété, le fracas immense, la violence brute, pure, l'acier en tous sens, le feu, la fumée, les sirènes réveillées les unes après les autres, les klaxons de voitures folles, les hurlements de la rue, les explosions, encore, encore, encore. Mon âme était entrée en collision avec le béton déchiré. Ma peau, mes os, ma vie violemment soudés à la ville. Personne ne l'avait remarqué. Au milieu de leurs cris, je souriais. Je pensais à Joseph-Boutros et son fusil d'enfant. Son tir dans la nuit, couinement de souris grise. Je pensais aux snipers du Ring, de la tour Rizk, à tous les tireurs de la ville jetés contre les murs à cet instant. Je pensais aux claquements parisiens de nos grenades lacrymogènes, aux pétards du 14 Juillet, à l'orage, à la foudre, à tous ces bruits trop humains. Je mâchais mes joues, j'ouvrais la bouche en grand, je la claquais comme on déchire. Mon ventre était remonté, il était blotti dans ma gorge. Ma jambe lançait des cris de rage de dents. Je n'avais jamais entendu cela. Jamais. La guerre, c'était ça. Avant le cri des hommes, le sang versé, les tombes, avant les larmes infinies qui suintent des villes, les maisons détruites, les hordes apeurées, la guerre était un vacarme à briser les crânes, à écraser les yeux, à serrer les gorges jusqu'à ce que l'air renonce. Une joie féroce me labourait. J'ai eu honte. Je n'avais pas peur. J'ai eu honte. J'étais en enfer. J'étais bien. Terriblement bien. J'ai eu honte. Je n'échangerai jamais cet effroi pour le silence d'avant. J'étais tragique, grisé de poudre, de froid, transi de douleur. Mes oreilles saignaient certainement. Nimer a vomi. Dans son coin, sans un mot. Personne n'est allé à son secours. Personne n'est venu au mien. Une bombe a frappé notre maison. Ou celle d'à côté. Un pan de mur est tombé des étages, fracassant notre balcon.

Nabil s'est levé dans la poussière noire. Il a donné un ordre bref. Puis il a ouvert la porte sur le couloir, tenant une chaise dans son dos.

— On sort ! On y va ! a hurlé le chiite.

J'ai pris mon sac ouvert. J'ai couru comme les autres. Puis je me suis arrêté. *Antigone* était éparpillée sur le sol. Les livres partout, pliés, froissés, jetés comme ça, dans le plâtre et les gravats, avec les notes de lecture, les crayons, les sacs. J'ai ramassé l'exemplaire d'Imane. Il était recouvert de papier bleu, décoré d'une fleur hérissée d'épines. L'immeuble fut touché une deuxième fois.

— Ils bombardent le stade ! a crié Nakad.

Lorsque je suis sorti, nous n'étions plus que trois. Imane, Charbel et moi. Les autres avaient fui vers Mar Elias. J'ai vu Nabil de dos, avec sa chaise en carapace. Ismène et sa nourrice couraient vers l'hôpital général. Nimer crachait vers le ciel, du haut d'un promontoire en hurlant aux assassins.

— A Chatila ! a crié Imane.

— Tu veux crever ?

Charbel a tendu le doigt vers les colonnes de fumées noires qui montaient du camp. Tout brûlait. Deux avions sont passés au-dessus de nous, piquant vers la cité sportive. Marwan m'avait dit qu'elle servait de dépôt de munitions à l'OLP, et aussi de camp d'entraînement. Elle brûlait. Le béton brûlait. Sabra, Chatila, la banlieue sud était dévorée. Les Palestiniens répliquaient, les nassériens, les communistes. Leurs lance-roquettes claquaient partout. Ils arrosaient le ciel de rage avec leurs carabines à bouchon. Juste derrière nous, du côté de Bourj el-Barajneh, le souffle en rafales des départs de missiles. Une camionnette à plate-forme est passée en hurlant. A l'arrière, coincé contre la rambarde, un combattant fusillait les nuages à la mitrailleuse lourde. Partout, des voitures désertées au milieu des rues, phares affolés, portières restées ouvertes. Charbel est parti en courant vers l'Unesco. Il s'est arrêté. Il est revenu vers nous. D'autres avions. Il s'est jeté dans un angle de mur. Imane m'a entraîné sous un porche. Les Israéliens tapaient ailleurs, plus loin. Le chrétien s'est jeté contre moi, main tendue.

— Adieu, Georges.

Je l'ai regardé.

— Au revoir, tu veux dire.

Il a souri tristement. Imane lui a offert la main à son tour.

— Adieu Charbel.

Elle a hésité un instant. Lui aussi. Ils se sont regardés. Se sont avancés l'un vers l'autre. Ils auraient pu s'étreindre, je crois, s'ils avaient été seuls. Mais j'étais le regard de trop. Je n'avais jamais remarqué quel beau couple ils faisaient. Ce n'était plus Antigone et Créon, mais une fille, un garçon, deux gamins de notre temps. Ils ne se sont pas embrassés. Ils auraient pu, ils auraient dû. Longtemps, j'en ai été malheureux pour elle, pour lui et pour moi.

— Bonne chance, petite sœur, lui a dit le chrétien avant de s'échapper.

— Que Dieu te protège, a crié la Palestinienne alors qu'il traversait la rue.

L'autre a levé la main, bouffé par la fumée grise. Et puis nous sommes restés comme ça, Antigone sans son roi et le Chœur sans son texte. Debout contre un mur, à observer le ciel déchiré par les leurres aveuglants. Marwan ne viendrait pas. Je l'imaginais, coincé dans le désordre du centre-ville, hurlant le nom de Nakad en brisant son klaxon. Une mère courait sur le trottoir d'en face, son enfant dans les bras. Le drap qui l'enveloppait pendait comme un linceul. Depuis un porche, des hommes l'ont appelée. Elle s'y est engouffrée. J'ai pensé à Aurore, écoutant la radio. A sa peau malade, écorchée d'inquiétude. J'ai vu Louise. Son sourire, sa main en grand bonjour, ses cheveux de princesse. Je l'ai vue au milieu de cette rue. Arrachée à la paix, au chocolat chaud, aux rubans de sa robe. Une jeune femme venait à notre rencontre. J'ai vu le sang couler le long de son bras, son manteau arraché, un côté de son visage passé au noir de suie. Les yeux ouverts comme morts. Les cheveux en paquets de poussière. Elle hurlait en arabe, s'arrêtait, reprenait sa course.

— L'hôpital de l'OLP a été touché, il y a des victimes, a traduit Imane.

— L'hôpital de l'OLP ?

— L'hôpital Gaza, à Sabra.

Elle a essayé d'arrêter la porteuse de nouvelles mais l'autre s'est dégagée. S'est sauvée comme une folle, en appelant au secours.

— Je rentre à Chatila, on va avoir besoin de moi.

Imane est partie en courant. Elle m'a laissé comme ça, avec mon cartable ouvert à bout de bras.

— Attends ! Je t'accompagne !

Elle a hurlé sans se retourner.

— Tu n'as rien à faire là-bas !

— Ici non plus !

Je l'ai suivie. Elle a ralenti sa course. Nous avons marché à travers les gravats jusqu'au camp. Je n'avais pas peur. J'avançais en somnambule dans les rues affolées, prisonnier de la fumée, du vacarme, de la fébrilité. Nous croisions des blessés, des égarés, des cohortes plaintives. Une femme pleurait son mort, à genoux près de lui. Un marchand ambulant était étendu sous sa charrette, ses légumes répandus dans l'eau des canalisations éventrées. Des façades glissaient, arrachées aux immeubles, entraînant des rideaux colorés, des draps de lit, la vie d'avant. Imane me regardait de côté. Elle était inquiète. Elle surveillait le ciel et revenait sans cesse à mon visage. Elle s'est brusquement arrêtée.

— Ça ne va pas, Georges ?

Elle a posé sa main sur ma poitrine, pour m'immobiliser.

— Pourquoi me demandes-tu ça ?

— Parce que tu ris.

*
* *

Elle s'est jetée à terre. Je suis resté debout. Une bombe a explosé à dix ruelles de nous. Puis une autre. Une lumière blanche à arracher les yeux, des faisceaux intenses, en tous sens, des cheveux d'anges qui striaient le ciel et retombaient en volutes épaisses, comme un roulement de nuages malmenés par le vent.

— C'est l'hôpital Gaza ! Ils tapent encore l'hôpital, a murmuré Imane.

Elle s'est relevée. Elle a couru tête nue. Son keffieh était resté à terre, dans le local de répétition.

— Imane !

Une infirmière en blouse verte, de l'autre côté de la rue. Elle courait aussi. Le camp entier se précipitait vers l'hôpital. Elle criait pour couvrir le vacarme.

— Elle dit que ce sont des bombes au phosphore !

Les deux femmes ont bousculé la foule pour pénétrer dans le bâtiment. J'ai suivi, ma jambe loin derrière. Des femmes, des hommes, des enfants partout, sortant, entrant, refluant en tous sens.

— On a besoin de bras, Georges ! Suis-nous !

J'ai suivi Imane dans les escaliers encombrés d'infirmiers qui descendaient les brancards dans les sous-sols, les blessés, les draps, les perfusions. Nous sommes entrés dans une chambre d'enfants malades. Sur le sol, des matelas bleus à fleurs blanches, des lits en osier tressé. Deux blessés venaient d'arriver, cinq ans, six ans peut-être. Ils avaient été touchés sur la plage, près de la grande roue. La fillette avait eu un bras arraché. Il reposait à côté de sa jambe, viande hachée et lambeaux de tissus. Son frère était recouvert de crème blanche, peau brûlée en haillons, décollée par plaques comme du papier peint.

— Prends la petite ! m'a soufflé Imane.

Je me suis penché sur elle. Elle ne pleurait pas. J'ai passé mes mains sous son corps. Je l'ai soulevée. Elle ne pesait rien. Son bras est tombé du brancard avec un bruit mat. Je suis resté comme ça, elle contre moi sans plus pouvoir bouger.

— Descends aux abris ! Bouge !

Des soignants portaient les matelas. Un homme emmenait un bébé dans son lit à barreaux. J'ai calé la blessée sur ma poitrine, sa joue contre la mienne.

Elle a geint doucement. Elle a fermé les yeux. Ses cheveux sentaient le grillé, ses vêtements, son souffle, sa peau brûlante, comme si le feu la dévorait encore. J'ai tendu la main pour attraper le bras mort. Un bracelet de billes entourait le poignet déchiré. J'ai vu Louise, princesse devant sa glace, avec un diadème en plastique argenté. J'ai entendu Louise, sa voix, ses chants du matin. C'est Louise que j'ai portée à travers la chambre d'hôpital. Avec elle, j'ai descendu les escaliers, brusqué par les coups d'épaules, les coudes exaspérés, le cri des autres, les visages défaits, les plaies, les larmes. Imane était devant. Elle portait le garçon comme une offrande. Je soutenais mon enfant, cœur contre cœur, ma main en griffe sur son poignet glacé et son bras frappant ma cuisse.

Des réfugiés arrivaient de partout. Un médecin m'a enlevé la fillette dans la cohue, au milieu du couloir. Il a regardé mes mains nues.

— Désinfectez-vous. Ne touchez ni vos yeux ni votre bouche.

Et puis il est parti comme ça, mon fardeau dans les bras, avec ses maigres jambes qui battaient chacun de ses grands pas.

Imane avait disparu. Je ne savais quoi faire.

— Vous êtes journaliste ? m'a demandé un infir-mier.

J'ai dit non. J'ai failli répondre metteur en scène de théâtre.

— Il faut que les journalistes voient ça !

Il est parti aussi. Tout le monde en tous sens. Chacun avait un rôle. Je n'en avais pas. J'étais perdu. Je n'étais plus acteur de rien. J'étais devenu spectateur inutile. Je me suis retrouvé en trop, au milieu du passage, bousculé par les vivants, les mourants et les morts. Je regardais une infirmière, dans le coin d'une pièce. Elle avait fait asseoir une quinzaine d'enfants le long d'un mur. La plupart avaient les vêtements déchirés, les pieds nus. Aucun n'était blessé. Leurs visages étaient noirs de suie. Elle leur a demandé de se donner la main. Ils formaient une ronde immobile, silencieuse, tendant le cou vers la porte à la recherche d'un regard connu. Ils étaient orphelins. Je le devinais aux gestes des adultes. A leur façon de caresser une tête en passant, de faire une grimace rassurante. Je l'ai deviné à ce médecin, qui s'est accroupi pour leur distribuer des chewing-gums. J'aurais voulu être ce médecin ou cet enfant. Etre de cette compassion ou de cette douleur.

— Georges ?

Imane venait vers moi, deux jerricans à la main.

— Des canalisations ont été touchées à l'arrière du bâtiment. Va chercher de l'eau, s'il te plaît.

Je n'ai pas répondu. Pas même regardé la Palestinienne. Je n'ai vu que les deux récipients bleus. J'avais une tâche, enfin. J'ai laissé tomber mon cartable et couru vers la sortie. Des dizaines de personnes allaient à l'eau, des bidons à bout de bras. Après, il faudrait des bougies, des compresses, du pain, de l'espoir. Pour Imane, pour les enfants blessés, les orphelins, les souffrants, les effarés, les prostrés, les égarés, les pleureuses, j'étais prêt à faire des allers et retours jusqu'à la fin des temps. Je suis sorti dans la rue. J'ai couru entre les gravats, j'ai suivi la cohorte assoiffée. J'ai tourné au coin de l'immeuble.

Et puis l'air s'est déchiré. Hurlement de métal. Collision avec le feu. Un flash blanc, douloureux, immense. J'ai été aspiré. Un trou a voulu me prendre. Mon cœur a été happé par le souffle. Il a brisé mes côtes comme la cage d'un oiseau. Il est sorti de ma poitrine. Il a roulé dans la poussière. J'ai lâché les jerricans. J'ai caché mes yeux à pleines mains pour qu'ils ne soient pas arrachés. J'ai fermé la bouche au lieu de l'ouvrir. Mes poumons se sont enflammés. Mon visage. Mes oreilles. Mes paumes étaient soudées à mes joues. J'ai été projeté en arrière. Le sol avait glissé, mes jambes. Je battais des bras pour échapper au gouffre. Je sentais le cochon grillé. La poule du dimanche, que maman plumait au-dessus du feu. Je grésillais. Mes yeux avaient fondu, la lumière explosait derrière mes paupières. Elle clignotait en perforant mon front, mes tempes, ma nuque. Mes narines s'étaient refermées. Je ne respirais plus. Je suis tombé violemment sur le dos. Sans protéger ma nuque, mes talons, mes coudes. Ma jambe s'est déchirée. Ma hanche. J'ai vomi mes intestins. Un serpent à n'en plus finir, qui a rampé jusqu'au trou d'eau formé par la crevasse.

J'ai été soulevé. Porté comme en triomphe. Des voix tout autour. D'hommes, de femmes. Des ordres brefs. J'ai été jeté sur une épaule, puis dans un dos.

Couché dans un brancard. Porté les pieds en l'air, la tête renversée, les mains soudées à mon visage. Je brûlais. J'étais en feu, vraiment. Comme une souche jetée dans l'âtre. J'ai voulu ouvrir les yeux, j'ai hurlé. Quelqu'un avait lancé du sable sur le brasier, lacéré les flammes au rasoir. J'ai reconnu les bruits de l'hôpital, les pas traînés, les gémissements, les cris des uns aux autres, l'odeur, le désinfectant, la sueur. La civière a été posée sur le sol, tête cognée.

— Georges ! Mon Dieu !

Imane. Rien ne pouvait plus m'arriver. J'ai senti sa main sur la mienne. Elle l'a détachée doucement de ma joue.

— Mon Dieu !

Une voix arabe. Un homme.

— On va te laver les yeux. Tu entends, Georges ? On va laver tes yeux.

L'homme a enlevé l'autre main de mon visage. Il était plus brutal. Imane et lui m'ont maintenu. Quelqu'un a inondé mes paupières closes pendant de longues minutes. Douleur immense. Mes yeux de sable, d'épingles, de verre pilé. Goût marin sur les lèvres. Des mouches tournaient. J'allais perdre la vie.

— Tout va bien. C'est un sérum salé, a murmuré Imane.

On m'a redressé. Ils enlevaient mes vêtements.

— Tout est imprégné. Il faut te débarrasser de ça.

Je serrais la main d'Imane. Je brisais la main d'Antigone.

Comment vais-je faire pour pleurer ?

236

Je ne l'ai pas dit. Je l'ai pensé. Comment pleure-t-on sans ses yeux ?

— Attention, le médecin va ouvrir tes paupières.

Une autre voix d'homme, agacée. Un geste brusque. Un ordre sec.

— Non, il ne les ouvre pas. Il faut continuer à laver. On va t'emmener en salle d'opération.

— C'est moche ?

Mes premiers mots d'aveugle.

Silence d'Imane.

— S'il te plaît, dis-moi.

Imane a posé des questions en arabe. L'homme lui a répondu. Elle traduisait un mot sur dix, sa main écrasée dans la mienne.

— Tu es brûlé. Tu as une lacération des paupières. On ne sait pas encore si tu as des éclats dans la cornée. Si tu as des lésions.

Même voix d'homme. Imane a traduit.

— Essaye d'ouvrir les yeux.

Impossible. Nausée. Mal de tête. Deux doigts ont forcé. Douleur intense.

— C'est bien.

Noir intégral.

— Tourne les yeux, à gauche, à droite, le sérum doit entrer partout.

Voix arabe.

— Qu'est-ce qu'il dit ?

— Rien.

— Imane !

— Il cherche. Il regarde si la cornée a été brûlée. S'il y a une perforation de l'œil, une fracture de l'orbite ou une rupture du globe.

— Il ne trouve rien ?

— Il cherche.

La voix. La traduction.

— Tu es vacciné contre le tétanos ?

Qu'est-ce que j'en savais ? Oui, non, peut-être. Contre la grippe aussi ? J'avais perdu mes yeux. J'étais dans un hôpital bombardé, à une vie de chez moi, couché par terre, entouré d'orphelins, ma tête déchirée par la douleur. Je ne verrais plus rien. Plus jamais. Mes yeux avaient été mangés. Ils coulaient sur mes joues comme des œufs cassés, le blanc, le jaune, la coquille qui griffait.

— Calme-toi, Georges.

La voix. La traduction.

— Tu as des œdèmes aux paupières mais pas de déformation de la pupille.

J'ai lâché sa main.

— Je ne comprends rien, Imane. Arrête.

— Tu me demandes de traduire, je traduis.

J'ai essayé de me lever sur les coudes. Je suis retombé. J'étais torse nu, en caleçon, sans chaussures ni chaussettes. J'avais honte de mon corps offert. Quelqu'un a posé une couverture sur mes jambes.

— Est-ce que je vais perdre mes yeux ? Demande-lui juste ça !

La voix d'Imane. Sa question hésitante. Puis la réponse de l'homme.

— On a toujours deux yeux de trop.

*
* *

J'ai passé la nuit entière dans le couloir de l'hôpital Gaza, au milieu d'autres gémissements. Les pansements qui protégeaient mes brûlures au bras, au front et aux joues étaient humidifiés en permanence par du sérum. En prévision d'une intervention chirurgicale, j'étais à jeun. J'étais intubé. J'ai pensé à Sam. Lui sur son lit, moi sur mon brancard. J'avais donné le numéro de téléphone d'Aurore à Imane. Elle devait la rassurer. Une blessure de rien, qui me retenait loin d'elle. Mes yeux étaient obstrués. D'abord des pansements oculaires, puis deux coques en carton retenues par de l'adhésif. Dans la soirée, les médecins s'étaient engueulés sur le choix des protections. Imane traduisait ce que je pouvais entendre. La douleur s'atténuait. Ce n'était pas bon signe. Une souffrance épouvantable pouvait accompagner une blessure bénigne et un léger picotement une lésion profonde. Plus rien ne correspondait à ce que je croyais. J'avais des éclats minuscules dans la cornée. Un fragment de bois s'était fiché dans mon orbite droite. J'étais sous antibiotiques. Je prenais des cachets contre les nausées et les vomissements. Ils me faisaient des ponctions. Nettoyaient mes yeux à grande eau, encore et encore. Une fois, j'ai entendu le mot « éviscération ». C'était une voix anglaise. Des médecins étrangers prêtaient main-forte à leurs collègues palestiniens. Et puis Imane a parlé de pinces, comme pour enlever une écharde. De suture, de fils à recoudre l'œil.

Le 5 juin, alors que les médecins fouillaient ma cornée, des avions israéliens ont survolé la ville. Imane m'a dit qu'ils avaient bombardé Nabatieh,

Damour, le château de Beaufort. Qu'ils avaient coupé des ponts dans le sud du pays. J'ai pensé à Nabil, à Nimer, à Hussein, aux gardes de Créon. J'ai revu la vieille Khadijah, en Eurydice inquiète de se donner la mort. Elle m'a aussi juré que le chirurgien avait bien travaillé. Poussières de verre, cendres de bois, poudre de fer. Il avait retiré de mes yeux de quoi reconstruire l'hôpital. Antigone avait longuement répondu aux larmes d'Aurore. Elle avait tenté de la rassurer. Lui avait juré que je ne parlais que d'elle. Et que de notre enfant.

Au soir du deuxième jour, Yassine est venu à mon chevet. Le frère d'Imane m'a pris la main. J'ai été surpris par ce geste. Il m'a remercié pour la terre de Jaffa. C'est Imane qui garderait sa part du trésor. Il serait plus en sécurité dans leur maison de Chatila que dans la vareuse d'un combattant. Sa sœur avait versé le cadeau de Sam dans une bourse dorée, puis l'avait accroché à la clef de leurs ancêtres, sur l'horloge de sa chambre. Cette clef avait fermé la maison familiale de Jaffa, en février 1948, le soir de l'expulsion. Elle l'ouvrirait le matin du grand retour. Imane et Yassine s'étaient même juré de disperser la poussière dans le jardin retrouvé, lorsqu'ils en franchiraient le seuil.

Il m'a expliqué que Beyrouth était coupé du monde. L'aéroport avait été bombardé. Pour sortir, il me faudrait passer la ligne verte, atteindre le port chrétien de Jounieh et rejoindre Chypre.

— Et notre pièce ?

J'ai dit qu'il nous restait peu de temps, peu de répétitions, qu'il allait falloir retrouver tout le monde.

Qu'on s'était dispersés comme ça, sans rendez-vous. Que la date du 1er octobre tenait toujours. Qu'il n'était plus possible d'arrêter maintenant. Que tous étaient d'accord. Les chiites, les chrétiens, les Palestiniens. Qu'il était trop tard pour reculer.

— C'est trop tard pour reculer, Yassine.

Mes yeux brûlaient de larmes. J'avais pris son bras à deux mains.

— Tu comprends ? On ne peut plus arrêter !

Il comprenait, oui. Bien sûr qu'il comprenait. Et même, il viendrait nous voir au théâtre. Seul. Ou avec ses compagnons d'armes, tiens. Il laisserait son fusil à la porte, au milieu des autres fusils. Il essaierait d'avoir une bonne place, dans les premiers rangs. Je pouvais lui arranger ça ?

J'ai cessé de respirer. Je connaissais cette voix. Elle mentait. C'est la voix qu'entend celui qui va mourir. La voix qui parle des jours à venir, de l'été prochain qui ne sera jamais, de toutes ces choses à tellement vivre ensemble. C'est la voix qui grimace pour ne pas pleurer, la voix qui maquille la mort, la voix qui chantonne, qui soulage, qui met du baume au cœur. C'est la voix qui referme les draps, puis la porte, puis le cercueil. C'est la voix qui ne croit plus un seul mot de la vie.

— Et moi j'aimerais être aux premières loges quand tu ouvriras la porte de tes ancêtres. Tu peux m'arranger ça ?

Je n'aurais pas dû. C'était dégueulasse et injuste. J'ai voulu m'excuser. Yassine ne m'en a pas laissé le temps. Il s'est penché, main posée sur mon bras.

Je sentais son souffle près de mes yeux, cette pression fraternelle.

— C'est toi qui tourneras la clef dans la serrure, mon ami.

Et puis il s'est levé. Imane venait. Sa voix juste au-dessus de nous.

— Georges ?

Imane avait pris la place de son frère. J'ai croisé mes bras sur mon torse. Depuis que je souffrais moins, nous gardions nos mains pour nous. Je puais la sueur, l'ordure, le feu. J'étais dans un tunnel de murmures et de cris. Ils m'ont fait une piqûre pour sombrer. Je me suis endormi avec Antigone. Elle est restée la nuit avec moi, couchée sur une couverture à mes côtés.

Au matin, elle a changé mes pansements. Elle ne cherchait même plus à me rassurer. Elle épongeait mes sucs infectés, ma peau en loques. Autour de nous, des hommes parlaient haut. Une femme pleurait. Dehors, la rue claquait d'armes automatiques.

— Que se passe-t-il ?

— Les Israéliens ont envahi le Liban, m'a répondu Imane.

— Comment vont-ils me faire mourir ? m'a demandé Antigone.

Les casques bleus de la Finul avaient été bousculés. Tyr était encerclé, Nabatieh, Hasbaya. Le camp de Rachidieh était bombardé. Des chars avaient déjà dépassé Saïda. L'aéroport de Beyrouth n'existait plus.

— Les avions vont revenir. Il va falloir t'évacuer.

J'ai protesté pour rien. J'ai dit que je restais ici, dans ce couloir de mort. Que c'était ma place. Que personne ne pourrait m'en chasser. Mais Yassine avait pris sa décision. Et Imane l'avait suivie.

En début d'après-midi, Marwan est venu me chercher à l'hôpital. Il avait rassemblé mes affaires, pris mon cartable. Il me tirait de là. J'ai refusé de faire un pas. Alors Yassine et mon frère druze m'ont transporté jusqu'à la voiture, me prenant sous les aisselles avec les pieds traînants. On aurait pu croire à un enlèvement, mais je ne criais pas. Ils m'ont installé sur le siège arrière, couché sur des couvertures, un oreiller sous la nuque. Imane parlait à Marwan. Elle donnait des consignes. Il ne répondait pas. Quel courage il avait eu de venir jusque-là. Au milieu de Chatila en colère, pour enlever son Français. J'étais sur le dos, dans la chaleur, enfermé dans mon obscurité nouvelle, la douleur, tous ces bruits étrangers. Imane s'est penchée sur moi.

— Merci pour ce que tu as fait.

— Je n'ai rien fait.

— Tu m'as donné la force d'Antigone.

— Connerie.

— Débrouille-toi avec ça.

Elle a posé sa main sur mon front. Et puis elle a fermé la portière, comme on pousse la porte sur un enfant malade. Marwan est monté à l'avant. Il a klaxonné pour libérer la route.

— Tu vas te reposer, a dit une voix douce.

J'ai sursauté.

— Nakad ?

— Bonjour Georges.

Hémon était là, avec nous. Il a passé son bras entre les sièges pour me serrer la cuisse. Le danger s'éloignait.

— Tu vas manger, dormir, rentrer en France tout neuf, a ajouté le père.

La voiture n'évitait pas les ornières. Elle sortait du camp comme on se sauve.

— Où va-t-on ?

— A Aley, chez nous, dans la montagne, a répondu Marwan.

Sa voix, grave, sûre, belle.

— Ahlan wa sahlan, j'ai dit.

Je crois qu'ils ont souri, peut-être. Je l'ai espéré. Le fils, le père. Je venais de leur dire que dans mon cœur aussi, ils avaient une famille et une terre.

18

Nakad

Après les mains d'Imane, Nakad m'a offert les siennes. Avec infiniment de douceur, il me lavait les yeux le matin et le soir, changeant mes pansements comme un vieux médecin. Une semaine après mon arrivée dans le Chouf, j'avais essayé d'enlever les coques qui protégeaient mes yeux. La lumière est entrée comme une baïonnette, broyant mes tempes et ma nuque.

— Tu as la vie pour voir, me répétait Nakad.

Lorsqu'il m'apportait le thé ou un café blanc, Hémon faisait sonner quelques répliques. Parfois même, il prenait la voix d'Antigone. Tous les trois jours aussi, le jeune homme me rasait. C'était à la fois troublant et grave. Il me pinçait les ailes du nez entre son pouce et son index, levait mon menton, posait deux doigts sous mon oreille pour tourner légèrement mon visage.

Une nuit, Nakad m'a apporté un miroir. J'ai eu mal à mon reflet. Le blanc de mes yeux était sanglant, mordillant la pupille en auréole brune, l'iris droit piqueté, déformé par une tache grise. Chaque fois que je fermais les paupières, elles charriaient du sable brûlant. J'avais eu de la chance, les médecins me l'avaient dit. J'avais perdu un peu de lumière, mais j'avais gardé mes yeux.

Nous étions loin de tout. Nakad était mon messager. Il m'a raconté qu'à Nabatieh, les chiites avaient accueilli les Israéliens avec du pain, et jeté du riz sur leurs chars. L'armée de l'Etat juif les avait même autorisés à garder leurs armes et leurs positions. Parce que tous deux avaient la Palestine pour ennemie.

J'étais perdu. J'ai pensé à mes gardes. A Nabil, à Hussein, à Nimer, qui se disaient prêts à mourir pour défendre leurs frontières. J'ai imaginé la vieille Khadijah, levant la main pour saluer l'étoile de David.

Les Druzes non plus ne combattaient pas les Israéliens. Quand je lui ai demandé pourquoi, Marwan a eu un geste vague. Il m'a expliqué que ses ennemis étaient les phalangistes, les chrétiens du Chouf et du Metn. Qu'il faudrait leur reprendre chaque pouce de terrain avec les dents quand Tsahal se serait retiré. Il avait dit « *Tsahal* ». C'était la première fois que j'entendais un mot hébreu dans une bouche libanaise.

Le 13 juin, Beyrouth était encerclé. Louise avait une otite aiguë purulente, une angine et une sinusite infectée. Les Israéliens avaient fait la jonction avec les milices chrétiennes. Le médecin venait de quitter Aurore lorsque j'ai réussi à l'appeler. La capitale du Liban était bombardée par l'aviation, la marine, l'artillerie. Ma fille avait été mise sous antibiotique pendant dix jours.

— Elle réclame son papa, m'avait dit sa mère.

Je le savais. Je la réclamais aussi, à voix basse quand la douleur revenait.

Un soir, je marchais avec Nakad dans une rue du village. Je lui tenais le bras, comme un vieil homme. Il m'a parlé de la guerre. Il en était la voix. Beyrouth n'avait plus d'eau, plus d'électricité, plus rien. Certains chiites avaient créé le mouvement Hezbollah pour repartir au combat.

— Après les Syriens, voilà les Iraniens qui s'en mêlent, avait-il dit.

J'écoutais. J'avais la tête douloureuse de ne plus rien comprendre.

— On ne jouera jamais *Antigone*, Nakad.

Je m'étais assis à ses côtés, sur une large pierre, en bord de chemin.

— Tu vois les cèdres, d'ici ? m'a demandé le jeune homme.

Il tendait le doigt vers le sommet de la montagne. Je clignais les yeux. Je les voyais. Une dizaine, comme un troupeau qui domine. Le ciel grondait d'orage.

— Et plus loin ? Le village, là-bas, tu le vois ?

Je le voyais, oui. Je regardais ses lumières lointaines à travers mes larmes. J'écoutais le silence de la paix. J'enrageais d'être là. Chatila avait été bombardé, encore et encore. Je pensais à Imane. Je l'imaginais dans une cave, enserrant des enfants sous son voile. Je pensais à Charbel, qui regardait passer les soldats d'Israël. A Joseph-Boutros, qui devait leur montrer son Colt nickelé en riant.

La veille, les Israéliens avaient ratissé notre montagne. Et puis ils sont entrés dans Aley. J'étais avec Nakad, quand le premier véhicule est passé. A Beyrouth, leurs avions lançaient des tracts ordonnant aux civils de quitter la ville. Ici, ils buvaient paisiblement à la fontaine, fusil posé contre le rebord du puits. Lorsque des villageois se sont approchés d'eux, les soldats ont souri. Des mains se sont tendues. Civils libanais et militaires israéliens parlaient la même langue.

— Ce sont des Druzes, m'a soufflé Nakad.

J'ai revu Marwan. Sa gêne, son geste agacé à l'idée de lutter contre l'envahisseur. J'ai compris. Israël occupait le Chouf avec ses frères de sang.

*
* *

Tout juillet fut bombardé. Les avions passaient au-dessus de nous pour écraser Beyrouth. Arafat avait appelé à la résistance.

— Il va négocier son départ, avait prédit Marwan.

Je ne l'avais pas cru.

Chaque matin il partait pour la capitale. Il était devenu le chauffeur de trois journalistes français. Ils le payaient en dollars et en liquide. Au bout de quelques jours, le Druze avait gagné de quoi s'offrir une Mercedes d'occasion.

Il revenait chaque fin de semaine avec des nouvelles importantes. Sa maison d'Hamra était intacte, et mon hôtel n'avait pas souffert. Un soir d'août, il est rentré tremblant. Il n'avait jamais vu un tel déluge de fer. Son coffre avait été criblé. Devant lui, un chauffeur avait pris un éclat dans la gorge.

Lorsqu'il racontait, sa femme quittait la pièce. Elle ne voulait pas voir les immeubles se coucher. Elle refusait d'entendre les enfants pleurer. Elle craignait les ombres affolées qui hantaient la corniche. Cette nuit-là, Marwan n'a pas dormi. Il m'a dit qu'il était trop vieux. Qu'il était bien fatigué. Il est resté devant sa maison, assis sur une chaise, cigarette protégée du vent dans sa paume de main. Je l'avais rejoint après le dîner. Nous sommes restés comme ça, deux blessés en silence.

— Il ne va rien rester de nous, a murmuré mon Druze.

Louise allait mieux, mais elle toussait toujours. Le médecin avait prescrit des examens pour la semaine suivante. Je l'avais eue au téléphone.

— Nakad, tu as ta ligne ! avait hurlé un voisin.

Il passait ses journées à essayer de joindre ses enfants à Londres, tapotant le cadran pour agacer la tonalité. Nous avons couru jusqu'à sa porte. Le combiné était décroché, posé sur la table. Je tremblais en composant mon numéro. Aurore était affolée. Elle parlait trop vite. Voulait tout savoir. Mes

yeux, les bombes. Je rentrais quand ? Mais quand ?
J'avais bien une idée, quand même ? Je lui ai
demandé de me passer la petite, vite, maintenant.
Nous allions être coupés.

— Parle, c'est papa.

Un bruit d'oiseau. De dessin animé. Un canard
haut perché. Je ne comprenais pas un mot d'elle.

— Dis-lui bonjour, c'est papa, a répété Aurore.

Un rire. Un gribouillis. Un couinement de souris.
Une voix minuscule, hachée par les parasites. Je suis
tombé sur la chaise. J'ai répété « mon amour »,
« mon amour », « mon amour ». Je ne savais plus
les mots. Encore son rire de grenouille. Un bruit de
peau contre l'écouteur, un souffle trop près, une
voix trop forte. Une forte toux. Et puis plus rien.
Pas de tonalité, pas d'impulsion, juste le bruit de
mon sang. J'ai regardé le combiné mort. Le voisin
a appuyé plusieurs fois sur la fourche. Il a eu un
geste désolé. J'ai senti la main de Nakad sur mon
épaule. Je n'ai pas remercié notre hôte. J'étais
comme un aveugle. Je me suis laissé guider en dehors
de la pièce, hors de cette maison. J'ai traîné ma
jambe sur le chemin de terre, entraîné par le fiancé
d'Antigone. Je ne voulais plus voir, rien regarder.
J'ai fermé les yeux jusqu'à ma chambre. Je me suis
allongé sur mon lit. J'ai demandé à Nakad de sortir.
Je voulais rentrer à Beyrouth, traverser la ligne au
musée, rejoindre le port de Jounieh, prendre le premier bateau, poser le pied à Chypre, monter dans
un avion, coller mon front au hublot, arriver à Paris.
Je voulais ma femme, ma fille, je voulais ma
chambre, mon lit, du pain frais, une douche chaude,

un verre de vin blanc. Je voulais qu'on m'emporte, qu'on m'éloigne, qu'on me sauve. Je me suis endormi habillé, avec mes chaussures, l'oreiller écrasé sur mes yeux.

*
* *

Lorsque Marwan est rentré de Beyrouth, il a longuement klaxonné. Il est sorti de sa voiture, esquissant un pas de danse.

— Les Palestiniens sont partis au Diable ! Et les Syriens aussi. C'est fini !

Arafat et les siens voguaient vers la Tunisie, Sanaa et Aden, avec leurs armes légères. Marwan était sur le port. Il les a racontés, tirant des salves en l'air comme s'ils avaient gagné la bataille. J'ai pensé à Yassine. Il devait être sur le bateau. J'espérais qu'Imane ne l'avait pas suivi.

— Ils ont emmené les femmes et les enfants ?

Mon ami n'avait vu que des combattants. Les femmes les acclamaient, mais n'avaient pas pris la mer.

Le soir, Marwan m'a lavé les yeux lui-même. A la lumière de la lampe jaune, il m'a demandé de les tourner à droite, à gauche. Il était content de mes progrès. En m'essuyant la joue, il comptait les matins à venir. Nous étions le 31 août. Dans une quinzaine de jours, il me redescendrait. Il avait prévu un taxi pour me faire passer la ligne verte. Il ne pouvait pas s'en charger. Mais ce serait un homme de confiance, un Arménien, chrétien comme moi.

J'ai dormi comme un mort. Et toutes les autres nuits aussi. Je m'étais fait au silence de la montagne. Le soir du 13 septembre, Nakad est venu me rejoindre sur la terrasse. Il m'a parlé d'*Antigone*. Il m'a dit que tout était encore possible. Lui était toujours là. Et Imane aussi, probablement. Retrouver Charbel serait un jeu d'enfant. Et les chiites tenaient vraiment à ce spectacle. Je regardais Hémon. Je ne savais plus. Il m'a dit qu'après cette épreuve, la représentation serait encore plus belle, encore plus nécessaire. Je regardais la montagne. J'ai pensé à notre théâtre, à notre pacte, aux fusils que nous avions baissés. Tout me semblait d'un autre temps. Nakad a hésité. Puis il a posé la main sur mon bras.

— Je t'aime beaucoup, Georges.

J'ai souri. Moi aussi.

— Mais moi, je t'aime, a-t-il répété.

Le jeune Druze fixait le sol. Il semblait effrayé par ses mots. Je n'ai pas eu les gestes, ni la voix. Je l'ai regardé, ses yeux enfuis, ses cheveux frôlés par le vent. J'aurais dû mettre une main sur son épaule. Me rapprocher. Ou lui parler. Je ne pouvais le laisser seul avec cet aveu. Je n'ai pas pu.

— Tu as raison. On va continuer *Antigone*, j'ai couiné.

Il a relevé la tête.

— On a encore deux mois. C'est jouable.

Il m'observait. Son regard cherchait le mien.

— J'ai expliqué qu'on répéterait les 17, 18 et 19 septembre. Mais que ça allait être trop juste puisque je rentrais à Paris. On pourrait quand même se retrouver comme prévu les 24 et 25, non ?

Il souriait. Un sourire magnifique, bienveillant, d'une douceur infinie. Il ne me quittait plus des yeux. Je parlais vite. Trop vite. J'alignais les dates, les chiffres, les noms comme on jette des chevaux dans la bataille. Il s'est détaché de mon bras.

— Et donc, générale le 26 septembre, tu te souviens ? Et représentation le 1er octobre, comme convenu.

On ne changerait pas l'agenda. Il ne fallait pas. Parce que si on commençait à toucher aux dates, il n'y avait plus qu'à changer la pièce pendant qu'on y était. J'ai ri. Un gloussement affecté, bruyant, factice. Imane se chargerait de contacter la Nourrice et Ismène. Je téléphonerais à Nabil et à Charbel quand tout serait rétabli. Ils n'avaient pas intérêt à me lâcher maintenant, autrement, ce serait la guerre ! Le même rire idiot. Une larme de sueur a coulé dans mon dos. J'ai parlé encore. De l'affiche qu'il faudrait faire, des invitations, des projecteurs. Même hoquet pathétique.

Nakad a inspiré. Il m'a regardé encore. Il a posé sa main sur ma cuisse.

— Tout va bien, Georges. Ne t'inquiète pas.

Et puis il s'est levé. Il a ouvert ses bras. Il s'est étiré en grand face aux montagnes noires. Je me suis senti comme un acteur sans texte, sans geste, sans élégance et sans beauté.

— Ne parle pas de cela à mon père, tu veux bien ?

J'ai hoché la tête brusquement.

Nakad souriait toujours.

— Quoi qu'il nous arrive, nous allons jouer *Antigone*. Et je serai ton Hémon.

Il m'a regardé.

— Tu sais pourquoi ?

J'ai secoué la tête.

— Parce qu'un Druze croit en la réincarnation.

*
* *

— Mon fils s'appelle Nakad, pas Molière. Je ne le laisserai pas mourir en scène comme un pantin, m'a dit Marwan en rentrant à Beyrouth.

Nous redescendions de la montagne avec sa vieille voiture rouge. Il conduisait lentement pour éviter les cahots de la route. Il était tendu, inquiet et en colère. Deux jours plus tôt, le président de la République libanaise et chef des phalangistes Bachir Gemayel avait été assassiné en plein quartier chrétien. En représailles, les Israéliens avaient envahi l'ouest de Beyrouth et pris position autour des camps palestiniens désarmés. Marwan craignait qu'une vengeance terrible s'abatte sur le pays.

J'avais les yeux douloureux, mais je ne portais plus de bandages, plus de coque, ni de linges humides. Juste des lunettes foncées pour me protéger de la lumière d'été. Je n'avais pas perdu mes yeux.

— Molière est mort chez lui, Marwan.

— Je m'en fous. Il est mort déguisé, pas en homme.

— Ton fils est un homme, tu le sais bien. Et c'est un bon acteur.

Marwan a froncé les sourcils, levé le menton. C'était sa manière de fierté.

Il avait accroché son chapelet au rétroviseur et éteint la radio. Il avait peur pour moi, je le savais. Il m'a regardé.

— Tu trouves que Nakad joue bien ?

— C'est le plus bel Hémon que je pouvais espérer.

— Je te demande simplement s'il joue comme il faut.

— C'est son cœur qui parle. Tu l'as bien vu, non ?

Marwan a hoché la tête. Son fils donnait la réplique à Antigone comme un homme offre à une femme son amour et sa vie. C'est vrai. Il en convenait. Mais il disait aussi que la guerre nous avait rattrapés. Et qu'elle lui avait ouvert les yeux. Ce qui était possible avant l'invasion israélienne du 6 juin ne l'était plus.

— Tu n'aimes pas le théâtre.

Il a ri.

— Je suis en train de te parler du Liban.

— Et tu n'aimes pas les acteurs.

Il m'a regardé brièvement.

— Pas les tiens, non. Ce que tu as essayé de faire n'a plus de sens aujourd'hui. Tu as mélangé les frères et les ennemis pour rien.

— Pour construire un rêve ensemble.

— Mais quel rêve ? Ils récitent ton texte mais ils savent bien que ce n'est pas la réalité.

— Ce n'est pas mon texte.

— Ça ne change rien ! La vraie vie, ce ne sont pas tes répliques.

— Ce ne sont pas mes répliques, ce sont celles de Jean Anouilh.

Le Druze a ri, lâché le volant. Il a frappé ses cuisses à deux mains.

— Anta majnoun !

Il a répété que j'étais fou. Anouilh ou pas, peu lui importait. Je ne comprenais rien à la situation. Le pays était à terre et moi je venais de Paris en manteau d'Arlequin. Il a dit que la paix ne se faisait pas avec le visage poudré du clown. A l'heure où le pays comptait ses morts, dix gamins sur la scène d'un théâtre délabré n'avaient plus aucun sens. Il a presque regretté de m'avoir accueilli et aidé. Il disait que monter cette pièce avait été une pure vanité.

— C'était encore une idée de juif !

J'ai été saisi.

— Tu n'as pas le droit de parler de Sam comme ça !

Marwan s'est enfoncé légèrement. Il regardait la route avec son air mauvais.

— J'ai beaucoup de respect pour Samuel Akounis, m'a dit le Druze.

Je m'étais détourné. Je lui offrais mon dos. Il grondait.

— Tu sais bien que j'ai fait tout ça pour lui autant que pour toi, alors arrête !

Je ne répondais pas. Mes yeux brûlaient. Ma tête cognait.

— Je m'excuse, a-t-il murmuré.

Il a baissé sa vitre, inspiré en grand.

— Un Européen n'entend pas les mêmes mots que nous. Tu comprends ça ?

Non. Je ne comprenais pas. Je ne voulais pas comprendre.

— Et si je dis : c'était encore une idée de rêveur grec, ça te va ?

Je n'ai pas répondu.

— Regarde-moi, Georges. Cela fait plus de deux ans que je fais partie de cette histoire. Et sept mois que je te protège comme un fils. J'ai même prêté Nakad à votre comédie.

— Ce n'est pas une comédie, c'est une tragédie.

— Comédie, tragédie, tout ce que tu veux ! Mais maintenant que ton ami va mourir, que les Israéliens sont à Beyrouth et que tout le monde tire sur tout le monde, je dis qu'il faut tout arrêter. Vous ne pourrez plus monter *Antigone*, tu m'entends ? C'est fini, Georges. Tu n'es pas au-dessus de cette guerre. Personne n'est au-dessus de la guerre. Il n'y a plus d'autre tragédie ici que cette guerre.

Je suis revenu à lui. Je l'ai regardé. Son visage, ses cheveux de broussailles, sa moustache grise, la cicatrice ancienne qui labourait sa joue. Ses lèvres avaient disparu. Ses yeux mi-clos. Sur le volant, ses phalanges étaient blanches.

— Moi aussi je m'excuse, Marwan.

Il a cligné les yeux. Il a souri, à peine.

— Je connais bien la guerre. Elle va chercher les hommes partout. Même dans la coulisse des théâtres. Je donne un mois à tes acteurs pour la rejoindre.

— Peut-être. Mais avant, ils seront à la répétition.

Il a haussé les épaules.

— Non, Georges. Mon fils ne viendra pas.

— Il sera présent le 1ᵉʳ octobre au spectacle. Tu le lui as promis.

— Je l'ai promis il y a longtemps. Mais rien ne dépend plus de nous.

Sur son lit d'hôpital, j'avais juré à Samuel qu'*Antigone* serait jouée coûte que coûte. Mais aujourd'hui, privé de lui, je n'étais plus certain de rien.

— Le chien reste un chien, Georges. Même élevé par les moutons. Tes acteurs ne sont pas des acteurs, ce sont des soldats. Toi tu ne le sais pas, mais la guerre s'en souvient.

Nous sommes entrés dans Beyrouth le vendredi 17 septembre 1982. Le soir tombait. Le temps était apaisé.

Des blindés israéliens jouaient les chicanes aux carrefours de la ville, entre les charrettes de fruits et les vendeurs de pains.

19

Antigone

Un gamin. Il était assis contre le mur. En survê-
tement bleu, des sandales aux pieds. Il avait de la
bave séchée autour des lèvres, un filet de sang brun
jusqu'au menton et les yeux clos. Un autre garçon
reposait à côté de lui, le ventre butiné par un nuage
de mouches. Un chien était là, couché sur le côté,
les pattes raides, écrasé contre les jambes de l'enfant.
Je me suis adossé contre une porte ouverte.

Marwan m'avait réveillé pendant la nuit. Je dormais dans son salon. J'ai senti sa présence sans qu'il
parle ni ne me touche. Il s'était accroupi, son visage
au-dessus du mien.

— Georges, il se passe quelque chose dans les
camps.

Juste cette phrase. Pas un pauvre mot de plus. Je
l'ai regardé. Il s'était habillé dans l'obscurité. Je me
suis levé sans le quitter des yeux. Jamais je ne l'avais

vu dans la pénombre. J'ai pensé au messager de mon *Antigone*, à l'homme qui annonce la fin des temps.

J'ai enfilé mon pantalon, ma chemise. Je n'ai posé aucune question. Il se passait quelque chose, et c'était tout. Mon Druze avait une voix grave, des gestes lents, le visage tourmenté. Il est allé à la baie vitrée sans allumer la pièce, il a posé sa main sur le verre, son front, tout son grand corps inquiet.

Un homme attendait dans le salon. Blouson ouvert, il avait un pistolet passé dans la ceinture. Il s'est levé à mon approche, m'a salué d'un geste de tête. J'avais déjà remarqué ce Druze. Il était dans un angle de la pièce lorsque Nakad jouait Hémon. Au moment de le prendre dans mes bras, nous avons échangé un regard, lui et moi. Il semblait le seul à ne pas se demander ce que deux hommes faisaient au milieu de la pièce, s'étreignant en récitant d'étranges mots. Il avait applaudi à la fin de notre tirade et m'avait serré la main avant de repartir.

— Anouilh est druze, m'avait-il glissé sur le pas de la porte.

J'avais été surpris par cette phrase, lâchée au milieu des adieux rituels. Les autres portaient leur main au cœur, mais lui touchait le mien. J'avais observé l'insigne du Parti socialiste qu'il portait au revers, une plume et un piolet dans un triangle, et aussi l'étoile à cinq branches tatouée entre son pouce et son index. Ce soir-là, il avait eu pour moi le sourire du complice.

Mais cette nuit, son regard ne me disait plus rien.

Nous sommes montés tous les trois dans la voiture rouge. Les rues étaient désertes. Arrivé en bord de mer, du côté de Mar Elias, Marwan s'est garé. Il est descendu du véhicule, les yeux au ciel. L'autre lui a parlé en arabe, doigt tendu. Mon ami a hoché la tête. Je suis sorti à mon tour. Au-dessus de Sabra et Chatila, la nuit faisait jour. Des dizaines de perles incandescentes descendaient lentement sur les camps, tanguant dans l'air avant de s'éteindre. Et puis d'autres suivaient, montant en flèche avant de retomber en nuée aveuglante.

— Des fusées éclairantes, a murmuré Marwan.

Ils sont remontés dans la voiture. Je suis resté seul, regardant la nuit qui résistait à la lumière des hommes.

— Je t'emmène à Chatila, mais je n'entre pas dans le camp.

Je me suis penché à sa fenêtre.

— Qu'est-ce qui se passe ?

Marwan m'a regardé.

— Tu veux aller à Chatila ou non ?

J'ai pris place à l'arrière. La nuit était tiède, j'étais glacé. Pendant que Marwan démarrait, j'ai posé mon menton sur le dossier de son siège. Je cherchais ses yeux dans le rétroviseur.

— Qu'est-ce qui se passe, Marwan ?

— Les Israéliens éclairent le camp. Ils cherchent quelque chose, a répondu l'autre Druze.

Dans les faubourgs de Chatila, Marwan a arrêté sa voiture et éteint les phares. Devant nous, sur le terre-plein qui menait aux premières habitations, des blindés israéliens sommeillaient. Un tankiste était sorti, il était assis contre sa tourelle, les pieds sur un jerrican. Les fusées le baignaient de lumière blanche.

— J'attends là. Je n'y vais pas, a répété Marwan.

L'autre s'est retourné. Il m'a fait un signe de tête. J'allais ouvrir ma portière, sortir. Je suis resté.

— Dis-moi ce que tu crois.

Mon ami s'est retourné. Je n'ai pas reconnu son visage, son regard.

— Je connais trop bien ce silence, m'a répondu Marwan.

Et puis il s'est retourné.

— Le jour va se lever. Vas-y maintenant.

J'ai pris mon sac. J'ai laissé la voiture, les deux hommes, ce qui me restait d'insouciance. J'ai marché vers les blindés. J'avais décidé de passer entre ces deux-là, avec le soldat qui fumait sur la carapace. J'ai avancé. Je suis arrivé à hauteur des chenilles. J'ai attendu un mot, un cri, un ordre. Le soldat et moi avons échangé un regard. Il était morne. Il a détourné la tête. Je n'étais rien. Je n'existais pas. Plus rien n'était autour de lui.

Je suis entré dans le camp. Je suis entré dans le désert. Odeurs d'ordures brûlées, de rance, d'égout. J'ai pensé au silence de Marwan. Le jour se levait avec peine, le vrai. Les fusées éclairaient encore Sabra, de l'autre côté. J'ai marché. Avancé en presque aveugle. Je suis entré en enfer par un boyau, une ruelle dont je pouvais toucher les murs en écartant les bras. J'ai vu le premier mort. Un homme, pieds nus, en pyjama. Il était couché sur le ventre, écrasé dans la poussière. Je me suis agenouillé. J'ai reculé, main sur la bouche pour chasser la charogne. J'ai cherché de l'aide autour de moi, frappé à la première porte. Elle était entrouverte. Des chaussures étaient alignées sur son seuil. J'ai pensé à Boucle d'Or, à la famille ours de ma fillette en paix. Les sandales du père, les claquettes de la mère, les chaussures des enfants. J'ai passé la tête, j'ai appelé doucement. Je suis entré.

Le père était effondré à table, le visage dans son assiette propre, les bras tombés le long du corps. La mère dans la cuisine, couchée dans une flaque de soupe et de sang. L'armoire était ouverte, le linge était rangé. Je tremblais. Je ne suis pas allé dans les chambres. Je suis sorti. J'ai couru dans la ruelle. J'ai appelé au secours, en français, en anglais. Le jour était tellement pâle. Une femme arrivait dans la poussière rouge. Foulard sur la tête, main levée, elle pleurait en geignant des mots inconnus. Une autre, dans mon dos. Des spectres, un à un, sortis des derniers recoins de ténèbres. Une ombre a boité vers moi, elle a pris mon bras, m'a entraîné. Les yeux secs, elle hurlait. Deux vieillards barraient l'entrée d'une porte cochère, gorge ouverte. Un homme, sa femme, voile serré autour du cou comme une corde à tuer. J'ai reculé brutalement. Je les profanais. Je marchais dans du sang humain. Je suis allé à la porte à reculons. La rue était en larmes. Des cris brutaux, des plaintes. La mort que l'on découvre puis le corps que l'on pleure. J'ai avancé. Les portes étaient ouvertes, toutes. Je n'osais plus. A un angle de rue, je me suis arrêté et je me suis assis sur un bloc de béton. Neuf hommes étaient à terre, les uns sur les autres, bouches ouvertes, chemises et pantalons sanglants. D'autres encore, sous une voiture. Et encore, tombés le long des murs, comme des fusillés. Un jeune m'a aidé à me relever.

— Il faut garder les yeux ouverts, m'a-t-il dit en anglais.

— On a toujours deux yeux de trop.

J'ai pensé au médecin de Chatila qui hésitait à me rendre la vue.

J'ai marché. J'ai vu une canne à terre. Un vieillard sur le dos, criblé d'impacts, les bras ouverts en grand. Un homme plus loin, l'arrière du crâne enfoncé à la masse. Une fillette m'appelait depuis sa porte. Elle m'a poussé à l'intérieur. J'ai baissé la tête, je regardais son doigt, pas le lit qu'elle montrait. Les draps étaient sanglants. J'ai suivi le calvaire de son père à la trace. Il avait été traîné dans la chambre, dans le couloir, sur le seuil, puis jeté dans les ronces. Dans une impasse, un corps coupé en deux, la jambe droite jetée près du bras. Une femme, tombée là-bas, sous l'étendage à linge. Une autre, abandonnée dans une décharge et couverte de gravats. Près d'un amas de voitures, un attelage funèbre. Trois chevaux gris et cinq hommes, face contre terre. Dans un angle de rue, une jambe artificielle, arrachée à un vieux prostré contre un rideau de fer. Un jeune à quelques pas, ventre gonflé, visage brûlé, de la merde séchée plein les jambes. Partout, des morts. Dans les maisons, dans les rues, les impasses, les terrasses. Les chairs broyées, les plaies béantes, les traînées de cervelle dans les buissons. Les yeux fous d'une femme, qui sortaient des orbites comme des billes de nacre. Le soleil éclaboussait. Le chant obscène des grillons.

Les hordes de mouches, furieuses d'être dérangées dans leur festin.

Et puis j'ai vu le premier enfant. Je le redoutais derrière chaque porte, je le craignais après chaque cri. Il était là. Un bébé, torse nu, en couches déchirées. Un écorché. Une chair écrasée vive contre un mur de parpaings.

Je me suis arrêté. J'étais sec. Des yeux, du cœur. L'air était épais. Je respirais par saccades. Inspirer, c'était bouffer de la mort. J'ai voulu prendre l'enfant. Le porter. Le brandir dans le camp, le montrer à Beyrouth, le ramener à Paris, le hurler à la terre entière. Je me suis penché sur lui. Un homme a crié. Il est arrivé en courant. Il m'a montré la grenade dégoupillée cachée sous une poutre, à côté du cadavre. Une corde reliait le pied de la victime au madrier de bois. Bouger l'un, c'était déplacer l'autre et déclencher l'explosion.

— Ils ont piégé les corps, a expliqué cet homme.

Maintenant, les anges guidaient mes pas. Une fillette en chemise rouge, front ouvert, jambes écartées. Une autre plus loin dans l'angle, en robe écossaise, visage contre le mur et le dos lacéré. Un garçon brisé sur le dos, avec Mickey sur son tee-shirt bleu. Quatre frères entassés sur le trottoir et brûlés. Chairs et vêtements arrachés, comme broyés et refondus ensemble. Je ne résistais plus. Je me suis laissé faire. Je passais de main en main, de maison en maison dans les cris, les pleurs, tous ces yeux écorchés qui recherchaient les miens. Une femme m'a conduit à un berceau sanglant. Une nacelle en rotin, tapissée de draps gris et blancs. L'enfant avait été égorgé. Il dormait sur le côté, la tête décollée, les mains dans le dos, une jambe pliée à l'envers et le genou brisé. Je voulais lui offrir des larmes. J'ai cherché tout au fond. J'ai fermé les yeux pour les appeler à l'aide. Elles ne venaient pas. Elles baignaient mon ventre, mon cœur, mon âme. Elles refusaient mes joues. Je suis ressorti comme ça, le visage sans rien.

— Prends devant toi, tout droit. Après le marchand de pneus, tourne à gauche. C'est là, m'avait dit Marwan.

J'ai reconnu le terrain vague, la grande fresque qui colorait le mur de l'école, le cabinet de Pierre le dentiste. Je me suis arrêté au milieu de la rue. La porte d'Imane était ouverte. Des femmes et des hommes se croisaient comme autant d'égarés. Un photographe de presse travaillait. Il a levé les yeux vers moi. Il pleurait. Je suis resté comme ça, au milieu de tout, le regard contre la porte. J'ai attendu. Que quelqu'un entre, sorte, qu'une main apparaisse à travers les barreaux de la fenêtre. Et puis je me suis mis en marche. J'ai traversé la rue pas à pas, le ventre hurlant de peur.

Je n'étais jamais entré dans la maison d'Imane. La porte donnait sur la cuisine, une pièce minuscule, encombrée jusqu'aux murs par la table et les chaises. Elles étaient renversées. La table était dressée pour le repas du soir. Cette fois, je n'ai pas appelé. Je n'ai pas crié. J'ai regardé la porte menant à l'autre pièce. Le père était là, assis par terre contre le chambranle, penché sur le côté, les yeux ouverts, le keffieh blanc taché de sombre. Imane m'avait parlé de sa petite sœur, de ses frères. Ils étaient trois soudés les uns aux autres, entassés au milieu du couloir. La lumière du matin entrait par la fenêtre, elle fouillait chaque flaque de sang comme renifle un chien. Je me suis cogné à la table, aux chaises tombées. Imane était dans sa chambre. Elle reposait dans le silence, couchée en travers de son lit. Sa tête pendait d'un côté, ses jambes de l'autre. Ses bourreaux lui avaient attaché les mains dans le dos, avec du fil de fer. Une partie de son visage avait été arrachée. Sa joue, son front, sa tempe, une bouillie bourdonnante de mouches. Un bâillon était enfoncé dans sa bouche. Son cou était tranché. Son chemisier ouvert, déchiré aux manches. Ses seins avaient été tailladés. Une tache verte dévorait son abdomen. Sa robe à carreaux noirs et blancs était relevée. Elle était écartelée. Son ventre forcé. Elle avait les cuisses en sang, les chevilles. Elle s'était battue. Elle tenait une touffe de cheveux dans son poing.

Je ne respirais plus. Mon cœur avait cessé. Je l'ai détachée. Elle était raide, glaciale, morte le jour d'avant. Le fil de fer était incrusté dans sa peau. Je l'ai couchée sur le lit, un oreiller glissé sous la tête. J'ai baissé le bas de sa jupe, fermé le seul bouton de sa robe. Sur la table, il y avait son foulard bleu. Je l'ai ouvert en grand et posé sur son visage, n'offrant plus que ses cheveux roux.

J'ai failli prier mon Dieu. Quelques phrases d'enfance, et puis j'ai renoncé. Au-dessus de son lit, Imane avait encadré la reproduction d'un vieux billet de banque palestinien. C'était une horloge. Une bourse dorée pendait sur le côté, accrochée à une clef rouillée, longue comme la main. J'ai reconnu la bourse. La terre palestinienne que Sam avait offerte. Et aussi la clef de 1948. Celle qui fermait la maison familiale de Jaffa, emportée en exil par ses grands-parents.

— C'est toi qui tourneras la clef dans la serrure, mon ami.

J'ai revu Yassine, le combattant palestinien. Sa promesse de retour. Il s'était embarqué avec ses frères de défaite. Partis pour Tunis dans le sillage d'Arafat, avec leurs armes et leurs espoirs, laissant leurs familles sans défense.

J'ai décroché la clef. Elle était lourde. Une tige pleine, un anneau ouvragé. J'ai ouvert la bourse. J'ai séparé le terreau en deux parts égales, une pour Imane, l'autre pour Yassine. J'ai versé la moitié dans ma paume de main. J'ai saupoudré le corps d'Imane. Je ne pleurais pas. Je ne tremblais plus. J'étais Antigone penchée sur Polynice. J'ai répandu la terre sacrée sur son martyre. Elle était douce, cette terre. A la fois sèche et grasse, piquetée d'éclats brillant comme le diamant. J'en ai parsemé son foulard, son torse, ses jambes déchirées, ses paumes de main, ses pieds. Je l'ai éparpillée, frottée entre mes doigts.

Je me suis incliné devant la suppliciée. J'ai pris la clef, le reste de Palestine dans sa bourse dorée. J'ai enjambé les frères, j'ai contourné le père. Je suis sorti dans la rue. Dehors, des secouristes du

Croissant-Rouge emballaient un garçonnet dans un sac plastique. Une enveloppe à fermeture Eclair. Lorsque je suis passé à sa hauteur, un infirmier m'a présenté le cadavre. Il me l'a montré comme on pose une question. L'écolier avait les yeux blancs. Le linceul transparent moulait son front, son nez, son menton. J'ai cru voir de la buée autour de ses lèvres. J'ai levé une main. Je n'étais pas médecin, pas journaliste. Je mettais la vie en scène, mais je ne pouvais rien faire contre cette mort-là. J'ai sorti le carnet de Sam. Je ne sais pas pourquoi. Pour réapprendre un geste. Pour mettre de la distance entre le sang et moi. J'ai écrit : « Fin. » C'est tout. J'ai entouré le mot de cercles nerveux, jusqu'à ce que le papier cède.

Et puis je n'ai plus regardé. J'ai marché au milieu de la route. Marché en aveugle vers l'air libre, suivi par les pleurs, les cris, le linge séchant pour rien au soleil de septembre.

Marwan m'attendait, seul dans la voiture. Lorsqu'il m'a vu au loin, mon ami est sorti et m'a ouvert les bras.

— Je sais, m'a-t-il dit simplement.

Nous avons roulé vers la ville. Il m'avait fait monter à l'arrière.

J'avais la tête entre les jambes, le visage dans les mains. Je lui avais demandé d'ouvrir les fenêtres. Je puais la mort. Nous n'avons pas parlé. Arrivé devant sa maison, il m'a aidé à marcher, une main passée sous mon aisselle. Je lui ai demandé une douche, tout de suite, maintenant. Pour laver la poussière, l'odeur, les images par milliers. J'ai enlevé mes vêtements avec violence. Je me suis frotté le visage, penché sur le lavabo. J'ai nettoyé mon nez jusqu'à la douleur, arrachant des morceaux de savon pour bourrer mes narines. J'ai ouvert la fenêtre de la salle de bains, les robinets, le vent entrait par rafales. Il était tiède, fétide. L'eau m'a heurté. Elle frappait ma peau comme une blessure. J'ai lavé mes cheveux, mon visage encore, mon ventre. Brusquement, le vent a rabattu le rideau de douche. Il l'a plaqué sur mon torse, mes jambes. Il a redessiné mon visage comme un sac à cadavre. La mort venait d'entrer. Elle était dans la pièce. Elle rôdait. Elle avait une odeur de vomi, de chien mouillé, de viande avariée. Elle m'avait suivi depuis le camp pour me finir ici. J'ai hurlé. J'ai agrippé le rideau à deux mains. La tige a cédé, les anneaux sont tombés les uns après les autres. J'ai glissé en avant. Je suis tombé dans le bac, entraînant mon suaire détrempé. Je me suis cogné le front contre le rebord. Du sang. Il coulait de ma paupière blessée. Il suivait les rigoles d'émail, chassé par l'eau brûlante. J'ai crié encore. Un hoquet de fiel. Et puis j'ai pleuré. J'ai pleuré les larmes qui me restaient, qui menaçaient depuis toujours. Les larmes de l'orphelin cueillant une fleur pour dire adieu à sa mère. Celles de l'étudiant n'osant toucher la peau d'un père trop mort. J'ai pleuré toute la colère en moi, la violence en moi, la haine en moi. J'ai pleuré les enfants de Kiryat Shmona et ceux de Chatila. J'ai pleuré pour en finir avec les larmes.

Marwan est entré brusquement. Il s'est jeté sous la douche. Il a fermé les robinets en jurant en arabe.

J'étais couché, en rond. Il m'a relevé doucement, sa tête contre la mienne. Il m'a pris dans ses bras, m'a enlevé comme un enfant qui dort. J'étais Antigone, la tête d'un côté, les pieds de l'autre, du sang sur le torse et les cuisses.

— C'est fini. Tu rentres à la maison. Tu rentres, Georges.

— Ils ont tué Antigone.

Juste un souffle de voix. Pour me l'entendre dire.

— C'est Imane qu'ils ont tuée, a répondu Marwan.

Il est entré dans le salon avec son trophée sanglant. Sa femme a poussé un cri. Elle s'est cachée dans la chambre. La fille a enfoui son front dans un coussin.

— Ils n'ont pas tué Antigone, a répété mon Druze.

Il m'a posé sur le lit, me recouvrant d'un drap. Il s'est penché sur moi.

— C'est toi, Antigone. C'est Sam. C'est Nakad et tous les autres. Ils ne sont pas assez nombreux pour la tuer.

20

Mimi-Linotte

Jamais personne ne m'avait vraiment serré dans ses bras. Avant de passer la ligne, Marwan m'a enlacé et je me suis enfoui. Il avait croisé ses mains dans mon dos, emprisonnant mes épaules et mon torse. Je cachais mon visage au creux de son épaule. Il sentait le musc, le cuir de sa veste. Il m'a gardé comme ça, une longue minute, au milieu des chauffeurs de taxi. Moi, sac à terre, les bras ballants. Et puis il m'a repoussé avec douceur sans me quitter des yeux. Les mains sur mes épaules, il m'a tenu silencieusement à distance. Il m'a tourné le dos. Il est remonté dans sa voiture. Lorsqu'il a démarré, son grand corps tremblait. Il pleurait. Peut-être. Je ne le saurai jamais. Il ne s'est pas retourné, n'a pas levé la main par la fenêtre ouverte. Il est reparti en guerre sans moi.

Je suis monté dans un minibus pour le port de Jounieh. Une croix se balançait sous le rétroviseur, au bout d'un chapelet d'olivier. Les bras de Marwan m'étreignaient toujours. Je sentais sa chaleur, son cœur battant. Il m'a tenu sur le bateau, il m'a gardé contre lui à Chypre, lorsque je suis monté dans l'avion, quand j'ai dormi contre le hublot, en arrivant à Roissy sous l'orage. Je ne voulais pas quitter ses bras pour d'autres. Je ne voulais pas d'autre refuge que le sien. J'ai marché dans les couloirs de l'aéroport comme on monte au gibet. Mon ventre avait peur, mon cœur frappait pour s'enfuir. Lorsque mon sac est arrivé sur le tapis à bagages, je suis allé m'asseoir en face, par terre, le long du mur. J'ai allongé ma jambe douloureuse. J'ai regardé tous ces vivants. Il y avait des visages brûlés par le soleil, des peaux brillantes de sel, des seins nus sous la soie ouverte, des odeurs de fleurs de tiaré. Il y avait des mots de vacances. Il y avait foule, faune, la vie sans élégance, se frayant un passage bruyant vers le retour. Il y avait des rires qui écœuraient mon chagrin.

Je me suis mis en marche.

Lorsque les portes coulissantes se sont ouvertes, je n'ai vu qu'eux. Ma poignée de vie, au milieu d'autres bienvenues. Aurore, Louise, deux amis, quelques copains. J'avais tellement espéré qu'ils ne seraient pas là.

J'ai entendu mon prénom dans le hall, crié comme un vivat. J'ai vu leurs bras en l'air. Les sourires barbouillant leurs visages. Un imbécile agitait un drapeau palestinien. J'ai baissé les yeux. J'avais honte. J'ai cherché un sourire à leur offrir. Je l'ai puisé au fond de moi. Le sourire éclatant d'Imane, le sourire chaleureux de Marwan, le sourire moqueur de

Charbel. J'ai relevé la tête. J'avais trouvé. Je suis revenu à eux avec le sourire de Nakad, qui pardonnait ma gêne d'être trop aimé de lui. Un sourire magnifique. Le sourire que j'aurais pu lui rendre, je l'offrais à ces étrangers.

Louise a couru vers moi. J'ai posé un genou sur le sol, laissant tomber mon sac, mon passeport, tout ce que j'avais en main. Elle s'est réfugiée dans mes bras, entre Marwan et moi. Nous avons fait attention de ne pas la serrer trop fort. Elle répétait « papa », me frottant la joue de sa paume de main. Je piquais de la nuit. J'attendais la mêlée mais elle n'est pas venue. Pas encore. Aurore était restée à distance. Les copains aussi. Leur respect me disait que je faisais peine à voir. Je me suis relevé péniblement, de la tendresse plein les mains. J'ai enlacé Aurore. J'avais tellement imaginé et redouté cet instant. Son parfum m'a heurté. Il était fleuri comme un bonbon au miel. Elle caressait mes cheveux. J'avais les mains plaquées dans son dos. Je ne l'enserrais pas, je la congratulais. Elle embrassait ma joue, mes lèvres, mon front baissé. Elle me mangeait. Elle dévorait ce qui restait de moi. Elle cherchait mes yeux, passait le doigt sur les mauvaises cicatrices, pleurait mes paupières tombées, ma maigreur. Elle m'a dit que je n'avais plus le même visage. Elle a reculé d'un pas.

— C'est toi. C'est bien toi !

Louise était plaquée contre ma jambe malade. C'est alors que les autres se sont avancés. Ils étaient plus nombreux que tout à l'heure. Des copains de Jussieu, des pions de mon collège, des profs. Ils venaient renifler le drame, en être, voir de près celui qui avait vu. Aurore gardait ma taille, mes épaules, mes joues. Ma femme avait dix bras. Elle n'avait libéré qu'une de mes mains. Je la tendais aux autres, qui la broyaient avec la ferveur d'une foule libérée. Maintenant, je riais. J'étais perdu. Passé en quelques heures des bras d'un Druze armé aux embrassades d'aéroport. Des gens me tapaient dans le dos, glissaient leurs mains dans mes cheveux, me bourraient les côtes. L'un d'eux m'a tendu une coupe de champagne. Il avait apporté une bouteille jusque-là. Et un verre, pour moi seul. Au milieu de la cohue, il me demandait de célébrer mon retour. J'ai pris la coupe. Je l'ai bue d'un coup, tête jetée en arrière. Et ils ont applaudi. Je venais de gagner un concours, de remporter un rallye, de battre un record. Un copain photographe papillonnait autour de moi comme un reporter de magazine. Les passants me dévisageaient, cherchaient à me reconnaître. Mais si, tu sais bien ! Un acteur, je crois. Quel est son nom, déjà ? Je me suis laissé emmener doucement vers la sortie. J'ai voulu acheter un quotidien au kiosque des arrivées. Retrouver Beyrouth dans le papier journal. Je n'ai pas eu la volonté de leur échapper. Ma fille portait une robe écossaise. J'ai détourné les yeux. Je l'ai vue relevée, son maillot arraché et du sang sur ses cuisses. J'ai lâché sa main. J'ai repoussé celle d'Aurore, qui allait de ses larmes à ma peau. J'ai demandé un peu de calme, juste un peu. Et alors tous ont compris. Du calme. Bien sûr, du calme. Mais comment n'y avaient-ils pas pensé ? Je revenais de là-bas. De ce qu'ils prononçaient à mi-voix. Après ce que j'avais vu, je devais être fatigué, choqué. Il me fallait de l'air, du silence, le temps de tous se retrouver à la maison.

— Tous se retrouver à la maison ?

Aurore avait préparé une petite fête. Pas grand-chose. Une soirée pour marquer le coup. Avec tous ceux qui n'avaient pas pu venir à l'aéroport.

— Quels autres ?

Aurore a ri. Comment ça, quels autres ? Mais les copines, des gens du comité Palestine, nos amis, quoi !

Nous sommes arrivés à la voiture. Elle a rangé mon sac dans le coffre.

— Ça ne te fait pas plaisir ?

De voir tous ces gens ? Si, bien entendu. C'était une bonne idée. Il faudrait juste que je m'isole un peu avant qu'ils n'arrivent. Que je reprenne mon souffle, mes esprits, que je masque ma colère et mon dégoût.

— Tu me caches quelque chose ?

J'ai regardé Aurore. Son visage inquiet. J'ai secoué la tête. Je n'avais pas de mots pour elle. Je lui cachais les morts qu'elle ne saurait jamais.

Lorsque nous sommes arrivés à l'appartement, j'ai demandé la permission de redescendre. Les invités seraient là à 20 heures. J'avais juste besoin de faire un tour de quartier. De marcher seul. S'il te plaît, Aurore. S'il te plaît, Louise. Le temps de me perdre un peu vers Saint-Lazare, dans les rues sans klaxons et sans regards. S'il vous plaît, tous. Une heure à moi. Pour me débarrasser de ces habits, de cette odeur. Je veux longer des immeubles sans traces, je veux croiser des passants sans armes. Je veux entendre le bruit de mes pas sur les trottoirs mouillés. Je veux regarder les platanes. Je veux le calme des réverbères. Je veux les vitrines, les magasins qui ferment, le grondement du métro souterrain dans mon ventre. Je veux entrer dans un bar. Le souffle du percolateur à café, du marc libéré à coups secs sur le rebord de la poubelle. Je veux voir les verres sur le bord du comptoir. Je veux les affiches des théâtres dans la rue. Je veux croiser des filles, des garçons. Je veux pouvoir revenir chez moi.

Aurore m'a embrassé. Elle comprenait. Ça lui semblait douloureux à entendre, mais elle comprenait. Elle a réfléchi. Et puis elle m'a proposé de laisser Louise chez la voisine et d'accompagner ma solitude. J'ai refusé en lui prenant les mains. Elle a haussé les sourcils, ouvert la bouche. D'accord. Elle entendait. A plus tard, alors ? Mon amour, mon blessé, mon revenant. A plus tard, mon mari pour toujours. A plus tard, le père de notre fille fragile, qui a tellement, mais tellement envie d'un petit frère. A plus tard, futur père que j'aime. A tout de suite, à très vite. D'accord ? Parce que les invités n'allaient pas tarder. Mais oui. Bien sûr, elle acceptait ! D'ailleurs, tiens : à ma place, elle aurait fait pareil. Elle serait partie marcher dans les rues pour rechercher le calme. Mais elle m'aurait emmené avec elle. C'est ça. Elle aurait laissé l'enfant à la voisine et aurait pris mon bras. Parce que je lui étais nécessaire, vital. Et moi, j'aurais été fier et heureux de sa confiance.

Mais non, bien sûr qu'elle n'était pas à ma place. On n'était pas vraiment pareils, en fait. C'est fou ce que nous avions comme différences. Pas sur l'essentiel, quand même. Mais sur de nombreuses choses. Plus je partais vite, plus je reviendrais vite ? Bien sûr. J'avais raison. Allez, va.

— Papa repart ! a lancé Aurore, à Louise qui entrait dans le salon.

— Papa revient, j'ai répondu.

Et puis j'ai fermé la porte sans attendre. J'ai descendu les escaliers en courant. Je redoutais la voix de l'une, les pleurs de l'autre. Je suis arrivé dans le hall, notre boîte aux lettres, nos noms dessus, le prénom de ma fille au crayon rouge. Nous, notre vie, notre coffret à nouvelles. La porte vitrée. La rue. J'ai tourné à gauche. J'ai marché vite, appréhendant les premiers visages connus. J'ai marché rue de Leningrad, j'ai couru rue de Rome. Je suis entré gare Saint-Lazare. Un train partait pour Dieppe. J'ai hésité. J'ai renoncé. Je suis remonté lentement par la rue d'Amsterdam. J'ai regagné ma famille comme un écolier son lundi matin. J'avais mal à la tête, au ventre. J'avais la gorge sèche. Il y avait du bruit chez elles, par les fenêtres ouvertes. Il ne manquait plus que moi pour faire nous. J'ai remonté les escaliers. Aurore avait mis son disque de chants palestiniens. Je me suis arrêté à l'étage en dessous. J'aurais voulu être ce voisin. Rentrer ailleurs que chez moi. N'avoir rien vu. Ne rien savoir. J'ai franchi la dernière marche. J'ai posé la main contre la porte. J'ai sonné. Je me suis rendu.

Une tache blanche brouillait mon œil droit. Une goutte d'eau baignait le décor. Les blessures de « guerre étrangère » étaient exclues de mon contrat d'assurance. La rééducation était à ma charge, les examens aussi. Le docteur Cohen m'avait conseillé un ami ophtalmo. Il m'a dit que j'avais eu de la chance, mais que rien n'était plus en place dans ma tête. Je l'inquiétais. Il m'avait trouvé trois jours après mon retour, assis sur le trottoir en face de l'hôpital. Je n'avais pas voulu entrer. Je n'avais pas pu pousser la porte, monter dans l'ascenseur, marcher dans le couloir, passer devant le bureau des infirmières, entrer dans la chambre de Sam, endormi depuis une semaine. Mon frère avait fermé les yeux. Il ne répondait plus, ne bougeait plus. Et je ne voulais pas de son silence.

— Faites-le pour lui, m'avait conseillé le médecin.

Faire quoi ? M'asseoir à côté de lui ? Ajuster ses draps de gisant ? Lui mentir, c'est ça ? Lui raconter le triomphe rêvé d'*Antigone* ? Charbel en majesté, Imane en beauté. Sa pièce applaudie longuement dans la nuit, des deux côtés de la ligne verte. Le faire rêver une dernière fois avec les mots du traître ?

— Alors faites-le pour vous.

Pour moi ? Partager le sang avec lui ? Éclabousser ses draps, son visage, ses mains ? Que je te raconte, Samuel Akounis. Alors voilà. Tout allait bien jusqu'à l'arrivée des avions. Et tu sais quoi, mon Sam ? Ils ont tout détruit. Nos acteurs ? Repartis dans leurs tranchées en courant. Ton théâtre ? Soufflé par les dernières bombes. Antigone ? Morte, Antigone. Egorgée, lacérée, violée. Tu m'entends ? Et toi, comment vas-tu mon vieil ami ?

Le médecin m'a tendu la main pour me relever, mais je ne l'ai pas touchée. Il m'espérait aux côtés de Sam pour lui dire adieu. Je n'ai pas bougé. Il s'est accroupi. Il a posé son sac sur le trottoir, comme le médecin de campagne s'accommode d'une table de cuisine. Il m'a avoué. Oui, il m'avait vu la veille. Et le jour d'avant, sur ce même trottoir. Il avait attendu pour ne pas me brusquer. Mais cette fois, il avait décidé de venir. Il a ausculté mes yeux, comme ça, dans la rue, me demandant de suivre la lumière de sa lampe. Il a écouté mon cœur. Il a pris ma tension. Les passants détournaient le regard. J'étais un promeneur pris d'un malaise soudain.

Il m'a dit que son hôpital m'était ouvert. Le jour, la nuit, mon heure serait la sienne. Il me conduirait personnellement auprès de Samuel Akounis. Dès que j'en aurais le courage. Dès que j'en aurais envie. Dès que j'en aurais besoin. Il m'a dit que ses jours filaient vite. Que j'avais de la chance qu'il soit encore vivant. Il m'a dit de bien réfléchir. Il m'a parlé des mots venus trop tard, qu'on pleure en bord de tombe. Il a posé la main sur mon épaule. Il m'a tutoyé. Il a dit que je devais me reposer, dormir. Que le mal n'était pas que dans mes yeux. Mais partout ailleurs dans mon corps, sans blessure apparente.

Il m'a donné sa carte. Je lui ai offert mon dernier sourire.

Je suis revenu <u>deux fois m'asseoir en face de</u> <u>l'hôpital.</u> Et puis j'ai renoncé. <u>Je ne pouvais pas vivre</u> <u>une mort de plus.</u>

Chaque matin, j'emmenais Louise à la crèche. Aurore travaillait, j'étais en arrêt maladie. Après avoir déposé notre enfant, j'achetais *Libération*, puis *Le Monde* l'après-midi. Je cherchais le Liban à travers les pages.

Le 1er décembre 1982, les Israéliens se sont retirés brusquement du Chouf, laissant les Druzes et les chrétiens face à face.

— Nous leur reprendrons chaque pouce de terrain avec les dents.

J'ai revu la force de Marwan, la douceur de Nakkad.

Je savais que les hommes de Joseph-Boutros leur faisaient face.

J'ai téléphoné souvent. J'ai parlé une fois à Hémon, deux fois à sa mère. Marwan était au combat. Il avait changé le pistolet pour le fusil. Mon hiver a commencé comme ça, à guetter le nom des villages de montagne dans l'encre du papier journal. Une fin d'après-midi, j'ai oublié Louise à la crèche. Je suis rentré sans elle, au milieu de la nuit. La veille de Noël, j'ai allumé le gaz sous une casserole d'eau et j'ai quitté la maison. <u>La radio annonçait qu'un</u> <u>village</u> chrétien avait été martyrisé par les miliciens druzes, que des femmes et des enfants avaient été massacrés, que les civils épouvantés erraient sur les routes. Aurore était rentrée à temps. La poignée de la casserole avait fondu, le mur de la cuisine était noir de fumée. Les voisins avaient appelé les secours. Lorsque je suis entré, tout a basculé. Ma femme pleurait ce mur noirci. Je hurlais le massacre des chrétiens. Nous étions deux adversaires, face à face, le regard dur et les mots mauvais. J'avais les poings fermés. Je voulais qu'elle se taise. Qu'elle arrête tout, maintenant. De hurler, de respirer, de vivre. Je voulais qu'elle me tourne le dos, qu'elle renonce, qu'elle ne prononce pas un mot de plus. Ses cheveux recouvraient ses yeux. Une folle de douleur. J'ai voulu la prendre dans mes bras ou l'étrangler, je ne sais plus. J'ai tendu les mains, elle a hurlé.

— Ne me touche pas ! Ne me touche plus jamais !

Elle avait peur. J'avais peur de moi. Je l'entendais hurler ses mots de femme blessée, de mère inquiète. Aurore ne comprenait pas. Aurore ne comprenait plus rien. Elle disait que je marchais dans la rue comme un homme qui dort, sans faire attention aux trottoirs, aux voitures, aux feux. J'allais sans voir les autres. Je n'étais plus le même. Je me relevais la nuit. Je ne la regardais plus en face. Je n'étais pas heureux, plus heureux, jamais. Je ne lui avais pas donné un sourire depuis des mois. Les rires avaient quitté notre maison. Je ne la touchais plus. Mon corps se dérobait lorsqu'elle avançait la main vers ma peau. Je dormais au bout du lit, en bord de tranchée, un pied appuyé sur le sol. Je ne voyais plus nos amis. Je ne sortais jamais. Au parc, dans les squares, elle ressemblait à une divorcée. Louise allait entrer à l'école maternelle au mois de janvier, je le savais ? Où ? Dans quelle école ?

— Réponds, Georges !

Je ne savais pas. Je ne m'intéressais plus à la vie. La veille, ma fille m'avait tendu un dessin, son premier bonhomme, avec de longues jambes et des yeux gros comme sa tête. J'ai griffonné derrière en écoutant la guerre à la radio. Nous n'avions plus un repas de famille. Je ne mangeais que du pain et du riz. Je ne changeais pas de pantalon, de chemise. Je ne parlais plus. Je cognais du poing sur la table en écoutant les informations. Je découpais les articles de journaux, je les soulignais entièrement, ligne après ligne. J'entourais des phrases. Je rajoutais des mots à l'infini dans les marges, des points d'interrogation, d'exclamation par dizaines. Je punaisais ces papiers froissés partout sur le mur du salon, reliés entre eux par des fils de couleurs. Je parlais seul. Je ne répondais plus. J'étais malade. J'étais fou. Je devais me faire soigner. Il fallait que je voie quelqu'un. Que je demande conseil. Elle me suppliait. Elle m'aimait. Elle criait ne plus pouvoir supporter cette vie. Louise était à la porte, assise contre le mur. Je ne l'avais pas vue en entrant. Elle pleurait sans bruit, les mains sur les oreilles. Je me suis retourné brusquement, j'ai frappé la porte de la cuisine juste au-dessus de ma fille. Je l'ai brisée comme on cogne un ennemi, le poing fiché dans le contreplaqué. Louise s'est affaissée, Aurore s'est jetée sur elle. Elle l'a prise dans ses bras, a couru vers la chambre sans un mot. Je suis resté comme ça, le poing prisonnier du bois. Ma tête tournait, je tremblais. Je respirais bouche ouverte, un tambour dans le ventre. Elles pleuraient. Aurore lui murmurait son amour. J'ai retiré la main. Je l'ai regardée. Elle saignait. Le poignet, la paume, les phalanges avaient été écorchées. Ce n'était pas ma main. Ni mon bras, ni rien de moi. Une autre violence que la mienne. J'ai voulu aller dans la chambre, les rassurer, lécher leurs larmes, étouffer leurs plaintes. Je n'ai pas pu. J'ai reculé dans le couloir. J'ai ouvert la porte. Je suis sorti. Je suis allé m'asseoir devant l'hôpital. Je suis reparti. J'ai marché. J'ai retrouvé la guerre en moi. J'ai su qu'on pouvait mourir de colère. J'ai su que je n'étais pas encore prêt.

*
* *

Louise a eu 3 ans le 9 janvier 1983. Je suis rentré sans prévenir au début de l'après-midi, après quinze jours d'absence. D'abord, j'étais allé à l'hôtel. Un réduit misérable dans le quartier de Barbès, avec une enseigne clignotante qui empêchait mes nuits. Puis j'ai été recueilli par un couple d'amis, qui ouvrait le canapé-lit pour moi. Aurore savait. Elle m'avait téléphoné deux fois, mais je ne pouvais pas répondre. Le bruit de mon poing dans la porte couvrait sa voix.

— Dimanche, c'est l'anniversaire de notre fille, m'a dit Aurore.

J'ai pris ces mots pour une invitation.

Je n'ai pas ouvert avec ma clef. J'ai sonné à la porte. Il y avait des rires d'enfants à la maison. Des ballons de couleurs accrochés à un clou, et un dessin de fée. Aurore a ouvert. Elle avait le sourire de celle qui accueille les enfants. Elle l'a gardé pour moi.

— Papa ! a crié Louise.

Elle s'est jetée dans mes jambes. Je me suis accroupi. Je l'ai serrée. Aurore s'est assise avec nous. Nous avons reformé notre cercle d'amour.

— Viens, a murmuré ma femme.

Six enfants étaient dans le salon, assis en rond autour d'un clown. Ils attendaient que Louise les rejoigne.

— Mais que voilà un beau papa en retard ! a rigolé le clown.

Les enfants ont éclaté de rire.

— On peut l'applaudir très, très, très fort, ce papa en retard !

C'était une voix de femme. Les petits m'ont ovationné. Quatre filles, deux garçons. Ils étaient barbouillés de maquillage, des chapeaux en carton sur la tête.

— Maintenant que tout le monde est là, voulez-vous que j'appelle Mimi-Linotte ?

Les enfants ont hurlé oui. Le clown a plongé le bras dans un grand sac rouge à brillants. Il a enfilé une marionnette à gaine sur sa main droite, comme un gant de soirée, remonté jusqu'au coude. C'était une poupée très rousse, aux tresses relevées, aux joues rouges et au sourire immense.

— Fifi Brindacier ! a crié une petite.

— Eh non ! Mimi-Linotte, a répondu le clown.

La marionnette était tête baissée, toute molle.

— Mais je crois bien qu'elle dort encore. On la réveille ?

Hurlements des enfants.

— Il faut l'appeler très fort ! Allez ! Mimi-Linotte ! Mimi-Linotte !

Je m'étais assis par terre, dans l'angle. Louise scandait le nom de la poupée, frappait dans ses mains, heureuse de la voir tressaillir. Le clown me regardait. Il parlait aux enfants puis revenait à moi. Il insistait. J'ai cru qu'il voulait que je réveille Mimi-Linotte en frappant moi aussi dans mes mains. Il observait Aurore avec la même attention. Elles devaient être amies. J'ai cherché un visage sous la crème blanche et le nez de celluloïd, interrogé les yeux passés au noir. Mimi-Linotte était réveillée. Elle saluait l'assistance avec élégance. Le clown était ventriloque. La marionnettiste avait une belle voix grave. La poupée parlait avec une voix aiguë. Elle disait au clown :

— Alors comme ça, je suis en chiffon et toi une vraie personne ?

Et le clown disait que oui. Elle avait une vraie maison, des vrais amis. La poupée n'avait qu'elle, et vivait dans un sac. C'était comme ça. Si sa main arrêtait de bouger, la marionnette devenait immobile.

— Tiens donc ! Et essaye, pour voir !

Les enfants riaient. Moi, j'étais saisi. Peu à peu, le clown perdait de son agilité. Ses mouvements devenaient mécanique enrouée. Son regard m'avait quitté pour ailleurs. Son sourire était éteint. Ses mots sonnaient le cuivre. Sa voix perçait. Mimi-Linotte prenait vie. Elle parlait plus grave, clignait les yeux, ouvrait et fermait la bouche, se dandinait, volait les gestes de sa maîtresse. La vie passait de l'une à l'autre. Le clown renonçait. Il était debout, il s'est assis mollement. Puis couché sur le côté, accablé de fatigue. Seul son bras bougeait, dessinant des volutes de plus en plus inquiétantes. Personne ne riait plus. Même Aurore était pâle. J'ai eu un haut-le-cœur. Face à moi, un garçon. Son tee-shirt bleu. Mickey. Chatila. J'ai revu le gamin couché dans la poussière, brisé sur le dos, le front arraché par une balle.

Mimi-Linotte avait tué le clown. Il était couché, inerte, juste le bras levé. La poupée ricanait en regardant les enfants. Elle fronçait les sourcils, tordait la bouche, levait le poing, montrait les dents. Elle les menaçait. Deux se sont levés en hurlant, un troisième est parti en courant dans le couloir. Louise s'est mise à pleurer. J'ai marché à quatre pattes, comme un chat hérissé. J'ai bondi sur cette saleté en soufflant, en crachant. Je l'ai brutalement arrachée de la main du clown. J'ai eu peur qu'elle me morde. Je me suis relevé. Je l'ai fait tournoyer au-dessus de ma tête avant de l'écraser violemment contre le mur.

— Georges !

La voix d'Aurore. Elle a hurlé. J'ai ouvert les yeux. Les enfants étaient en rond. Aucun n'avait jamais bougé. Le clown protégeait son visage à deux bras, reculant lentement vers la fenêtre. Je tenais Mimi-Linotte par la gaine, sa tête éclatée à bout de main. Les enfants se sont levés en désordre. Louise

288

pleurait. Aurore les a rassemblés dans le couloir comme on évacue une salle de classe. Il y avait le feu, la fumée, des sirènes par milliers, les balles qui sifflaient tout autour. Le clown avait enlevé sa perruque bleue, son nez rouge.

— Ne me faites pas de mal !

C'était une femme. Elle fuyait. Elle longeait le mur lentement, sans me quitter des yeux. J'étais penché en avant. J'ai lâché la marionnette. J'ai regardé la pièce vide, les guirlandes au plafond, les assiettes en carton sur la table, les verres étoilés, les serviettes décorées, les dessins sur les ballons de baudruche. J'ai regardé le miroir, au-dessus de la cheminée. Ma bouche tordue, mon regard casqué.

*

* *

J'ai dormi. J'ai dormi longtemps, enfoui sous les corps morts. Je n'avais plus de nuit, seulement des cauchemars. Je prenais même des cachets pour respirer. Le jour de mes 33 ans, Louise m'a fait un gâteau au yaourt que nous avons mangé dans le parc de la clinique, avec Aurore et deux copains. Le printemps est passé comme ça, du lit à la fenêtre. Puis l'été. En juin 1983, j'ai eu le droit de sortir, de retrouver la rue. Mais je rentrais dormir à l'abri. Une chambre isolée, la presse, la radio, la télévision. J'y étais en sécurité. Les premières semaines, Aurore avait souhaité que je n'aie plus d'information sur le Liban. Je lisais des journaux en dentelles, les articles interdits soigneusement découpés. Et puis ils ont cessé de le faire. Le docteur Cohen était intervenu, expliquant que dissimuler ne faisait que repousser le problème. Ce n'était pas son hôpital. Il n'est venu me voir qu'une fois, avec *L'Orient-Le Jour* qu'il avait acheté place de l'Opéra.

Le 12 juillet, veille de ma sortie définitive, j'ai reçu une lettre de Marwan. Elle était courte, sèche, brutale. Nakad avait été tué par les phalangistes, avec trois jeunes Druzes. Aucun d'eux n'était un combattant. Leur voiture s'était égarée dans les lignes ennemies. Ils avaient été alignés contre le mur et fusillés. J'ai gardé la lettre dans la main pendant deux jours et deux nuits. Je n'ai pas mangé, pas bu. Je devais aller voir Sam. Après Antigone, Hémon venait d'être assassiné. Il fallait que je le lui apprenne. Rien de tout cela ne pouvait rester entre moi et moi. C'était trop lourd, trop douloureux pour un seul homme. J'irais demain. J'entrerais dans sa chambre. Il aurait les yeux fermés. Moi leur sang plein les mains. Et nous partagerions le silence.

Je me suis dit tout ça. Mais je n'ai jamais pu franchir sa porte.

21

Léopoldine

Je ne connaissais personne. Quelques visages sans nom, des regards tristes, des murmures de couloir. J'avais déjà vu cette fille, ce garçon-là, aussi. Peut-être au théâtre, peut-être à Jussieu. Je ne savais plus. Le cercueil de Sam avait été refermé sans moi, en fin de matinée. Je suis monté après, par l'escalier de service, retardant le moment de frapper à sa porte. Aurore avait veillé, avec un groupe d'actrices que Sam avait dirigé. Elles s'étaient retrouvées tout exprès pour cette nuit funèbre. Je n'avais pas voulu le voir mourant. Je ne voulais pas le voir mort. J'ai gardé Louise à la maison. Je l'ai emmenée à la maternelle. Je me suis tenu loin de tout. J'ai attendu au café que les hommes raides viennent refermer la boîte. Je les ai vus arriver par la vitrine, avec leurs costumes trop courts, les manches de leurs chemises cachant presque leurs mains. J'ai demandé à boire. Un calvados pour frapper le cœur. Un autre. Encore.

Quand ils sont redescendus, j'ai quitté ma chaise. J'ai traversé le boulevard. Arrivé sur le trottoir, j'ai mis la kippa de Sam sur ma tête. En pleine rue, pour en connaître le poids. Les porteurs reviendraient en début d'après-midi. J'avais deux heures pour lui et moi. J'ai décidé d'aller au cimetière de Bagneux, après la cérémonie. Une fois que tous auraient quitté les lieux. Je ne voulais pas mes pas dans les leurs. Je ne voulais pas les suivre. Je ne voulais pas m'aligner, ni serrer des mains, ni embrasser personne. Je n'irais pas au cimetière avant le lendemain. J'avais failli. J'étais revenu sans Antigone, sans rien. J'abandonnais mon ami à la terre.

J'ai voulu quitter la chambre funéraire. Un jeune homme m'a retenu. Il était grec. Une rumeur lui avait raconté l'histoire d'Antigone. Il m'a dit que Sam avait laissé ses volontés sur le papier, là-bas. Une page, découpée dans un cahier posée sur le cercueil.

« *Chacun de mes amis récitera, chantera et repartira avec deux objets.* »

C'était tout. Une femme prenait congé, un coffret à la main. Un autre décrochait la photo du char, écrasant la grille de l'école Polytechnique.

— Mais tu es aveugle ou quoi ? Je suis là ! Là, tu ne vois pas ?

Sam montrait un point noir sur la photo de foule.

— Comment sais-tu que c'est toi ?

— Je le sais, c'est tout. Regarde ! Je suis en train de tomber de la grille.

J'ai souri. J'ai contourné le canapé, la table. Ils étaient une quinzaine, buvant sans trop parler. Duruflé jouait son requiem. Je me suis glissé derrière le fauteuil, prenant appui sur le dossier. J'ai regardé ces gens. Et aussi mon reflet dans la vitre. Un lundi d'automne, tout était dit.

« *Demain, dès l'aube, à l'heure où blanchit la campagne,*
    je partirai.
Vois-tu, je sais que tu m'attends.
J'irai par la forêt, j'irai par la montagne.
Je ne puis demeurer loin de toi plus longtemps... »

Je n'ai pas levé la voix. J'ai récité, les yeux sur le dehors. Sans rien voir en dedans, sans entendre aucun bruit. Je n'ai mis aucun ton, aucune couleur. J'ai laissé les mots habiller ma voix. J'étais triste. Infiniment. Mais je n'avais plus de larmes. Les dernières étaient parties avec le sang, l'eau et le savon, dans la douche de Marwan.

Personne n'a applaudi. Comme tout à l'heure, lorsqu'une jeune femme a récité une tirade d'*Electre*, de Giraudoux. Les regards sont passés à autre chose. Les verres sont retournés aux lèvres. Je n'avais plus rien à faire ici.

Je suis allé dans la bibliothèque. J'ai pris le livre de cuisine allemande. Et aussi le sac de Sam, sa besace Olympic Airlines en skaï râpé. J'ai pris congé. J'ai embrassé quelques regards, incliné la tête ici, là. Serré deux mains. Et puis j'ai laissé ma bouteille de bière sur le rebord de la fenêtre.

Arrivé dans la rue, j'ai ouvert le livre. J'ai pris le portrait de Joseph Boczov, glissé entre deux pages, puis jeté la cuisine allemande dans la première poubelle. Avant de descendre dans le métro, j'ai regardé l'homme de l'Affiche rouge. Sam m'avait parlé du fusillé avec des mots trop vastes. Je n'avais rien compris de lui. Il me fallait le silence d'après-guerre pour le reconnaître. J'ai passé mon doigt sur ses joues creusées, son regard, ses lèvres minces.

— Regarde-le, Georges. Il va mourir. Il ne peut plus rien. Mais il rêve encore de lacérer un soldat.

Un homme sortait du métro. Il m'a observé, puis a détourné les yeux. J'étais assis sur les marches de pierre. Je parlais à une photo. Kippa sur la tête, je promettais à cette image de la venger.

*
* *

Nous n'avions pour nature que le parc Monceau. Pas de maison de famille, de résidence ailleurs, de ces lieux de campagne où passent les saisons. Le dimanche 2 octobre 1983, pour la première fois depuis ma sortie de l'hôpital, Aurore m'avait confié Louise un après-midi. J'avais sa main dans la mienne. Nous marchions dans les allées du parc, regardant les feuilles épuisées. Lentement, à son rythme, m'étonnant à chacun de ses pas.

J'ai poussé ma fille dans une balançoire de métal vert. Ensuite, elle a voulu voir les canards, puis les poneys. Elle m'a demandé un vélo pour Noël, comme le petit garçon qui roulait devant nous. J'ai acheté deux jetons de manège. Elle s'est assise dans une voiture en bois écaillé, puis sur un cheval sinistre. J'étais avec les mères, les pères, les attentifs si pleins d'amour. Chaque fois qu'elle passait devant moi, je levais une main en chantant son prénom. Je faisais comme les autres. Je mimais le papa. Je me suis vu, penché vers le tourniquet, avec sa musique triste. J'avais le cœur serré de tous ces vivants. Un homme prenait des photos de son fils. Une mère essuyait les genoux de son enfant. Louise voulait une glace. Je disais oui à tout. Elle croisait rarement mon regard. Je faisais des gestes trop grands.

— Louise a peur de toi, m'avait dit Aurore.

Devant le kiosque aux bonbons, deux femmes se mesuraient. L'une était là avant. L'autre n'était pas d'accord. Elle lui reprochait d'avoir coupé la file.

— Mais moi aussi, je vous emmerde !

J'avais pris place derrière elles. J'enrageais. Je respirais doucement. Il fallait que je me calme. Deux femmes se faisaient la guerre pour une friandise, un dimanche de paix. J'ai baissé la tête, les yeux. J'ai écouté ailleurs. Les cris d'enfants, le sifflet du gardien protégeant ses pelouses, les notes tristes du manège de bois. Louise a demandé une boule de glace au chocolat. Elle était trop grosse, posée en équilibre sur le cornet gaufré. Après quelques pas, la glace est tombée. Elle s'est écrasée à ses pieds. Louise a été stupéfaite. Elle a regardé la boule écrasée, son cornet vide, la boule encore et s'est mise à pleurer. Dans sa parka bleue, le visage mangé par la capuche, je ne l'avais jamais vue aussi petite. Elle était barbouillée de larmes, les pieds en dedans, une chaussette tombée, son pantalon rose trop court. Elle pleurait. Et j'ai voulu faire taire son chagrin. Je me suis accroupi. Une glace ? Ce n'était pas grave. Mais quel enfant pleure pour une glace ? Tu te rends compte, une boule de chocolat ? Tu n'as pas honte ? Je l'avais prise par les épaules. Elle ne m'écoutait pas. Je lui ai arraché le cornet vide de la main, j'ai raclé le sol, la boule écrasée, les cailloux, la poussière. Je lui ai tendu le cadeau brutal.

— Tiens ! Mange ! Mange-la, ta glace !

Des gens me regardaient. J'ai croisé les yeux mauvais d'une mère. Louise a reculé, elle a fait un faux mouvement. Je ne l'ai pas touchée, je le jure. Elle a cogné son pied gauche contre son mollet droit. Elle est tombée, le visage en avant, les mains dans le dos. Son front a heurté le sol, sa joue. Je l'ai relevée brusquement. Elle pleurait de douleur, de surprise. Elle appelait sa maman. Elle saignait. Son front, sa pommette. J'ai enlevé un à un les éclats de gravier incrustés dans sa chair. Je répétais qu'elle était tombée, je ne l'avais pas poussée, je n'y étais pour rien, elle avait glissé, s'était emmêlée. C'était un faux mouvement. Ça arrive à tout le monde, les faux mouvements ! Et quelle idée, de mettre du gravier dans le parc aux enfants !

J'ai pris Louise dans mes bras. J'ai essuyé ses plaies avec ma manche. Ce n'était rien, vraiment. Juste des éraflures, des griffures de cour de récréation. J'ai couru avec elle jusqu'à la maison. Trois fois sur le chemin, j'ai repris mon souffle. J'étais en colère. Ramasser la boule sur le sol. J'avais malmené un chagrin. J'avais hurlé qu'ailleurs dans des berceaux, des bébés avaient eu la gorge tranchée. Que des enfants avaient été hachés, dépecés, démembrés, écrasés à coups de pierres. Et ma fille pleurait pour une putain de glace ? C'était ça, son drame ? Une boule au chocolat tombée d'un cornet de biscuit ? Les misères de la paix me dégoûtaient. Un homme s'était avancé. Il m'a demandé de me calmer. Je me suis levé comme un fauve. Il a reculé sans un mot. C'était ça votre problème ? Les boules de glace ? Les genoux écorchés ? Les cheveux emmêlés après le bain ? C'était ça, vos vies ? Ce dimanche qui puait le lundi ? Ces familles en troupeaux ? Ces rires pour la photo ? Ce pauvre bonheur ? Louise a eu peur de moi. Alors je l'ai enlevée au bac à sable, au parc, à la rue, au dimanche. J'ai couru jusqu'à la maison pour la mettre à l'abri.

Aurore a pris notre fille dans ses bras. Elle a dit qu'elle était tombée. C'était tout. Elle avait fait de la balançoire, du manège, elle avait vu les canards, les poneys et les feuilles étaient rouges. Elle avait trois marrons dans la poche, pour la maîtresse. Elle n'a pas parlé de la glace. Rien. Elle avait glissé. Lorsque sa mère a fait couler son bain, Louise a demandé que je le lui donne. Je l'ai portée dans la baignoire. Elle a jeté ses jouets dans l'eau tiède. Je la regardais, assis sur le rebord. Son œil avait gonflé. La griffure de son front était une blessure. C'était moi. J'avais fait ça. J'avais meurtri ma fille. Je lui souriais. Je l'ai tamponné doucement avec un peu

297

d'eau. Et puis je l'ai frottée. Les mains, les pieds, le corps. Je l'ai allongée dans la baignoire pour lui laver les cheveux. Son shampooing à la fraise. Et la même phrase, toujours.

— Ça pique les yeux ?

— Non, ça ne pique pas.

Je l'ai enveloppée dans sa serviette, emportée jusqu'à la chambre. J'aimais cet instant, ce mouillé contre moi, ces cheveux sur mon visage, ces bras autour de mon cou. Nous avons choisi un pyjama.

— Je le mets toute seule !

Je l'ai prise par la main pour aller à la cuisine. Je n'avais jamais fait ça. Pour descendre du trottoir, à la porte de l'école, juste avant la sonnerie, mais pas dans notre couloir, pour traverser la maison. J'ai croisé le regard d'Aurore. Elle souriait. Elle a posé son livre sur la table basse. Le père, la fille, marchant main dans la main sur le jonc de mer du couloir. Elle est venue nous retrouver à la cuisine. Louise voulait des coquillettes, encore. J'ai rajouté des copaux de jambon. Elle a mangé lentement, buvant bruyamment entre chaque bouchée. J'étais assis sur le tabouret. Je regardais ma fille. Plaquée contre mon dos, Aurore avait passé ses bras autour de mes épaules. Elle m'a embrassé doucement dans le cou. Jamais elle n'avait eu ce geste.

— Vous êtes des amoureux ? a demandé notre enfant.

J'ai souri. Aurore est partie dans notre chambre.

— Je vais me coucher. Tu me rejoins ?

Je me suis assis à côté de Louise, sur le rebord du lit, pour lui raconter une histoire de nuit. J'avais laissé la salle de bains allumée. J'avais du mal à respirer. Je regardais son visage abîmé, ses mains, ses cheveux, je volais les dernières images. Ses yeux chaviraient de sommeil. Elle avait mis son pouce dans sa bouche. Elle s'est retournée. J'ai lu une page encore. Un lapin blanc courait entre ciel et neige, sans savoir que la couleur existait. Louise dormait. J'ai refermé le livre. Je suis allé dans le salon. Je me suis assis sur le sol, dans la pénombre, adossé au mur. J'ai sommeillé, je crois.

A 4 heures, je suis retourné dans la chambre de ma fille. Je me suis penché sur elle, comme chaque nuit depuis que j'étais rentré du Liban. J'ai posé la main sur son front tiède, son torse. Comme chaque nuit, j'ai cherché son cœur rapide de petit animal, le sang qui battait à la base de son cou. Comme chaque nuit, j'ai écouté son souffle, respiré son haleine. Comme chaque nuit, je craignais que mon enfant meure avant l'aube.

Ensuite, je suis allé dans notre chambre. Aurore dormait aussi, sur le dos, bouche entrouverte. Elle avait allumé notre bougie.

La première fois que nous nous sommes aimés, Aurore avait éteint la lumière, puis allumé un cierge. Elle se trouvait grosse. Elle avait peur que je la voie nue. Cachée sous les draps, elle jouait avec la pénombre. Jamais nous n'avions fait l'amour autrement que dans cette poudre dorée. Aurore plaçait la bougie dans un verre. Elle était la vestale de notre feu sacré. Le vieux chandelier est venu plus tard. C'est le premier objet que nous avions acheté ensemble, dans un vide-grenier de Cancale. J'avais apporté le lit, elle était venue avec son réfrigérateur, sa cuisinière, nous avions transporté nos bibliothèques, nos armoires. Ses chaises dépareillées, ma table. Il y avait mes draps, ses oreillers, nos couverts de couleurs, les assiettes de Bretagne, des casseroles de Mayenne. Mais ce chandelier de cuivre était à nous. Elle en avait payé une moitié, et moi l'autre. Elle ne voyait pas pourquoi le garçon devait seul offrir la lumière.

Je me souviens de ses yeux lorsqu'elle me l'a montré, main levée au-dessus du fouillis de la brocante. Elle souriait, clignait de l'œil, dardait sa langue en coin de lèvres, se dandinait comme une enfant, battant l'air à la manière d'une baguette d'orchestre. Le soir même, nous avons acheté des cierges et installé le bougeoir pour la première fois. Nous l'emmenions avec nous en vacances, en voyage, chez les amis qui nous recevaient. A sa clarté, nous avons fabriqué notre Louise. Aurore comptait les jours dans un carnet. C'était là, cette nuit, maintenant. La chandelle était presque morte. Nous avions allumé le reste de mèche noire. Nous nous étions aimés, jusqu'à ce que la flamme renonce. Jusqu'à l'odeur de fumée lourde. Jusqu'au grésillement. Jusqu'à l'obscurité.

Aurore a bougé légèrement. Elle a placé les mains sous ses joues, s'est retournée sur le côté. Je me suis tourné à mon tour. Nous étions face à face. Je l'ai regardée. Ses mouvements de nuit. Son front mobile.

Le frémissement de ses narines. Je me suis remis sur le dos, la nuque entre mes mains croisées. Il y avait eu le parc, puis le bain, le repas, le coucher, le souffle de Louise et les soupirs d'Aurore. La bougie s'est éteinte. Odeur de fumée lourde, grésillement, obscurité. La cérémonie des adieux touchait à sa fin.

Je ne ressentais rien. Ni tristesse, ni amertume. Je n'avais plus aucun goût en bouche, aucune émotion. Je n'avais ni froid, ni chaud, ni faim, ni sommeil. Je n'entendais plus mon cœur, ni mes pensées, ni le tumulte que fait le silence. Je n'avais pas peur. J'ai tourné la tête. Regardé une dernière fois la photo ovale que je laissais ici. Nous trois. Aurore, riante et belle. Louise, clignant les yeux sous le soleil. Moi, souriant à demain avec les lèvres closes. Nous étions décimés. La guerre avait rendu ma femme comme veuve. Elle avait fait de notre fille la moitié d'une enfant. Et maintenant elle me réclamait. Elle m'exigeait pour elle, la guerre. Elle n'avait pas peur de mes cris, de mes coups, ni même de mon regard. C'était la seule qui avait vraiment faim de moi.

22

Créon

J'ai quitté leur vie le lendemain. Embrassé Aurore, tenu Louise dans mes bras. Ce soir, il y aurait pizza pour tout le monde, avec plateaux-repas devant la télé. Je devais passer au pressing, pour aller chercher nos manteaux d'hiver. Lorsqu'elles sont parties pour l'école, j'ai rangé le petit déjeuner. Les bols, le beurre salé resté sur la table, le verre de jus d'orange que ma fille n'avait pas touché. J'ai passé l'éponge sur la table, balayé le sol de la cuisine. Ensuite, j'ai recouvert notre lit de ses couvertures, tapoté les oreillers avant de les remettre en place. J'ai ramassé une ceinture, la chemise de ma femme. J'ai rangé un livre tombé de la table. Je suis allé dans la chambre de Louise. Son lit froissé, les traces de sa nuit. J'ai ramassé trois peluches, des éclats de puzzle. Dans un sac, j'ai rangé deux pantalons, deux chemises, deux caleçons, des chaussettes, ma brosse à dents.

J'ai enveloppé la clef de Jaffa et la terre pour Yassine dans mon écharpe grise, avec la kippa de Sam. Et aussi mon exemplaire d'*Antigone*, annoté comme un brouillon. La veille, j'avais viré mon argent sur le compte de ma femme. Et retiré en liquide de quoi tenir quelques semaines.

J'avais essayé d'écrire à Aurore et à Louise. Mais aucune de mes phrases n'avait de sens. Elles étaient orgueilleuses. Je n'allais pas mourir demain, comme Joseph Boczov, et j'employais pourtant les mots du fusillé. Aucune poutre n'allait non plus me pendre, mais je disais adieu comme un vieil homme brisé. A Louise, j'avais dessiné un soleil qui clignait de l'œil. Et quoi ? Il se moquait, le soleil ? Prenait congé en souriant ? Disait qu'il reviendrait peut-être ? Ensuite, j'ai tracé des étoiles sur une feuille blanche, les reliant entre elles comme une voûte céleste. Papa qui est au ciel. Message funèbre.

Alors je n'ai rien écrit, rien laissé. Le ménage avait fait disparaître toute trace, et j'avais décidé de n'en ajouter aucune. J'ai mis les brouillons dans mon sac. Je les jetterais à Beyrouth.

J'ai éteint les lumières dans notre appartement.

*
* *

Je me suis débrouillé seul pour revenir. Chypre, le bateau, le port de Jounieh. L'aéroport de Beyrouth, fermé, était devenu le Quartier général des forces américaines. Rentrer au Liban m'obligeait à faire le tour du monde.

Marwan était là, adossé à sa voiture rouge. Il n'a pas eu un sourire pour moi. Ne m'a pas même souhaité la bienvenue. Plus de terre, ni de famille à m'offrir. Il a ouvert ses bras, je m'y suis réfugié. Il m'a serré comme il serrait Nakad. Nous avons passé les contrôles des Forces libanaises. Marwan baissait les yeux. Ces miliciens affrontaient son peuple dans la montagne. Trois fois, ils nous ont fouillés mains levées. Le coffre de la voiture, la boîte à gants, le dessous des sièges, les pare-chocs. J'étais metteur en scène de théâtre et Marwan, mon chauffeur. Pourquoi un Druze ? Parce que je vivais à l'hôtel Cavalier, dans Hamra. Un hôtel druze, donc, et c'était plus pratique pour moi. Savions-nous ce qui se passait dans la montagne ? Oui, bien sûr, nous le savions. Le massacre des chrétiens ? Oui, évidemment. La presse en parle beaucoup en France. J'en pensais quoi ? Mais que c'était atroce, comme tous les massacres.

Jusqu'à Beyrouth, nous n'avons pas parlé. Après avoir traversé la ligne verte, Marwan s'est détendu. Il a allumé la radio. A un angle de rue, j'ai été saisi. Une casemate de sacs de sable, avec un toit en tôle ondulée, surveillait le carrefour. A l'intérieur deux soldats français, et le drapeau tricolore planté sur l'édifice fragile. Je me suis retourné. J'ai regardé ces garçons. Ils étaient jeunes, casqués, une mitrailleuse dépassait de la meurtrière et des enfants jouaient autour.

— Les Américains se barricadent, les Français réparent nos installations électriques, a lâché Marwan.

Sa première phrase. Et la dernière de la journée.

Je pensais qu'il m'hébergerait, il m'a déposé au Cavalier. J'ai retrouvé ma chambre, au deuxième étage. Avec la guerre, les prix avaient augmenté. Sammy, le portier, m'a dit que mon compte avait été approvisionné. Que mes nuits d'absence étaient créditées sur ma note. J'avais trois semaines devant moi. Il m'a aussi demandé si nous allions jouer *Antigone*. J'ai haussé les épaules. Peut-être. Je ne savais plus. Il m'a offert un verre de bienvenue, une crème de scotch et de miel de bruyère. Dans le restaurant, l'aquarium était intact. Le hall désert. Je suis sorti sur le pas de la porte. La nuit était tombée. Beyrouth sommeillait. Pas un tir, pas un bris de verre, aucun acier déchiré, aucune sirène hurlante. Un médecin m'avait expliqué que la trêve charriait l'inquiétude. Les hommes s'endormaient au son du canon. Le vacarme devenait la norme. Lorsqu'il cessait, les nuits étaient blanches.

— Je n'ai jamais prescrit autant d'antidépresseurs et de somnifères que pendant les accalmies, disait-il.

Dans le grand silence, même les nourrissons s'affolaient. Leurs mères préféraient le fracas de l'obus à sa menace, et ils le sentaient.

J'ai marché autour de l'hôtel. Je suis rentré inquiet. Mon retour n'était pas le bienvenu. Marwan n'avait pas compris pourquoi je revenais. Une clef, une poignée de terre, ces deux symboles à remettre à un combattant palestinien ne l'intéressaient pas. D'abord, je lui avais écrit, pour m'associer à sa douleur. Son Nakad, mon Hémon. Lui orphelin de son fils, moi en deuil de mon rêve. Il ne m'a pas répondu.

Alors je lui ai téléphoné. Dix fois, trois jours durant, avec la fièvre au ventre.

— Je reviens, Marwan.

Je quittais tout. Je n'avais plus rien à faire dans les bras de la paix. Dans un monde où les enfants pleuraient pour une boule de glace. Il avait été sec, brutal. Quitter quoi ? Ma famille ? Mon pays ? Et pour quoi faire ici ? De quel droit réclamais-je ma petite place dans cette guerre ? J'ai répondu que ce n'était pas ça. Je ne réclamais rien. Je voulais simplement honorer une promesse, remettre à un homme cette terre et cette clef, arrachées à Chatila. Et après ? Je ferais quoi, après ? Je ne savais pas. Pas encore tout à fait. Je rentrerais, sans doute. Je retournerais dans mon pays à moi, avec le ciel sans avion, les nuits sans frayeurs, les caves qui ne protègent que le vin. Et il m'a fait jurer. De bien rentrer après, de retourner d'où je venais, de retrouver ma vie, mon amour, ma tendresse. De surveiller les gamins du collège, de boire une bière d'automne en terrasse, de trouver une place sur les pelouses du dimanche, de trembler devant un film, de fermer les yeux pour une chanson, de rire à sa santé, à sa mémoire, de ne plus revenir tant que son pays saignerait. Et j'ai promis. Au téléphone. J'ai juré, main levée. Alors il a accepté d'être mon hôte une dernière fois.

Après avoir été chassés de Beyrouth, les combattants loyaux à Arafat sont revenus au Liban. Ils s'étaient installés à Tripoli, au nord du pays. Puis repoussés dans les camps de réfugiés de Badaoui ou

Nahr Al-Bared par les troupes syriennes et les dissidents palestiniens. Yassine était là, pris au piège avec ses camarades. Le frère d'Imane résistait aux assauts, dos au mur. Un journaliste de *Paris-Match* l'avait interviewé. Son portrait était paru dans l'hebdomadaire. Avant de repartir au combat, Yassine avait confié un mot au reporter, avec mon nom et mon adresse. Il m'annonçait que sa sœur avait été assassinée à Chatila. Et son père, et sa famille entière. Qu'il ne restait plus que lui. Il me souhaitait en bonne santé. Il espérait que mes yeux voyaient de belles choses. Il me disait adieu.

J'ai montré la lettre à Marwan en arrivant à Jounieh. Il a haussé les épaules. Yassine était à Badaoui deux mois auparavant ? Et alors ? Etait-il vivant ? Mort ? Comment le retrouver ? Comment rejoindre le front ? Et tout cela pour quoi ? Rappelle-le-moi ? Une clef et de la poussière ? J'ai hurlé que c'était ainsi. Que s'il ne m'aidait pas, j'irais seul. A pied, en rampant, à genoux comme un pénitent. Il ne voulait pas ? Je comprendrais. Alors qu'il me laisse là, sur ce port. Qu'il s'en aille, lui et sa voiture rouge. Qu'il retourne dans sa montagne massacrer les derniers cèdres. Il m'a ouvert la portière de la voiture sans répondre. Jusqu'à Beyrouth, nous n'avons plus parlé.

Le lendemain, à 6 heures, Marwan m'a reçu chez lui. Il était venu me chercher à l'hôtel comme un flic convoque sa proie. Sa femme n'était pas là, ni ses filles. Dans son cadre de bois noir, Nakad nous regardait en souriant. Il m'a fait asseoir dans son propre fauteuil. Un honneur. Il ne pouvait pas m'emmener jusqu'à Tripoli mais acceptait de me laisser aux avant-postes syriens, sur la route côtière. Chaque jour, des journalistes occidentaux essayaient de passer la ligne de front, avec l'autorisation des dissidents palestiniens. Je pouvais me glisser avec eux. C'était risqué, mais faisable. Tout pouvait se refermer en une nuit mais, aujourd'hui, on pouvait encore entrer à Tripoli. Si je le voulais, il serait mon chauffeur. Il me faudrait les autorisations consulaires, les recommandations accumulées pour *Antigone*. Le nom de Marwan apparaissait sur un document officiel grec, comme « traducteur officiel ». Je devrais emmener ce laissez-passer avec moi. Dans la banlieue de Tripoli, la presse avait un quartier général. Il me déposerait là et repartirait pour Beyrouth. Il ne voulait pas faire plus, cette fois. Il ne pouvait rien d'autre, ni pour lui ni pour moi.

J'étais dans son fauteuil. Il était debout, très droit au milieu du salon. J'allais dire oui à tout. Merci à tout. Il m'a arrêté d'un geste de la main.

— Tu as le contact de ton acteur chrétien.

Ce n'était pas une question.

— Charbel ?

— Peu importe. Tu l'as ?

— Je l'ai, oui.

Marwan s'est assis. Il a ouvert une bouteille d'eau sans m'en proposer.

— Son frère est l'un des chefs kataëb.

— Joseph-Boutros ?

Le Druze a hoché la tête. Il a répété le prénom de l'homme qui récitait Hugo à l'œilleton de sa carabine.

— Qui tient la montagne, tient le Liban. Tu savais cela ?

Marwan ne me regardait plus. Il était contre la baie vitrée, mains dans le dos. Je ne répondais pas. Je ne savais pas quoi répondre.

— Nous avons libéré soixante de nos villages, tu le sais ?

Je savais, oui. Près de 250 000 chrétiens sur les routes de l'exode.

— Et des milliers de miliciens phalangistes se sont réfugiés à Deir el-Qamar, tu le sais aussi ?

La télévision française en avait parlé, la radio, les journaux. Les kataëb protégeaient 30 000 civils dans la ville. Les Druzes faisaient le siège. Chacun redoutait l'assaut.

— Tu sais aussi que la marine américaine a bombardé nos positions ?

Le cuirassé *New Jersey*, oui. Je savais.

— Et que des phalangistes tentent désespérément de ravitailler leurs hommes pris au piège ?

Non. Je ne savais pas.

— Le frère de ton acteur est l'un de ceux qui désorganisent notre blocus.

Marwan s'est retourné. Il n'avait plus le même visage. Ce n'était ni le père malheureux de Nakad, ni mon Druze rieur, ni rien de ce que je savais de lui. Il était devenu l'homme du Mont-Liban. Il avait pour moi des regards de geôlier. J'ai eu peur. Pas de lui, de moi. J'ai compris que je n'étais pas dans ce fauteuil pour l'écouter et l'entendre. J'ai su qu'entre lui et moi quelque chose d'immense était en train de naître. Il s'est tu. M'a regardé. Il attendait. J'ai demandé.

— Que veux-tu ?

Marwan a croisé les bras. Il avait le temps. J'étais son prisonnier. Il allait me jeter une écuelle à la nuit tombée, un seau pour mes besoins. J'ai haussé les sourcils. J'encourageais mon futur bourreau.

— Ton acteur sait où se trouve son frère. Il faut qu'il te le dise.

— Qu'il me le dise ? Pourquoi moi ?

— Parce que ses hommes ont tué Nakad. Et ton Imane, aussi.

— Ses hommes à lui ?

— Les mêmes. Les siens, pas les siens. Qu'est-ce que ça fait ? Ce sont les régiments kataëb qui sont entrés dans Sabra et Chatila. Ce sont eux qui ont décimé nos villages. L'autre était là ou pas, je m'en fous. Il porte le même uniforme, la même croix. C'est l'un des leurs. Il est fait de tous les autres, comme moi de tous les Druzes qui peuplent cette terre.

J'ai réfléchi longuement. J'ai regardé Marwan. Mes yeux lui ont dit oui.

*
* *

Charbel partait. Lorsque je suis arrivé, il avait fermé son sac. Il m'a ouvert la porte. Il a reculé, m'a regardé. Nous sommes tombés dans les bras l'un de l'autre sans un mot. Depuis les bombes du 4 juin 1982, nous ne nous étions plus donné de nouvelles.

Il avait traversé la rue, bras levé, souhaitant bonne chance à Imane. Il l'avait appelée « petite sœur » pour l'éternité. Le jeune chrétien m'a fait entrer. Son appartement était dans les cartons. Lui et sa famille quittaient le Liban pour l'Angleterre. Son village du Chouf avait été détruit. Deux de ses cousins assassinés par les Druzes. Seul son grand frère restait se battre.

— Comment va-t-il ?

— C'est un assassin comme les autres, a répondu Charbel.

Il s'est excusé. Il rangeait ses livres dans des cartons. Ne me regardait plus. Je me suis assis sur un matelas, posé sur le sol.

— Antigone est morte à Chatila.

Créon a levé un bras, arrêté son geste, un dictionnaire à bout de main.

— Elle a été violée, étouffée et égorgée.

Charbel m'a tourné le dos. Il s'est assis par terre, face au mur.

— Ils ont aussi tué sa famille.

Je me suis levé. Il fallait que j'occupe la pièce qu'il venait de déserter.

— Que veux-tu, Georges ?

— Ton frère.

Charbel s'est retourné lentement.

— Comment ça, mon frère ?

J'étais debout, face à lui. Je me suis senti son geôlier à mon tour.

— Il était à Chatila.

— Et alors ? Ça la fera revenir ?

J'ai fait hurler Imane, je l'ai montrée se débattant sous les coups, hurlant de terreur et de rage, arrachant les cheveux de son bourreau. J'ai raconté le sang giclant de sa gorge ouverte, la blancheur de ses cuisses barbouillée d'excréments. Charbel s'est levé. Il s'est adossé au mur.

— Tu sais ce qui se passe dans la montagne ? On brûle nos églises, nos maisons. Nos femmes sont tuées, et nos enfants ! Tu entends ?

Il a fouillé dans son sac, sorti une tête de statue de Vierge décapitée.

— C'est tout ce qu'il reste de notre couvent. Tu comprends ça ?

— Imane n'y était pour rien.

— Mais tout le monde y est pour quelque chose dans une guerre ! Si les Palestiniens n'étaient pas là, rien n'aurait explosé !

Je lui ai montré une affiche, un projet, dessiné par moi puis sérigraphié par un copain imprimeur. C'était une publicité pour *Antigone*. Avec nos noms, celui de Charbel, et celui d'Imane, et celui de Nakad, et ceux de Nabil, de Nimer, d'Hussein, de Khadijah, de Madeleine et de Yevkinée. Il y avait le nom de Sam, le mien, les logos des consulats et des associations culturelles. Elle était blanc, rouge, vert et belle, avec un cèdre, comme un arbre généalogique, regroupant ces ennemis branche à branche vers un tronc planté dans une même terre.

— Montre-moi ceux qui ont brûlé ton village, sur cette affiche. Donne-moi les noms. Qui a attaqué ton église ? Imane ? Nakad ? Il est mort, Nakad. Sorti de force d'une voiture et fusillé par tes copains.

— Ce ne sont pas mes copains !

Charbel avait hurlé.

— Les copains de ton frère ! C'est pareil !

— Non ! Ce n'est pas pareil. Je ne suis pas un assassin. Je n'ai jamais tué personne. Je ne tuerai jamais personne. Je m'en vais, tu comprends ? Je me sauve. Je ne veux plus rester dans ce pays.

J'ai posé l'affiche sur un carton de vaisselle. Je ne pouvais pas aller plus loin. J'ai tendu la main à Charbel, à Créon, à mon ami le rêve. Il l'a prise. Je ne sais lequel des deux était le plus douloureux.

J'allais partir. Je lui avais tourné le dos. Je renonçais.

— Mon frère sera ici demain.

J'ai cessé de respirer.

— Il veut me souhaiter bonne chance.

Je n'ai pas osé regarder Charbel.

— Pourquoi me dis-tu ça ?

— Je ne t'ai rien dit.

J'ai croisé son regard. Il était apaisé.

— Tu pourras vivre avec ça, Charbel ?

— Et toi, Georges ?

Je n'avais pas de réponse. Je n'avais plus rien du tout. Ni jambes, ni tête, ni ventre, ni cœur. Je ne lui ai pas tendu la main en partant. Il ne m'a pas offert la sienne. Nous venions lui et moi de condamner un homme à mort. Moi pour Imane. Marwan pour Nakad. Lui, je n'ai jamais su. J'ai pensé à Polynice et Etéocle. J'étais fou. Dans cet instant brutal, je songeais à la beauté tragique. Charbel venait de me tendre un couteau et je m'observais dans la lame.

Je lui ai demandé de ne pas être présent le lendemain. Il m'a répondu qu'il ne le serait pas. Il ne
m'a pas reconduit sur le seuil.

— Et tu étais venu pour faire la paix ?

Je ne lui ai pas répondu. Je n'ai pas osé lui dire
qu'un tueur druze serait à mes côtés. J'avais caché
Marwan. Demain, je ferais entrer dans cette maison
chrétienne un ennemi de la montagne. Je ne le soutenais pas. Je ne prenais pas parti. Je savais que des
villages mouraient dans les deux camps.

*
* *

Le milicien était sur le perron. Il a sonné deux
fois, puis glissé la clef dans la serrure. Lorsqu'il a
poussé la porte, je l'ai appelé.

— Joseph-Boutros ?

Il s'est retourné. Il a compris. Il a jeté la main
dans son treillis au moment où Marwan et un autre
homme le précipitaient dans la maison. Je suis entré
derrière eux. J'ai fermé la porte. Le chrétien était à
terre, son pistolet à l'autre bout du couloir. Les
Druzes le frappaient à coups de pied. Ils brisaient
son crâne, son nez, sa nuque. Je suis passé sur le
côté. Je ne ressentais rien. J'étais à Paris, en 1973,
corrigeant un rat noir. Je connaissais ces coups, ce
sang, le claquement des os qui cèdent. Marwan s'est
accroupi, il frappait le visage du milicien à deux
poings. Il hurlait en arabe. J'entendais le nom de
Nakad qui revenait en pluie. Il l'a soulevé par les
cheveux, frappant plusieurs fois sa nuque sur le

béton. Puis il a levé le pied avant de lui écraser le visage, bouillie humaine collée à sa semelle. L'autre Druze a sorti un poignard. Il s'est agenouillé pour lui trancher la gorge.

— Attends ! a ordonné Marwan.

Il s'est relevé. Il est allé chercher le Colt 45 du phalangiste. Il l'a armé d'un geste sec, s'est approché de moi et me l'a tendu.

J'étais contre le mur. Je n'avais pas bougé. Je regardais. Le sang coulait sur le sol, une mare noire piquetée de bulles grises. Marwan était face à moi. Il avait enjambé sa victime, il la dominait. Il me tendait l'arme. Après me l'avoir refusé, le Druze me proposait brusquement de prendre ma part de guerre. De refermer la porte derrière moi pour toujours. Je regardais ses mains de paysan, ses doigts abîmés, ses ongles brisés un à un par la vie. Je regardais le pistolet nickelé, la crosse frappée du cèdre. J'avais vu ce dessin tout le long de la route menant à Chatila. Des éclaireurs avaient balisé le chemin des tueurs. Le cèdre, le sigle des Forces libanaises, une flèche. Ne pas se perdre en route. Allons-y, compagnons. Les camps sont désarmés. Les hommes sont partis en faisant le V de la victoire ? Restent leurs femmes à prendre. Leurs enfants, qui seront nos ennemis demain. Leurs vieillards. Allons-y ! Les laisser vivre, c'est reformer leurs rangs. Pensez aux martyrs de Damour. Sang pour sang.

J'ai pris l'arme tendue. Marwan m'a laissé la place au-dessus du chrétien. J'étais jambes ouvertes, serrant son corps entre mes pieds. Il n'avait plus de visage. Quelque chose coulait sur sa joue, qui ressemblait à un œil. Il battait des jambes, des bras, convulsait comme un animal blessé. J'ai pris le pistolet à deux mains. J'ai retenu ma respiration. Mes jambes tremblaient. J'allais tuer un homme. J'ai regardé Marwan. Son regard était morne. Pas de colère, ni de haine. J'ai compris que je pouvais encore renoncer. Enjamber cette plaie vive et rentrer à la maison. Il ne m'en aurait pas voulu. J'ai regardé le Druze une fois encore. Il m'avait déserté. J'étais seul. Mon corps, cette arme lourde à bout de main, le chien relevé, index sur la détente. J'avais tiré au pistolet en forêt. A deux mains. Choc dans l'épaule, bruit qui roule, éclats d'écorce.

J'ai visé la tête. J'ai appuyé lentement. Le coup est parti avec violence. Il m'a surpris. J'ai pensé que mon doigt pouvait encore reculer. Je m'étais trompé. J'ai tiré dans le front, entre les deux plaies qui recouvraient ses yeux. Stupéfait par la chair coulant sur mon pantalon. Je suis resté comme ça, bourdonnant, arme en main, regardant la fumée légère. Je suis resté comme ça. Je venais de tuer un assassin. J'étais un assassin. J'avais rejoint la guerre. Délicatement, Marwan a ôté l'arme de mes mains. Il l'a jetée sur le corps de mon supplicié.

Nous sommes sortis dans la rue. Ils ouvraient la marche. Je les suivais en titubant. Nous venions d'exécuter un chef phalangiste dans son fief d'Achrafieh. C'était terrifiant. Marwan est parti dans une voiture, volée la veille sur la corniche. L'autre Druze m'a emmené à moto. Je le serrais, comme une femme se terre contre son homme. Je tremblais. J'avais froid. Il allait trop vite pour ce que je venais de vivre. Il me fallait marcher, m'asseoir, réfléchir. Je venais de tuer, c'est-à-dire de mourir. Je ne pourrais plus jamais regarder un enfant en face. Ils savent, les enfants. Ils devinent le mal. Ils voient le diable dans le regard des grands. Louise ne verrait plus un père, mais un ogre. Aurore ne verrait plus un mari, mais une menace. Mes rêves allaient devenir des cauchemars. Mes jours seraient de suie. J'avais tué. Je pouvais tuer encore. Je ne ressentais rien. Mon cœur battait comme après une course folle. Il me fallait de l'eau, un bain, une bière. Prêt à recommencer ? Pourquoi pas. Tellement facile. D'ailleurs, celui-ci était presque mort. Je l'avais sauvé de l'agonie. Pas tué, libéré. J'ai regretté que Charbel ne soit pas à la porte. Je me suis imaginé face à lui, drapé dans une toge blanche, lui interdisant d'enterrer son frère. Je me suis vu superbe, immense, refusant une tombe à ce salaud, le privant de cérémonie funèbre. Je me suis aimé en roi de ce monde, offrant sa dépouille maudite aux corbeaux. J'étais écrasé contre le Druze. Je le serrais à deux bras. J'avais la bouche ouverte mais pas de larmes. Je voulais en offrir à Joseph-Boutros, à Nakad, Imane, Sam, Aurore, Louise, à moi. J'ai eu peur de mourir sans jamais pleurer.

23

Tripoli, nord du Liban

jeudi 27 octobre 1983

— Je ne l'ai pas vu ! Merde ! Je ne l'ai pas vu !

Marwan a freiné brusquement dans l'obscurité. Il a fait marche arrière. La veille encore, ce barrage syrien n'était pas là. Les soldats de Damas déplaçaient chaque nuit leurs points de contrôle aux abords de la ville. Celui-là était caché par un arbre. Lorsque nous sommes passés sans le voir, un soldat a tiré en l'air.

— Ne parle pas. Laisse-moi faire, a murmuré le Druze.

Trois soldats de Damas avançaient lentement. Deux nous visaient, le troisième mangeait une tomate. Marwan a baissé sa vitre, papiers de la voiture en main. Le gradé a donné un coup de pied dans la portière, a reculé, a crié de descendre. Marwan est sorti, mains en l'air. Ordre brutal. Il s'est agenouillé. L'autre est arrivé à sa hauteur. Il parlait doucement, montrait du doigt la guérite, les sacs de sable, le drapeau syrien, le visage du président Hafez al-Assad. Le chauffeur ne l'avait pas vu ? C'est ça ? Pas vu le drapeau ? Ni le président ?

J'allais sortir. Un Syrien m'a fait signe de rester à l'intérieur. Il a examiné mon passeport à l'envers. Un autre fouillait le coffre de la voiture. Brusquement, Marwan est revenu.

— Il veut de l'eau, a-t-il soufflé.

J'ai donné notre bouteille. Le chauffeur de taxi est reparti vers le soldat, l'eau tendue. Et s'est remis à genoux. L'autre a commencé à boire, a recraché. Trop tiède. Il a hurlé, versé le reste du flacon sur la tête de mon Druze. Et puis il lui a ordonné de se lever. Il l'a emmené à la casemate. Lui a montré la tomate. Il lui a posé une question. Marwan a répondu. L'autre l'a obligé à embrasser le drapeau, la photo du président, puis l'a giflé violemment et renvoyé d'un coup de pied dans les reins. Marwan est tombé, s'est relevé. S'est épousseté en revenant à la voiture. Sa main tremblait. Il a démarré. Saluant les soldats qui regardaient ailleurs. Plus loin, il a craché par la fenêtre ouverte. Mon ami avait été humilié. J'avais été blessé pour lui. Je m'en étais voulu d'assister à cette mise à mort.

— Il t'a rendu ton passeport ?

J'ai hoché la tête.

— Qu'est-ce qu'il faisait avec la tomate ? j'ai demandé.

— Il voulait savoir si j'étais palestinien.

Les Syriens faisaient la chasse aux combattants d'Arafat. Quand ils arrêtaient un homme, ils lui montraient une tomate et lui demandaient de nommer le légume. Avec son accent, le Libanais répondait « banadora » et le Palestinien « ban'dora ». Des centaines avaient été arrêtés comme ça.

— Pourquoi ils ne répondent pas comme un Libanais ?

Marwan m'a regardé de côté.

— Parce qu'ils ont leur fierté.

*
* *

Quarante minutes plus tard, sur la route côtière, notre taxi est tombé sur un char syrien. Je m'étais endormi.

— Sors de là, Georges ! a hurlé Marwan, en ouvrant sa portière.

24

Georges

— Tu as croisé la mort, mais tu n'as pas tué, a murmuré le vieil homme.

Il a allumé une cigarette, s'est assis sur ses talons. Puis il s'est tu, observant la lumière timide du jour qui se levait.

J'ai regardé ma jambe. Le sang giclait. J'avais mal à la tête, envie de vomir, de dormir, froid, je ne savais plus. Dehors des cris, encore. Deux hommes sont entrés dans le garage en courant, se jetant à nos côtés dans le trou. L'un d'eux était blessé au bras. Il parlait en arabe, vite et fort.

— Les Syriens nous encerclent, ils tirent sur tout ce qui bouge, a traduit le vieux Palestinien.

Je me croyais seul avec lui dans l'abri. Mais au fond de la ruine, d'autres ombres. Et d'autres encore, derrière un mur délabré, dans l'ancien bureau de réception, sous les véhicules incendiés, dans la fosse de réparations. Nous étions une trentaine d'assiégés. Le vieil homme a armé son fusil d'assaut.

— Si on reste ici on est morts. On sort tous ensemble !

Il a jeté un ordre bref. Le même claquement de culasse, partout dans l'obscurité. Et puis il s'est mis à prier, à genoux, mains ouvertes. Deux Palestiniens ont tenté une sortie, seuls. Le premier est tombé à la porte, recouvrant le corps de Marwan. Le second est revenu se mettre à couvert.

J'ai sorti la terre de Jaffa de mon sac.

— D'où viens-tu ? ai-je demandé au vieux combattant.

— De Jordanie en juillet 1971.

— Mais avant ?

— Ma maison, tu veux dire ?

J'ai hoché la tête. Il a souri. Il a allumé une autre cigarette.

— Bethléem.

J'ai ouvert la bourse dorée d'Imane.

— Ouvre ta main.

Le vieil homme a hésité un instant, puis offert sa paume sans me quitter des yeux. J'ai versé la poussière au creux de ses rides noires. Il a levé la tête, m'a regardé.

— Qu'est-ce que c'est ?

— La terre de Palestine.

Il a eu l'air étonné. M'a regardé encore. Il a serré le poing. J'avais mal. De la fièvre. Tout mon corps m'élançait. Un homme est sorti. Il est tombé. Un autre. Encore un. Tir de mitrailleuse. Le char était resté en position. Il balayait notre cache. La porte, le mur, le toit ont volé en éclats.

Le Palestinien s'est accroupi, tourné vers moi.

— Comment t'appelles-tu ?

— Georges.

Il a hoché la tête.

— Ahlan wa sahlan. Je m'appelle Mahdi.

J'ai souri.

— Nous allons mourir, Georges, tu sais ?

Je l'ai regardé.

Il a étalé la terre dans ses mains, puis s'est frotté le visage avec, le front, le nez, derrière les oreilles, lentement, comme ses ablutions avant la prière.

J'ai sorti la kippa de Sam. Le Palestinien a eu un mouvement.

MAHDI

— Tu es juif ?

GEORGES

— Non.

MAHDI

— Comment ça, non ?

GEORGES
(Il se lève difficilement)

— Je ne suis plus rien.

MAHDI

— Où vas-tu ?

GEORGES
— Je rentre chez moi.

MAHDI
— Dehors tu vas mourir.

GEORGES
— Personne ne quitte ce monde vivant.

LE CHŒUR

Le vieil homme a regardé Georges. Il a eu un geste pour le retenir. Le Français avait la kippa de Sam sur la tête, et la clef de Jaffa. Il a laissé son sac à terre. Il a boité vers la sortie, sa ceinture sur la cuisse en garrot. Dans l'ombre du garage, les fantômes le regardaient s'en aller sans un mot, avec sa jambe morte. Anouilh lui murmurait que la tragédie était reposante, commode. Dans le drame, avec ces innocents, ces traîtres, ces vengeurs, cela devenait compliqué de mourir. On se débattait parce qu'on espérait s'en sortir, c'était utilitaire, c'était ignoble. Tandis que la tragédie, c'était gratuit. C'était sans espoir. Ce sale espoir qui gâchait tout. C'était pour les rois, la tragédie. Deux fois, Georges est tombé. Il s'est relevé. Il a heurté une poutre jetée en travers. Et puis il est arrivé à la porte du garage. Il a traversé le quatrième mur, celui qui protège les vivants.

La mort l'a pris comme ça. Une kippa sur la tête et une clef dans la main.

L'ÉPILOGUE

« Et voilà. Sans la petite Antigone, c'est vrai, ils auraient tous été bien tranquilles. Mais maintenant, c'est fini. Ils sont tout de même tranquilles. Tous ceux qui avaient à mourir sont morts. Ceux qui croyaient une chose, et puis ceux qui croyaient le contraire – même ceux qui ne croyaient en rien et qui se sont trouvés rapidement pris par l'histoire sans rien y comprendre. Morts pareil, tous, bien raides, bien inutiles, bien pourris. Et ceux qui vivent encore vont commencer à les oublier et à confondre leurs noms. C'est fini. »

Jean ANOUILH,
Antigone (1942)

Table

Sorj Chalandon
dans Le Livre de Poche

La Légende de nos pères   nº 32292

J'ai laissé partir mon père sans écouter ce qu'il avait à me dire, le combattant qu'il avait été, le héros. Pour retrouver sa trace, j'ai rencontré Beuzaboc. J'ai accepté d'écrire son histoire, sans imaginer qu'elle allait nous précipiter lui et moi en enfer...

Mon traître   nº 31457

Il trahissait depuis près de vingt ans. L'Irlande qu'il aimait tant, sa lutte, ses parents, ses enfants, ses camarades, ses amis, moi. Il nous avait trahis. Chaque matin. Chaque soir...

Le Petit Bonzi   nº 30851

Jacques Rougeron a douze ans. Il est bègue. Il voudrait parler aussi vite, aussi bien, que Bonzi, son ami, son frère. Bonzi le soutient. Ils ont un secret.

Profession du père   n° 34255

« Mon père disait qu'il avait été chanteur, footballeur, professeur de judo, parachutiste, espion, pasteur d'une Église pentecôtiste américaine et conseiller personnel du général de Gaulle jusqu'en 1958. Un jour, il m'a dit que le Général l'avait trahi. » S. Ch.

Retour à Killybegs   n° 32663

« Certains oseront vous expliquer pourquoi et comment j'en suis venu à trahir. Ne vous fiez pas à mes ennemis, encore moins à mes amis. Si je parle aujourd'hui, c'est parce que je suis le seul à pouvoir dire la vérité. » Tyrone Meehan.

Une promesse   n° 30916

Nous sommes en Mayenne, une maison à l'orée d'un village. Tout est silencieux, les volets fermés et la porte close. Nuit et jour, sept amis en franchissent le seuil. Les uns après les autres, chacun son tour et chacun sa tâche.

PAPIER À BASE DE
FIBRES CERTIFIÉES

Le Livre de Poche s'engage pour
l'environnement en réduisant
l'empreinte carbone de ses livres.
Celle de cet exemplaire est de :
300 g éq. CO₂
Rendez-vous sur
www.livredepoche-durable.fr

Composition réalisée par PCA

Imprimé en France par CPI
en juillet 2017
N° d'impression : 3023501
Dépôt légal 1ʳᵉ publication : août 2014
Édition 16 - juillet 2017
LIBRAIRIE GÉNÉRALE FRANÇAISE
21, rue du Montparnasse - 75298 Paris Cedex 06

31/7982/7